ro
ro
ro

rororo

«Selten war ein Buch auf so charmante Art witzig wie dieses.» *(Frankfurter Neue Presse)*

«Liebenswert, amüsant und mit dem nötigen Quäntchen Spannung; eine unterhaltende Lektüre im besten Sinne.» *(SWR)*

«Geht sehr zu Herzen und hilft gegen Missmut jeder Art.» *(Für Sie)*

«Ein literarisches Schmuckstück!» *(Aachener Nachrichten)*

Mr. Malik ist ein warmherziger, schüchterner Mann mit einem großen Geheimnis: Er ist bis über beide Ohren verliebt in Rose, die Leiterin der örtlichen Gruppe von Vogelbeobachtern. Und während er noch überlegt, wie er die Dame seines Herzens als Begleiterin zum jährlichen Nairobi Hunt Ball gewinnen kann, trifft der charmante Draufgänger Harry Khan in der Stadt ein. Auch er hat bald ein Auge auf Rose geworfen und möchte sie ebenfalls zum Ball einladen. Da schreiten die Gentlemen aus Mr. Maliks Club ein und schlagen den beiden Rivalen eine Wette vor …

Nicholas Drayson wurde 1954 in England geboren. Er lebt seit vielen Jahren in Australien, wo er als Schriftsteller und Naturforscher arbeitet. Ebenfalls ist von ihm der Roman «Kleine Tierkunde Ostafrikas» erschienen.

Nicholas Drayson

KLEINE Vogelkunde OST-Afrikas

Roman

Aus dem Englischen
von Sabine Längsfeld

Rowohlt Taschenbuch Verlag

Die Originalausgabe erschien 2008 unter dem Titel
«A Guide to the Birds of East Africa» bei Penguin, London.

Veröffentlicht im Rowohlt Taschenbuch Verlag,
Reinbek bei Hamburg, Dezember 2013

Redaktion Nicole Seifert
Zeichnungen Yeti McCaldin
Umschlaggestaltung any.way, Cathrin Günther,
nach dem Original von Penguin UK
(Abbildung: Christopher Neal)
Satz Arno Pro OTF (InDesign) bei
Pinkuin Satz und Datentechnik, Berlin
Druck und Bindung CPI books GmbH, Leck
Printed in Germany
ISBN 978 3 499 26756 7

Für Bernadette

Schwarzer Milan

I

«Ah, ja», sagte Rose Mbikwa, den Blick nach oben gerichtet, auf den großen, dunklen Vogel mit dem eleganten Schwanz, der hoch über dem Parkplatz des Nairobi-Museums dahinzog. «Ein Schwarzer Milan. Der in Wirklichkeit natürlich braun ist und nicht schwarz.»

Mr. Malik lächelte. Wie oft hatte er Rose Mbikwa diese Worte schon sagen hören? Beinahe so oft, wie er an den morgendlichen Vogelwanderungen teilgenommen hatte, die jeden Dienstag stattfanden.

Man weiß vorher nie genau, wie viele Vögel man auf der Dienstagvormittagswanderung der Ostafrikanischen Ornithologischen Gesellschaft zu sehen bekommt, aber ein Milan ist immer dabei. Als ausgewiesene Aasfresser laben Milane sich an den Abfällen der menschlichen Zivilisation in und um Nairobi.

Was sein erstes Schulsportfest anbelangte (war das wirklich schon fünfzig Jahre her?), konnte er sich zwar kaum noch an Rennen, Speerwerfen oder das Sackhüpfen der Väter erinnern, aber den Milan, der plötzlich aus dem Nichts angeschossen gekommen war und ihm ein scharf gewürztes Hühnerbein aus der Hand gerissen hatte, würde er nie vergessen. Er wusste noch genau, wie die Federn sein Gesicht gestreift hatten, wie sich die Vogelkrallen um die Beute geschlossen und das gelbe Auge ihn direkt angesehen hatte. Es war natürlich nicht ganz richtig zu behaupten, er könnte sich nicht an das Speerwerfen erinnern. Den Zwischenfall mit dem Corgi der Frau des Generalgouverneurs würde wohl kaum einer je vergessen.

Es waren bereits ziemlich viele Leute gekommen. Auf der niedrigen Mauer vor dem Museum saßen schnatternd und aufgeputzt ein paar Jungornithologen (JOs), die meisten von ihnen Studenten, die eine Ausbildung zum Touristenführer machten. Auch die alten Hasen waren gut vertreten. Joan Baker und Hilary Fotherington-Thomas unterhielten sich, gegen ein Auto gelehnt, mit ein paar rosagesichtigen Männern, einer von ihnen mit Bart, deren taschenüberladene Khakimontur sie als Touristen und deren Akzent sie als Australier entlarvte. Patsy King und Jonathan Evans standen verstohlen ein wenig abseits. Ihre Dienstagvormittagsaffäre ging jetzt seit beinahe zwei Jahren, und obwohl Mr. Malik selbst nie eine Affäre gehabt hatte, nahm er doch an, dass ein gewisses Maß an Verstohlenheit unabdingbar war, wollte man aus derlei Angelegenheiten volle Befriedigung schöpfen. Die beiden bildeten ein ungewöhnliches Paar. Stellen Sie sich eine Giraffe vor, die hoch über der weiten Savanne aufragt. Und jetzt dazu ein Warzenschwein. Doch Mr. Malik hatte sich schon lange an den Anblick gewöhnt: die schlaksige Patsy King, zielstrebig voraus auf Weg oder Trampelpfad, das 10×50-Fernglas fest in einer großen Hand, und Jonathan Evans, der neben ihr hertrottete. Für Mr. Malik waren die beiden nichts Außergewöhnliches mehr, beinahe so vertraut wie Familienmitglieder.

Thomas Nyambe blieb, wie immer, für sich. Er stand mit dem Rücken zur Gruppe, den verzückten Blick zum Himmel gerichtet. Mr. Nyambe liebte Vögel und war bereits noch länger Mitglied der Dienstagsrunde als Mr. Malik. Er arbeitete als Fahrer für die Regierung und hatte Dienstag seinen festen freien Vormittag. In Kenia verdient kaum ein Fahrer genug, um sich ein eigenes Auto zu leisten, und so war Mr. Nyambe wie immer zu Fuß von der Factory Road gleich hinter dem Bahnhof zum Museum gelaufen. Und wie immer würde Mr. Malik ihm anbieten, ihn mitzunehmen, wohin die Fahrt sie auch führen mochte.

Ein Schlag, ein Scheppern und ein lauter Fluch durch ein geöffnetes Autofenster verkündeten die Ankunft von Tom Turnbull, der in seinem gelben Morris Minor über die Stolperschwelle krachte (die Schwelle gab es jetzt seit über einem Jahr, aber sie überraschte ihn jedes Mal wieder). Er öffnete die Autotür, stieg aus und knallte sie zu. Er fluchte, öffnete die Tür nochmal und knallte sie wieder zu. In der Ferne schlug die Rathausuhr neun.

«Guten Morgen und willkommen», sagte Rose.

Die Gespräche verstummten, alle Köpfe wandten sich um.

«Ich sehe ein paar neue Gesichter – und viele altbekannte –, und ich heiße Sie alle herzlich willkommen zu unserer dienstäglichen Vogelwanderung. Mein Name ist Rose Mbikwa.»

Mr. Malik hatte sich inzwischen daran gewöhnt, dass sich der normale Alt ihrer Sprechstimme in eine klare, deutliche, weittönende Vortragsstimme verwandelte. Rose sah sich um, lächelte hierhin und nickte dorthin und wandte sich dann wieder dem jungen Mann zu, der vorhin auf den Milan hingewiesen hatte.

«All jenen, die sie noch nicht kennen, möchte ich gerne Jennifer Halutu vorstellen. Bitte denken Sie daran, dass ich nächste Woche nicht da bin und Jennifer die Wanderung führt. Wie Sie sich vielleicht erinnern werden, wollten wir es letzte Woche eigentlich mit dem MEATI versuchen, aber wir hatten nicht genug Fahrzeuge. Sind es diese Woche genug?» Sie ließ den Blick über den Parkplatz schweifen. «Es könnte reichen. Wer kann noch jemanden mitnehmen?»

Hände gingen in die Luft, Berechnungen wurden angestellt.

«Gut. Sehr schön», sagte Rose. «Dann auf zum MEATI. Kennen alle den Weg?»

Es blieb Joan Baker und Hilary Fotherington-Thomas überlassen, den verwirrten Neulingen zu erklären, dass es sich beim Modern East African Tourist Inn um ein beliebtes Restaurant am südlichen Stadtrand handelte.

Thomas Nyambe hatte es sich bereits auf dem Beifahrersitz von Mr. Maliks altem, grünem Mercedes 450 SEL bequem gemacht. Die Rückbank war noch frei. Vielleicht, dachte Mr. Malik, wollten die beiden Touristen ja bei ihm mitfahren? Er wollte sich gerade anbieten, als noch ein Mercedes, ein glänzend roter SL 350, über die Stolperschwelle gehopst kam und auf den Parkplatz einbog. Ein getöntes Fenster senkte sich, und über einem mit Goldkettchen behängten Arm kam ein sonnenbebrilltes Gesicht zum Vorschein.

«Hi, Rose! Bin ich zu spät?» Der Mann sprang aus dem Auto. «Hey, David, George, da seid ihr ja! Die Kutsche steht bereit.»

Die Touristen – David und George, wie Mr. Malik vermutete – gingen hinüber zu dem roten Auto, wo man sich mit Händeschütteln, Grinsen und Schulterklopfen begrüßte.

«Die beiden wohnen auch im Hilton, Rose, also habe ich gesagt, sie sollen einfach mitkommen. Ist doch okay, oder?»

Nachdem die drei sich Roses Einverständnis geholt und die Gebühr für die Vogelwanderung entrichtet hatten, kletterten die beiden Touristen auf die Rückbank, während der Fahrer wieder hinters Lenkrad sprang, den Motor anließ, zur Einfahrt hinausfuhr und noch schnell zum Fenster hinausrief, ehe es sich wieder schloss:

«Wir sehen uns gleich!»

Wer um alles in der Welt war das? Braune Haut, weiße Haare, teuer gekleidet und ein leicht amerikanischer Akzent; trotzdem sah er irgendwie vertraut aus. Mr. Malik hatte keine Zeit, weiter über die Frage nachzugrübeln, und auch nicht darüber, dass dieser Kerl Rose Mbikwa offensichtlich zu kennen schien, weil sich einige junge schwarze Afrikaner in den Fond seines alten Mercedes quetschten. Die restlichen JOs schoben und drängelten sich in Roses 504, Toms Morris Minor und die bunte Schar von Land Rovers, Toyotas und anderen Fahrzeugen, mit denen die alten Hasen gekommen waren. Motoren wurden angelassen, Handbremsen gelöst. Während er vorsichtig über die Stolperschwelle fuhr und seinen vollgepackten Wagen in den Vormittagsverkehr einfädelte, machte Mr. Malik ein besorgtes Gesicht. Dieser Mann. Nein, das konnte nicht sein. Nicht nach all den Jahren.

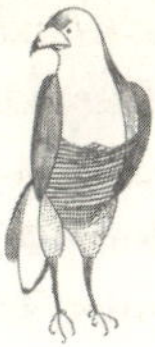

Weißbürzel-Singhabicht

2

Ehe wir uns näher mit dem geheimnisvollen Fremden befassen, sollte ich Ihnen ein wenig mehr über Mr. Malik erzählen, und über Rose:

An beinahe jedem Dienstag seit nunmehr siebzehn Jahren, ob Regen oder Sonnenschein, fährt Rose Mbikwa pünktlich um halb acht mit ihrem Peugeot 504 Kombi vor dem Museum vor. Den Wagen hatte sie 1980 gekauft, dem Jahr, in dem das Modell zum dritten Mal in Folge die Internationale Ostafrika-Safari gewonnen hatte. Damals schien es ihr einfacher, ihren Sohn zur Schule zu fahren, als ihn auf den Schulbus warten zu lassen (Rose fuhr gerne und weigerte sich auch später noch, sich einen Fahrer zu nehmen, als sich die Lage verschlechterte). Außerdem konnte man frühmorgens mehr Vögel sehen, und sie hatte Vögel immer schon gemocht. Aber als Roses Ehemann zum ersten Mal verhaftet wurde, fand sie, es sei besser für ihren Sohn, woanders zu sein. Sie schickte ihn in ein Internat in der Nähe ihres Elternhauses gleich neben dem dreizehnten Loch des Golfplatzes in Morningside, Edinburgh, wo ihre Eltern auch heute noch lebten.

Haben Sie sich Rose als Schwarze vorgestellt? Nein, Rose ist weiß. Rose Macdonald (wie sie damals noch hieß), rothaarig und hellhäutig, war 1970 nach Kenia gekommen. Die Reise war als Urlaub geplant, ein Geschenk ihrer Eltern zum erfolgreichen Abschluss des Jurastudiums. Rose hatte eine glänzende Zukunft vor sich. Hatte sie sich nicht bereits eine gute Position in der Kanzlei Harrington, Harrington, McBrace und Harcourt gesichert? Wer weiß, meinte ihre Mutter, womöglich heiratete sie irgendwann einen der Partner? Als es an der Zeit war zurückzukehren, um das Diplom entgegenzunehmen und in der Kanzlei in unmittelbarer Nähe der Prince's Street anzufangen, hatte Rose ihre Zweifel bekommen an einem Leben, das sich um Strafdelikte und Eigentumsübertragungen drehte, und sie hatte sich verliebt. In das Land Kenia im Allgemeinen – und in einen seiner Bewohner im Besonderen. Trotz aller Stürme, die zeitgleich in Morningside und dem Muthaiga Club ausbrachen, wurden Rose und Joshua Mbikwa, der gerade seinen Doktor in Somatologie gemacht hatte, dessen Herz aber für die Politik schlug, am 16. Juli 1971 in der Kathedrale zur Heiligen Familie in Nairobi getraut. Im darauffolgenden Oktober wurde Joshua ins Parlament gewählt, und einen Monat später kam ihr Sohn Angus zur Welt. 1977 wurde Joshua Mbikwa wiedergewählt, 1985 das erste Mal verhaftet (nur eine Warnung, wie es hieß), und 1988 wurde er parlamentarischer Oppositionsführer. Im Dezember des nächsten Jahres wurde er zum zweiten Mal verhaftet, wegen Volksverhetzung angeklagt, verurteilt und ins Gefängnis gesteckt. Und während Rose Tag und Nacht um die Freilassung ihres Mannes kämpfte, indem sie Briefe an jeden wichtigen Menschen schrieb, den sie kannte oder der ihr einfiel, fing sie außerdem an, die Pflanzen und Tiere in ihrer Umgebung zu beobachten. Sie hatte mit beidem Erfolg. Ihre Kampagne erzeugte in Kenia und über die Grenzen hinweg derartig großen Druck, dass Joshua Mbikwa freigelassen und freigesprochen wurde und seinen Sitz im Parlament zurückbekam, und Rose selbst war klargeworden, dass die afrikanischen Bülbüls und Weber sie genauso faszinierten wie früher schon die schottischen Amseln und Drosseln.

Als Joshua fünf Monate später bei einem ebenso tragischen wie mysteriösen Unfall mit dem Leichtflugzeug ums Leben kam, versicherte ihr der Präsident persönlich, dass er ebenso tief getroffen sei wie sie, und bestand darauf, sie möge sich direkt an ihn wenden, wenn er ihr bei der Rückkehr nach England in irgendeiner Weise behilflich sein könne. Rose Mbikwa, die Kenia inzwischen genauso glühend liebte, wie ihr Mann es geliebt hatte, und mehr über Pflanzen und Tiere und Politiker des Landes wusste als die meisten Menschen, die dort geboren waren, dankte ihm für seine Güte. Am nächsten Tag betrat sie das Büro der

Ornithologischen Gesellschaft im Nairobi-Museum und wurde Mitglied. Sie bezahlte drei Jahresbeiträge im Voraus.

Als es Zeit wurde, die Mitgliedschaft zu verlängern, hatte Angus sein geliebtes Internat in Edinburgh verlassen, um an der Universität von St. Andrews Internationale Beziehungen (diese Vorstellung amüsierte sie beide) zu studieren, aber Rose lebte weiterhin im selben Haus in Serengeti Gardens, Hutton Rise, Nairobi. Und sie hatte einen Plan. Nur weil ihr geliebter Ehemann tot war, hieß das nicht, dass mit ihm auch seine Überzeugungen und sein Einsatz für ein besseres Kenia gestorben waren. Es wurde immer deutlicher, dass Kenia, von dem heftig wehenden Wind der globalen Veränderungen gebeutelt und in den verworrenen Netzen internationaler Korruption gefangen, Hilfe brauchte. Rose sah am Horizont ein einziges helles Licht aufscheinen, und das hatte nichts mit Recht und Gesetz zu tun. Es war der Tourismus. Was wollten die Menschen sehen, die nach Kenia kamen? Die Wildnis mit ihren Tieren und Pflanzen. Wer schulte die örtlichen Touristenführer darin, den Besuchern die

Wildnis zu zeigen? Niemand. An diesem Punkt, fand Rose, könnte das Nairobi-Museum eingebunden werden. Mit dem Team von Kuratoren, den Sammlungen und Ausstellungen zu Pflanzen und Tieren, Land und Landschaft und den Bewohnern früher und heute böte das Museum den idealen Mittelpunkt für ein umfassendes, fundiertes Ausbildungsprogramm für Touristenführer.

Rose arbeitete hinter den Kulissen, sie recherchierte, beriet, überzeugte, plante. Natürlich gab es keinerlei Budget für ein derartiges Projekt, aber da ihr Sohn inzwischen mit der Ausbildung fertig war, investierte sie mit Freuden, was von ihrem bescheidenen Einkommen übrig blieb, um ihr Projekt voranzutreiben. Ihr Mann hätte das Gleiche getan, davon war sie überzeugt. Das Ausmaß ihres Erfolges trat zutage, als zu einem bestimmten Zeitpunkt der Tourismusminister und der Bildungsminister eine Pressekonferenz einberiefen, auf der sie das Ausbildungskonzept vorstellten, das Rose entwickelt hatte, wobei jeder der Minister davon überzeugt zu sein schien, dass die ganze Idee ihm allein zu verdanken war.

Rose übernahm die Stellung der Koordinatorin und Leiterin des Ausbildungsprogramms, eine Position, die sie heute noch innehat. Wenn Sie in Kenia auf Safari gehen, stehen die Chancen ziemlich gut, dass auch Ihr Führer dieses Ausbildungsprogramm durchlaufen hat – achten Sie am besten auf winzige Spuren eines schottischen Akzents. Roses Herz jedoch gehört immer noch den Vögeln, und als Honorardirektorin (Bereich Expeditionen) der Ornithologischen Gesellschaft nimmt sie sich auch heute noch jeden Dienstagvormittag frei, um die Vogelwanderung zu führen, so wie sie es die letzten sechzehn Jahre getan hat. Obwohl ihre roten Haare inzwischen fast weiß geworden sind, ist ihr Enthusiasmus noch immer ungebrochen, ihr Wissen unübertroffen und ihr Wagen ebenso alt und verbeult wie jeder andere Peugeot 504 in Afrika.

Mr. Malik ist, wie Sie vielleicht schon erraten haben, weder schwarz noch weiß. Er ist braun, einundsechzig Jahre alt, klein, rund und beinahe kahl. Die meisten Männer werden kahl. Man braucht nur ein X- und ein Y-Chromosom und muss außerdem lange genug leben, um irgendwann an den Punkt zu kommen, an dem die Haare dünn werden, zurückweichen oder einfach verschwinden, und die Tatsache, dass die Follikel, die den Schädel verlassen, offenbar früher oder später in Nase und Ohren zu neuer Kraft finden, ist gewöhnlich nur ein schwacher Trost. Deshalb steht jeder Mann irgendwann vor der Wahl: damit zu leben oder zurückzuschlagen.

Mr. Malik war gerade zweiunddreißig Jahre alt geworden, als ihm beim Besuch seines Friseurs in der Nkomo Avenue – den er regelmäßig alle vierzehn Tage zum Schneiden und Föhnen aufsuchte, und zwar schon seit den Zeiten, als die Nkomo Avenue noch King George Street hieß – eröffnet wurde, dass «der Herr obenherum ein wenig schütter» würde. Für einen Mann, der stolz auf seine Lockenpracht war, waren dies wenig erbauliche Nachrichten. Sein Friseur erwähnte vorsichtig, es sei womöglich an der Zeit für einen neuen Schnitt.

Es muss gesagt werden, dass aus dem ästhetischen Blickwinkel einiges für diesen Vorschlag sprach. Die Brillantinetolle, die ein verwegener, junger Mr. Malik in den frühen Sechzigern einst aus London mit zurückgebracht hatte, mag ja damals den Kurzgeschorenen in seiner Heimatstadt Nairobi ein glückliches Seufzen entlockt haben, aber inzwischen schrieb man immerhin das Jahr 1976. Wollte man das Bild eines seriösen, erfolgreichen Geschäftsmannes vermitteln – und daran war Mr. Malik in der Tat gelegen –, so waren Brillantinetolle und zehn Zentimeter lange Koteletten inzwischen wahrscheinlich nicht mehr die beste Art und Weise, dies zu erreichen.

«Vielleicht etwas konventioneller, der Herr, konventionell, aber nicht altmodisch.»

Der Herr, der die Haarwäsche hinter sich hatte und soeben eine wohlige Kopfmassage genoss, war glücklich und freundlich gestimmt.

«Haben Sie etwas Bestimmtes im Sinn?»

Von einem Regal über dem Waschbecken zauberte der Friseur im Handumdrehen einen Prospekt hervor.

«An den Seiten vielleicht etwas weniger, hinten aber trotzdem kragenlang, könnte ich mir vorstellen», sagte er und blätterte in dem Prospekt. «Auch Koteletten, wenn der Herr darauf besteht, aber keinesfalls länger als zwei Zentimeter. So wie dies hier vielleicht?»

Er hielt seinem halb liegenden, in Tücher gehüllten Kunden das Heft unter die Nase. Bei dem Bild handelte es sich um die Werbeaufnahme des Hollywood-Schauspielers Rock Hudson für seinen neusten Film. Dem Halstuch und dem karierten Hemd nach zu urteilen, handelte es sich um einen Western. Mr. Malik hatte eine Schwäche für Rock Hudson – vor allem in den Filmen mit Doris Day (wenn er schon für Rock Hudson eine Schwäche hatte, so bekam er bei dem Gedanken an die himmlische Doris Day geradezu weiche Knie). Er musterte das Foto eingehend. Rock Hudson trug zwar einen ziemlich kräftigen Schnurrbart mitten im Gesicht, und falls sein Kopf nicht ungewöhnlich klein war, waren die Koteletten auch sehr viel länger als zwei Zentimeter, aber im Großen und Ganzen wirkte es doch modern. Und wenn Mr. Malik die Augen zusammenkniff, meinte er sogar den Anflug einer Tolle zu erkennen.

Unter Zuhilfenahme von Kämmen und Spiegeln demonstrierte der Friseur einen weiteren Vorteil des neuen Schnitts. Würde man den Scheitel des Herrn nur einen Hauch nach rechts verschieben, bliebe die dünn werdende Stelle so gut wie unauffindbar. Mr. Malik stimmte zu und verließ den Salon schließlich mit neuer Frisur und beschwingten Schrittes, nachdem er dem Friseur ein mehr als großzügiges Trinkgeld gegeben hatte. Nennen Sie es Zufall, wenn Sie möchten, aber nur ein paar Wochen später verkündete Mrs. Malik, dass sie sieben Jahre und einen Monat nach der Geburt ihres einzigen Sohnes wieder schwanger war.

Während seine kleine Tochter Petula wuchs und proper gedieh, wuchs und gedieh auch der kahle Fleck auf Mr. Maliks Kopf. Zunächst stellte das kein Problem dar. Mr. Malik entdeckte, dass er den Scheitel nur noch ein Stückchen weiter rechts zu ziehen brauchte, und schon standen genug Haare zur Verfügung, um den Schandfleck zu bedecken. Als die Haare noch dünner wurden, behalf er sich mit ein wenig Brillantine (von der aus den Tagen seiner Tolle noch ein großer Tiegel ganz hinten im Badezimmerschrank stand), um die Haare an Ort und Stelle zu halten. Langsam, beinahe unmerklich, rutschte der Scheitel immer tiefer, während die Brillantineschicht dick und dicker wurde. Es bestand kein Zweifel mehr: Was vor dreißig Jahren als astreiner Rock-Hudson-Schnitt begonnen hatte, war zum klassischen Glatzenüberkämmer geworden.

Mochte die inzwischen erwachsene Petula (mittlerweile ohne Babyspeck) ihren Vater ruhig damit aufziehen, und mochte der abscheulich haarige Patel im Club ruhig hinterhältige Bemerkungen über die Vorliebe gewisser britischer Fußballer für ebendiese Frisur machen. Mochte sein Friseur ruhig bemerken, es sei an der Zeit, dass der Herr über ein Toupet nachdenke (seine Frau war inzwischen leider gestorben und schwieg deswegen in dieser Angelegenheit). Aber im Leben eines Mannes war eine grundsätzliche Veränderung der Frisur mehr als genug. Die Zeit der Perücken war vorbei, und er würde einen bedeckten Schädel niemals gegen einen kahlen eintauschen, egal, wie lange er jeden Morgen dafür brauchte, um jedes einzelne Haar zu drapieren, und egal, wie vergeblich diese Mühe im Ergebnis auch wäre. Außerdem lautet eine ungeliebte Wahrheit doch, dass eine schlechte Frisur das Herz eines Menschen weder widerspiegelt noch tangiert. Die Leidenschaft in Mr. Maliks Brust lodert so heftig wie in der Brust eines jeden anderen Mannes.

Seit drei Jahren ist Mr. Malik – mag er auch noch so braun, klein, rund und kahlköpfig sein – aufs heftigste in Rose Mbikwa verliebt.

Reiher

3

Als seine Frau Aruna vor acht Jahren an Krebs gestorben war, hatte Mr. Malik sich, wie so viele Männer in einer ähnlichen Situation, Hals über Kopf in die Arbeit gestürzt. Er hatte seine Frau geliebt. Nicht sofort, als ihm das schüchterne Mädchen vorgestellt worden war, das ihre Familien ihm zur Frau auserkoren hatten. Sie war ziemlich groß, dachte er damals, und wirklich nur ein bisschen hübsch. Bald jedoch lernte er dieses tiefgründige, ruhige Mädchen besser kennen, und als sie sich zur Frau wandelte, beeindruckten ihn ihre Stärken, von denen sie viele hatte. Und ihre Schwächen, von denen sie kaum welche hatte, rührten ihn. Und die Schönheit, die in ihr zu wachsen schien, strahlte manchmal so hell aus ihr heraus, dass er sie kaum ansehen konnte. Ihr Tod saß ihm wie ein tiefer Stachel in der Seele, ein Schmerz, der nur durch unablässige Arbeit in Schach zu halten war. Als er seinen ersten Herzinfarkt erlitt – er war haargenau so alt wie sein Vater damals, der daran gestorben war –, bestand Petula darauf, dass er einen Spezialisten aufsuchte.

«Und ich meine einen aus der Harley Street, Daddy, nicht aus der Limuru Road.»

Mr. Malik war kein armer Mann. Die Jolly Man Manufacturing Company war 1932 von seinem Vater gegründet worden, zu einer Zeit, als alle Welt rauchte. Rauchen galt als lässig. Männer rauchten Pfeife, reiche Männer Zigarren, und die Frauen vom Zimmermädchen bis zur Marquise rauchten Zigaretten. Im Film rauchte jeder – sogar Rock Hudson (mit Ausnahme, vielleicht, von Doris Day). Im damaligen Kenia war an importierte Zigaretten und Zigarren manchmal schwer heranzukommen. Wieso also nicht einfach etwas Tabak kaufen, dachte Mr. Malik senior, sich die nötigen Apparaturen besorgen und die Dinger selbst herstellen? Der Jolly Man Manufacturing Company mit dem Markenzeichen eines grinsenden Schwarzen mit Melone und Frack, der an einer fetten Zigarre zog, war von Anfang an Erfolg beschieden.

Dann kam der Zweite Weltkrieg. Deutsche U-Boote patrouillierten auf dem Atlantik, und die Tabaklieferungen von Amerika und den Inseln Mittelamerikas nach England versiegten. Kenia gehörte zum Britischen Empire, und der kenianische Tabak wurde für britische Fabrikanten beschlagnahmt. Die Produktion der Jolly Man Manufacturing Company glich einem Rinnsal. Sobald der Krieg zu Ende war, drängten die großen internationalen Konzerne mit ihren Navy Cuts, Pall Malls und Lucky Strikes auf den Markt. Die Jolly Man Manufacturing Company mit den veralteten, unwirtschaftlichen Maschinen konnte da nicht mithalten. Es sah nicht gut aus. Während des Krieges hatten sich die Jolly-Man-Zigarren jedoch bei Mikael Oncratoff, dem russischen Konsul (jeder wusste, dass er in Wirklichkeit ein Spion war, aber seine Partys waren trotzdem legendär), großer Beliebtheit erfreut. Als der Krieg zu Ende war, verschickte er die kenianischen Zigarren kistenweise nach Hause an seine Familie und an seine Freunde in Osteuropa. Den heimischen Produkten qualitativ überlegen und dabei billiger als kubanische Zigarren, waren sie schnell sehr begehrt. Sie wurden hinter dem neu errichteten Eisernen Vorhang derart populär, dass der Konsul sich direkt an Mr. Malik senior wandte – vielleicht brauchte er ja einen Exportagenten? 1960 hatte Mikael Oncratoff es zu einem hübschen Haus am Comer See gebracht, und anspruchsvolle Kameraden verlangten von Gdansk und Stalingrad bis nach Sofia und ans Schwarze Meer immer weiter nach Jolly-Man-Zigarren. Mr. Maliks Vater beschäftigte in seiner Fabrik in Nairobi dreihundert Angestellte, um mit der Herstellung nachzukommen. 1964 erlitt er seinen Herzinfarkt.

Zu jener Zeit hatte Mr. Malik die Schule bereits hinter sich und war nach London geschickt worden, um an der London School of Economics zu studieren. Auch wenn Wirtschaft ihn nicht im Geringsten interessierte (die LSE war die Idee seines Vaters gewesen), liebte er London. Er fand in Clerkenwell eine Studentenbude und blühte unter dem grauen Nordhimmel auf, wie er es im äquatorialen Sonnenschein nie getan hatte. Er liebte die Pubs, die Straßen, die Frauen, die Freiheit, das ganze Studentendasein. Er fing an, ab und zu einen Artikel über Studentenpolitik für die Studentenzeitung der Londoner Universität (damals noch *The Ferret*) zu verfassen, und das Talent zum Journalisten, das er in sich entdeckte, elektrisierte ihn so sehr, dass er nach den Vorlesungen oft einen Umweg über die Fleet Street machte, nur um die Nase in eine echte Zeitungsredaktion zu stecken und den Duft der Druckerschwärze einzuatmen. Vielleicht würde er nach dem Studium Journalist werden. Dann kam das Telegramm. Ganz der pflichtschuldige älteste Sohn, der er war, gab er all das auf, kam zur Beerdigung nach Hause und übernahm, wenn auch widerwillig, seinen Posten als Eigentümer und Geschäftsleiter der Jolly Man Manufacturing Company.

Betrachtete man seine Fürsorge für die Angestellten und die Zahlen, die sein Unternehmen schrieb, so war Mr. Malik ein guter Geschäftsmann. Betrachtete man jedoch seine ständige Sorge ums Geschäft und sein Unvermögen, irgendwann einmal abzuschalten, so war er ein schlechter. Sorgte er sich nicht ums Geschäft, sorgte er sich um Petula. Seine Tochter hatte ebenfalls im Ausland studiert und war 2001 mit einem MBA, aber ohne Ehemann aus New York nach Hause zurückgekehrt. Sie war inzwischen neunundzwanzig, immer noch ledig und lebte zu Hause. Das bot Grund genug zur Sorge für einen Vater – wenn sie wenigstens die Haare nicht immer so kurz tragen und ab und zu einen hübschen Sari statt dieser ausgebeulten Jeans tragen würde. «Nicht Jeans, Daddy – Denims!», sagte sie, aber in seinen Augen sahen sie trotzdem aus wie Jeans. Allerdings musste er zugeben, dass Petula ihm, was das Geschäft betraf, eine große Hilfe geworden war.

«Ich habe bei Sir Horatio Redmond in London einen Termin für dich gemacht», sagte sie zu ihm. «Keine Angst, Daddy. Ich kümmere mich schon darum, dass die Dinge weiterlaufen, während du weg bist.»

Was Sir Horatio, den Blick über die Dächer unter dem grauen Marylebone-Himmel gerichtet, seinem Patienten zu sagen hatte, war dies:

«Sie brauchen ein Hobby. Etwas, das Sie von der Arbeit ablenkt – wissen Sie, der Stress ist schuld.»

Der berühmte Kardiologe kostete das Wort geradezu aus. Noch letztes Jahr hätte er sich anders ausgedrückt, «es übertreiben» genannt, und er war sich immer noch nicht ganz sicher, ob dieser Ausdruck wirklich in die Harley Street passte, aber heutzutage schien jeder «Stress» zu sagen, und er betrachtete die Verwendung des Wortes als gute Übung, um hinsichtlich der modernen Entwicklung auf dem Laufenden zu bleiben. Das erwarteten die Patienten von ihm.

Ein großer, grauer Vogel flog behäbig durch die Düsternis in Richtung Park. Verfluchter Reiher – was hatte der hier zu suchen? Forellenmordendes Geschmeiß! Mit einem Stirnrunzeln wandte er sich vom Fenster ab. Ob es in Indien – nein, Afrika, oder? – wohl auch Forellen gab, fragte er sich, während er seinem dunkelhäutigen Patienten dabei zusah, wie er sich das Hemd zuknöpfte und nach der Krawatte griff. Er erinnerte sich flüchtig an ein paar Schlaglichter aus den Vorlesungen über Tropenkrankheiten. Moskitos und Malaria, Kriebelmücken und Flusskrankheit, Tsetsefliegen und Schlafkrankheit – in Afrika gab es wirklich sehr viele Fliegen. Aber gab es auch Angelfliegen und Drohnen, Schmetterlinge und Riedgras? Gab es, wo auch immer dieser Bursche herkam, Hochlandbäche, die sich über afrikanische Hügel talwärts ergossen, und breite, langsame Kalkflüsse, die sich gemächlich durch sanfte Wiesen schlängelten?

«Ich für meinen Teil angele», sagte er und schlüpfte wieder in die Pose, die ihm durch Amt und Würden zustand. «Aber was Sie betrifft, so sollten Sie es vielleicht eher mit Vögeln versuchen.»

Mr. Malik, dessen Aufenthalt im London der sechziger Jahre ihn mit dem Ausdruck vögeln in etwas anderem Zusammenhang bekannt gemacht hatte, war verwirrt. Machte dieser Mann ihm etwa den Vorschlag, er solle sich eine neue Frau suchen? Oder sich vielleicht mittels prophylaktischen Aufsuchens Prostituierter zu neuem Schwung verhelfen?

«Also, Spatzen zum Beispiel», sagte Sir Horatio. «Wieso auch nicht? Ich kannte mal einen Burschen, der saß stundenlang da und beobachtete Spatzen. Sehr beruhigend, wie er mir versicherte. Fliegende Spatzen, hopsende Spatzen, fressende Spatzen, nistende Spatzen. Haben Sie Spatzen? Bei sich in, äh ...?»

«Kenia.»

«Richtig.»

«Ja.»

«Gut. Das hätten wir. Ach ja, und nehmen Sie dreimal täglich vor den Mahlzeiten eine dieser grünen Pillen hier.»

Mr. Malik stieß innerlich einen Seufzer der Erleichterung aus. Ornithologie würde einfacher sein – und weniger anstrengend – als Frauen. Auf der Heimreise nach Nairobi kaufte er sich im Dutyfree-Shop von London-Heathrow ein 8×50-Fernglas von Bausch & Lomb. Zu seinem Erstaunen stellte er fest, dass die Geschäfte während seiner Abwesenheit offensichtlich auch ohne ihn ganz prächtig weitergelaufen waren.

Am darauffolgenden Dienstag schloss er Bekanntschaft mit den Vögeln Ostafrikas, und mit Rose Mbikwa.

Olivendrossel

4

Als Mr. Malik das MEATI erreichte, waren die anderen fast alle schon da und musterten die umstehenden Büsche auf der Suche nach Vögeln. Der Mann mit der Sonnenbrille und den goldenen Armkettchen (und, wie Mr. Malik jetzt feststellte, einer Goldkette um den Hals) stand neben den Touristen. Er deutete auf einen Baum, unterbrach jedoch die Unterhaltung, als Mr. Malik aus dem Wagen stieg.

«Hey, Malik! Bist du das?»

Und damit bestätigten sich Mr. Maliks schlimmste Befürchtungen. Harry Khan.

So wie ein Genesender die schwere Krankheit, die er überwunden hat, fast vergessen kann, bis er auf einmal einen Rückschlag erleidet, so erging es Mr. Malik mit Harry Khan. Mr. Malik war elf gewesen, als er ihm zum ersten Mal begegnet war. Er war neu auf der Eastlands High School, ein Pensionsschüler. Genau wie Harry Khan. Sie kamen in dieselbe Klasse, und es wurde erwartet, dass die beiden Neuen («neue Käfer» wurden sie genannt, leises Echo des englischen Privatschuljargons) miteinander auskamen. Dem war jedoch nicht so. Mr. Malik, oder einfach nur Malik, wie er jetzt bei Lehrern und Schülern hieß, war ein schüchterner und eifriger Junge. Harry Khan war – na ja, wie soll ich sagen? Er war laut, aber nicht schrill. Er war frech, aber nicht unverschämt. Er war humorvoll, aber nicht verletzend. Er war klug, ohne als Streber zu gelten, er fand leicht Freunde, war im Rugby flink und wendig und besaß zweifellos großes Talent im Umgang mit Kricketball und Schläger. Harry Khan war derjenige, der den elektrischen Toaster in den Schlafsaal schmuggelte, er war es, der das Radio unter seiner Matratze versteckte, damit sie samstagabends heimlich BBC World Service einschalten und die *Goon Show* hören konnten, und er war es auch, der die jüngeren (und auch einige der älteren) Schüler mit nächtlichen Freuden ganz anderer Natur bekannt machte. Er konnte sogar Rock'n' Roll tanzen. All das machte ihn bei den Jungen sehr beliebt. Für Mr. Malik jedoch wurde er die nächsten sieben Jahre lang zum Fluch seines Lebens. Denn Harry Khan war ein Tausendsassa, ein Witzbold, ein Spaßvogel – und jeder Spaßvogel braucht ein Opfer. Er hatte seines gleich am allerersten Morgen gefunden.

Der Gerechtigkeit halber muss gesagt werden, dass Harry Khan, fragte man ihn, auch heute noch darauf bestehen würde, dass es nicht seine Schuld gewesen war. Folgendes war geschehen: Die beiden Neuen hatten gerade die erste Nacht im mittleren Schlafsaal überlebt und standen im Waschraum, um sich vor dem Frühstück zu waschen und die Zähne zu putzen. Mr. Maliks Mutter hatte den Koffer ihres Sohnes gewissenhaft mit all den Gegenständen gepackt, die auf der Liste der Hausmutter verzeichnet waren, darunter auch ein schöner neuer Plastikwaschbeutel mit Reißverschluss – ebenfalls bestückt mit allem, was die Liste erforderte. Der Beutel enthielt den vorschriftsmäßigen Waschlappen («deutlich lesbar beschriftet mit dem Nachnamen des Jungen»), Kamm, Zahnbürste und Zahnpasta. Nur dass seine Mutter die Zahnpasta vergessen hatte. Mr. Malik war dies bereits am Vorabend aufgefallen, er war aber viel zu schüchtern gewesen, um die Hausmutter oder einen seiner Mitschüler zu fragen. Er hatte einfach so getan, als wäre auf seiner Zahnbürste Zahnpasta, in der Hoffnung, dass niemand etwas merkte. An diesem Morgen fühlte er sich etwas mutiger. Er würde den anderen Neuen – Khan – fragen, ob er seine Zahnpasta benutzen dürfe.

«Klar, Kumpel, bedien dich. Sie ist in meinem Beutel.»

Also hatte Malik die Tube aus Khans Waschbeutel genommen – einem ziemlich schicken, seidigen von Pan Am, wie ihm auffiel –, etwas Paste auf seine Zahnbürste gedrückt und sich die Zähne geputzt. Hm, komische Zahnpasta – gar nicht minzig. Er putzte weiter. Fühlte sich auch komisch an – schmierig statt schaumig.

Im nächsten Augenblick stand Mr. Malik nach vorne gekrümmt, mit lichterloh brennendem Mund, und spuckte verzweifelt ins Becken. Harry Khan, der die Tube inzwischen zur Hand genommen und sie nicht als Zahnpasta, sondern als jene Salbe identifiziert hatte, mit der er dreimal täglich den Fußpilz zwischen seinen Zehen behandelte, stand ebenfalls über sein Waschbecken gekrümmt, aber nicht vor Schmerzen, sondern vor Lachen. Was die Aufmerksamkeit der anderen Jungen erregte und für allgemeine Heiterkeit sorgte. Das wiederum rief die Hausmutter auf den Plan, und der arme Malik wurde ins Krankenzimmer befördert, wo ihm eine Mundspülung mit Desinfektionsmittel sowie vorsorglich noch eine kräftige Dosis Ipecacuanha verabreicht wurde.

Tja, hatte Harry Khan es vorher gesehen oder nicht? Der Hausmutter schwor er, nichts gesehen zu haben, und dem Vorstand ebenso. Aber das spielte im Grunde keine Rolle, weil die Jungen alle dachten, er hätte es gesehen, und die Sache für einen großartigen Streich hielten.

Dann war da noch die Sache mit dem internen Kricketturnier. Mr. Malik war schon nmer ein großer Fan gewesen, aber Kricket ielen konnte er nicht die Bohne. Er schien :hlicht nicht dafür gemacht zu sein. Wie er Khan gestanden hatte, entwickelte jeder Kri- ketschläger in seinen Händen ein Eigenleben, ein Leben, das dem Verfehlen von Bällen gewidmet war, dem Treffen spielfremder Gegenstände oder seiner selbst. Mr. Malik musste sich schmachvoll eingestehen, dass er warf wie ein Mädchen. Wenn es auf dem Spielfeld eine Lieblingsposition für ihn gab, dann war es die auf den Stufen, die Wertungskarte auf den Knien und den Bleistift in der Hand. Als Anschreiber war er wirklich gut. Er liebte die vielen hauchdünnen blauen Linien, die Pünktchen für Spielpunkte und die hübschen kleinen Symbole für «bye» und «wide» und «not out». Man kann sich also seine Überraschung vorstellen, als er drei Wochen nach Schulbeginn auf der Aufstellung für das Hauskricketspiel seinen Namen bei den Feldspielern fand. Als er sich nach zwei Tagen Schreckstarre wieder rühren konnte, nahm er all seinen Mut zusammen und sprach den Mannschaftskapitän an.

«Ah, ja, Malik! Viel von dir gehört. Es heiß du bist in deiner Grundschule für die Punkt zuständig gewesen. Schön, dich an Bord haben.»

«Nein, Kapitän, ich ...»

«Na komm, Malik, nur keine falsch Bescheidenheit. Khan hat mir alles über dich erzählt. Du bist genau der Richtige für uns.»

«Aber ich ...»

«Keine Sorge, alter Freund. Nach den Ferien sind wir doch alle etwas aus der Form. Komm morgen nach den Hausaufgaben einfach rüber zum Spielfeld, dann sehen wir ja, was in dir steckt.»

Der Mannschaftskapitän sei ihm, so versicherte er ihm am nächsten Nachmittag nach dem Training, ganz gewiss nicht böse. Er sei nicht böse, er sei nur sehr, sehr enttäuscht. Es gäbe nur einen Weg, ein guter Kricketspieler zu werden, Malik, und zwar gewiss nicht durch Angeberei und Lügen und Aufschneiden, sondern durch Fleiß. Aber er sei wirklich nicht böse, und Malik solle die Woche Hausarrest bitte nicht als Strafe, sondern als Lehre verstehen. Das würde er doch tun, oder nicht? Malik bejahte. In Anbetracht der Umstände kam er zu dem Schluss, es sei besser, nicht zu fragen, ob er bei dem Spiel den Anschreiber machen dürfe.

Und schließlich war da noch sein Spitzname. Eine Sache, auf die Harry Khan sich besonders gut verstand, war das Erfinden treffender Spitznamen. Er war noch kein ganzes Jahr an der Schule, da hatten bereits sämtliche Lehrer neue Spitznamen weg, Namen, die schlau waren und saßen. Mr. Gopal, der Direktor, der vorher bei Lehrern und Schülern nur als Rex bekannt war, wurde Der Gop – was besonders komisch war, wenn man Suaheli konnte.

Prakesh Kahdka, der seiner dürren, langen Figur wegen bei allen nur Storch hieß, wurde von Harry Khan in Stalker umgetauft, und unter den Jungen entstand ein sehr albernes Spiel, bei dem alle wegrannten, sobald Prakesh Kahdka um die Ecke bog, und dabei «Nichts wie weg – der Stalker kommt!» schrien, was den armen Prakesh ziemlich in Rage brachte, denn er war eine harmlose und gutmütige Seele. Was Mr. Malik betraf, so hieß er nur noch Jack.

Nun fragen Sie sich vielleicht, was an Jack denn so schlimm sein kann. Der Name geht einem leicht über die Lippen, man verbindet keine offensichtliche Assoziation damit, und auch ein Reim, weder komisch noch gemein, kommt einem nicht auf Anhieb in den Sinn. Und selbst für jene, die fließend Suaheli sprechen, erschließt sich keine doppelte Bedeutung. Doch die gab es, und im Laufe seiner langen Schulkarriere lernte Mr. Malik seinen Spitznamen zu hassen, und die große Freude, die Schule verlassen und nach London auf die Universität gehen zu können, beruhte nicht zuletzt auf dem Umstand, diesen Namen endlich hinter sich zu lassen. Als er zwei Jahre später nach Kenia zurückkehrte, stellte er zu seiner riesigen Erleichterung nicht nur fest, dass Harry Khan Nairobi verlassen hatte, der verhasste Spitzname war offensichtlich mit ihm gegangen.

Jetzt war Harry Khan wieder da.

Witwenpfeifgans

5

«He, Malik! Du *bist* es! Lange nicht gesehen! Laaaaange nicht gesehen!»

Mr. Malik, der nicht wusste, was er machen sollte, lächelte.

«Hätte ich's mir doch denken können – immer noch der Letzte! Sag nicht, du hast die malerische Route genommen!»

Mr. Maliks Fahrt zum MEATI war alles andere als malerisch gewesen. Dafür hatte ein umgekipptes Matatu auf der Langata Road gesorgt.

Harry wandte sich wieder an die beiden Touristen.

«Na, Jungs? Was habe ich euch gesagt? Hatte Harry recht oder hatte Harry recht? Die Valley Road ist die einzig wahre. Tja, Malik – du hast was verpasst.»

«Was war das nochmal für einer, Harry?», wollte einer der beiden Männer wissen, der mit dem Bart.

«Was war es gleich wieder, Rose?», fragte Harry.

Rose Mbikwa drehte sich zu ihnen um. «Ein Oryxweber, Mr. Malik», sagte sie in dem Akzent, den er so sehr liebte. Die Art, wie sie das «r» rollte, ließ ihn von Kopf bis Fuß erschauern. «Ein prächtiges Männchen. Schade, dass Sie es verpasst haben.»

«Ja!», sagte Harry. «Eine echte Schönheit.»

Wieder lächelte Mr. Malik. Den kleinen Sperlingsvogel mit der ungewöhnlichen Färbung hatte er schon lange einmal sehen wollen. Na ja, diesmal sollte es eben nicht sein. Wenigstens schien Harry Khan sich nicht mehr an «Jack» zu erinnern.

Das Modern East African Tourist Inn – von allen MEATI genannt – gilt in Nairobi als der

Ort, an dem man am besten die örtliche Fauna bestaunen kann. Wo sonst in Afrika – wo sonst auf der Welt? – kann man an einem einzigen Nachmittag zehn verschiedene Arten Wild in natürlicher Umgebung beobachten und am gleichen Abend in Einzelteilen auf dem Teller genießen? Giraffen, Zebras, zwei oder drei Arten Antilopen, Weißschwanzgnus, Büffel, Krokodile, Strauße, Perlhühner, Schwarzenten, alles auf der Speisekarte. Einheimische trifft man hier allerdings eher selten. Obwohl die meisten Kenianer Fleisch lieben, können es sich die wenigsten leisten, für ein einziges Abendessen sechzig Dollar auszugeben, ganz abgesehen davon, dass man auf Buschessen eher herabsieht. Huhn, Ziege, Rind, das ist das Richtige. Trotzdem, den Weg zum MEATI kann einem eigentlich jeder sagen, die Ngong Road hinaus und dann gleich hinter dem alten Flugplatz.

Doch die zwanzig bis dreißig Leute, die sich vor dem Touristenlokal am Stadtrand versammelt hatten, waren nicht gekommen, um zu essen. Sie waren hier, weil es sich bei dieser Stelle um einen Übergangsbereich zwischen

Wald und Flachland handelt, den Vögel besonders zu lieben scheinen. Das verwilderte Stück Land zwischen dem Lokal und den Baracken des I. und II. Bataillons der kenianischen Rifle Brigade gleich nebenan war mit mehr oder minder großem Engagement eingezäunt worden, und im Laufe der Jahre wurden hier Unmengen Müll abgelagert. Nicht nur das: große Löcher, in denen normalerweise das Wasser stand, zeugten davon, dass hier nicht nur abgeladen, sondern auch weggenommen wurde – Laterit oder Ton vielleicht. Das Gelände ist zum Großteil mit Unkraut überwuchert, aber es wachsen auch Akazien und etwa ein Dutzend größerer Bäume, die den Äxten der Feuerholzsammler bis jetzt entgangen sind. Das Gebiet liegt auf einer sanften Anhöhe, und auch wenn es stimmt, dass man im Süden die weiten Steppen des Nairobi-Nationalparks vor sich hat, so hat man doch im Norden die großartige Aussicht auf die Slums von Kibera. Also nicht gerade der Stoff, aus dem Touristenprospekte gemacht sind. Jetzt erhob sich Rose Mbikwas Stimme wieder über die leisen Gespräche, in die die Teilnehmer bereits vertieft waren.

«Ah ja. Danke, Matthew. Sie haben wahrscheinlich alle die beiden Augurbussarde gesehen, die über uns kreisen – wie Sie erkennen können, befindet sich der eine in der hellen und der andere in der dunklen Phase. Ach du meine Güte! Ist das etwa ein Blaukopf-Nektarvogel?»

Alle Augen wandten sich dem kleinen Prachtstück von Vogel zu, der aus einer orangeblühenden Pflanze Nektar trank.

«Ich glaube, ein grüner, Rose», sagte Hilary Fotherington-Thomas und spähte angestrengt durch ihr Fernglas.

«Ja, ja», sagte Rose. «Ein Grünkopf-Nektarvogel. So weit östlich wäre ein Blaukopf-Nektarvogel auch äußerst ungewöhnlich. Und hier drüben haben wir ein Pärchen Baglafechtweber.» Sie wiederholte die Bezeichnung. «Bag-la-fecht-weber. Wunderschön.»

«Ja», sagte Harry Khan. «Fast so schön wie Sie, Rose Baby.»

Rose Baby? Mr. Malik nahm seine frühmorgendliche Tasse Nescafé vom Tisch auf der Veranda und trank einen Schluck. *«Rose Baby?»*

Seit der Vogelwanderung waren inzwischen fast achtundvierzig Stunden vergangen, und es war ihm nicht gelungen, diese beiden Wörter aus dem Kopf zu bekommen. Seufzend setzte Mr. Malik die Tasse ab. Dann seufzte er ein zweites Mal, hielt einen Augenblick inne und nahm das Notizbuch und den Bleistift zur Hand, die neben seinen beiden noch unberührten Frühstücksbananen lagen. Es war das Büchlein, das er für alles benutzte. Den Buchdeckel zierte nicht sein Name, sondern die grobe Skizze eines Kaffernadlers. Mr. Malik beugte sich vor und machte einen Strich auf die neue, fast leere Seite. Das machte heute Morgen bereits sechs. Ein vertrautes Geräusch ließ ihn aufblicken. Hinter der gelben Banks-Rose (seiner absoluten Lieblingsrose) an der Hausecke kam – feg, feg, feg – rückwärts laufend eine kleine Gestalt in Sicht.

«Ah, Benjamin», sagte Mr. Malik und lächelte, weil ihm gerade eine Idee gekommen war.

«Benjamin, ich habe eine Aufgabe für dich.»

Benjamin hatte natürlich bereits eine Aufgabe, und er war sehr zufrieden damit. Er war

Shambaboy in der Garden Lane, Hausnummer 12, er fegte die Wiese und er fegte die Wege. Jeden Morgen schnitt er ein paar Zweige von dem Busch oder Baum, der sie seiner Meinung nach am besten entbehren konnte, band sie mit einer Sisalschnur an seinen Besenstiel und verbrachte den Rest des Tages damit, sie abwechselnd auf Gras und Beton abzunutzen. Einmal im Monat stieg er über eine Leiter aufs Dach und fegte die Abflüsse sauber. Was er zusammenfegte, trug er hinaus auf die Straße und verbrannte es. In Nairobi sind alle Wohnstraßen gesäumt von kleinen Laubfeuern, aufgeschichtet aus Blättern, Zweigen und anderem Müll. Der Geruch von Nairobi ist der Geruch nach kleinen Laubfeuern.

Mr. Malik zeigte ihm sein Büchlein. Auf der aufgeschlagenen Seite erkannte Benjamin eine Reihe Striche.

«Ich mache eine Zählung.» Mr. Malik hob den Nescafé zu einem weiteren inspirierenden Schluck an die Lippen. «Eine Vogelzählung.»

Er setzte die Tasse ab.

«Ich möchte dich gern um deine Hilfe bitten. Ich werde heute von zu Hause aus arbeiten. Ich möchte, dass du mit mir im Haus bleibst – lass das Fegen für heute sein. Und jedes Mal, wenn ich ‹Hagedasch› sage, möchte ich, dass du es hier auf diesem Block mit diesem Bleistift vermerkst. Verstanden? Ich habe heute Morgen bereits, lass mich mal sehen, sechs Hagedasche gehört.»

Benjamin lehnte den Besen gegen die Wand, nahm den Block und zählte die Striche, die ordentlich in Reih und Glied in der ersten Zeile standen. Mr. Malik beugte sich vor.

«Hagedasch», sagte er, und nach einer kleinen Weile, «zweimal. Schreib's auf.»

Benjamin machte zwei Striche. Mr. Malik betrachtete sie, nickte und lächelte anerkennend.

Genau wie Benjamin werden auch Sie sich vielleicht fragen, was es mit diesem Unsinn auf sich hatte. Es lohnt sich im Vorfeld vielleicht, zu wissen, dass es sich bei dem Hagedasch um eine Ibisart handelt – ein großer, brauner Vogel mit langen Läufen, einem langen, gebogenen Schnabel und lauter Stimme. Hagedasche suchen sich in Gruppen ihre Schlafplätze in den Bäumen der grüneren Bezirke Nairobis, und ihr namensgebender Ruf – im Englischen heißt der Vogel Hadada – gehört durchaus zu den beharrlicheren Elementen in dem Chor, der in diesem Teil der Welt in der Dämmerung erklingt, tagsüber vernimmt man ihn jedoch nur selten. Aber Mr. Malik zählt ja in Wirklichkeit auch gar keine Hagedasche. Er führt überhaupt keine Schätzung durch. Mr. Malik lügt.

Was uns zu einem kleinen Rätsel führt: Mr. Malik lügt, weil er der aufrichtigste Mann im Asadi Club ist.

Purpurhuhn

6

Das Clubleben in diesem Teil Afrikas ist nicht mehr das, was es einmal war. Es gab Zeiten, da verbrachte ein anständiger Bursche, vorausgesetzt, er war weiß, sein halbes Leben in seinem Club. Lebte er im Norden der Stadt, war es der Muthaiga Club, lebte er im Süden, der Karen. Jeden Abend nach der Arbeit und jedes Wochenende mit der Memsahib (und waren sie gerade in den Ferien aus England zu Besuch, auch mit den Kindern) war ihm sein Club ein zweites Zuhause. Aber heutzutage gibt es in Afrika nicht mehr so viele weiße Burschen wie einst – und wahrscheinlich noch weniger

Memsahibs –, und obwohl die Mitgliedschaft im Muthaiga oder Karen inzwischen jedem offensteht, ganz gleich, ob Schwarz oder Weiß (na ja, nicht jedem, Sie wissen schon, was ich meine), sind die alten Clubs nicht mehr das, was sie einmal waren.

Denn es werden dort keine Geschäfte mehr getätigt. Die Geschäfte werden inzwischen in einem anonymen weißen Gebäude mit schwarz verglasten Fenstern in der Stadt getätigt, mit zwei großen Männern in Uniform und Sonnenbrille vor der Tür, die mit kaum merklichem Nicken ein paar Auserwählten Zutritt gewähren und den Rest ignorieren. Wem genau sie Zutritt gewähren? Sehr Reichen, sehr Mächtigen oder sehr Schönen. Was das für den Asadi Club bedeutet? Sehr nett, danke der Nachfrage.

Denn der Asadi Club ist der Ort für die, die weder weiß noch schwarz sind, sondern braun, und die braunen Männer gehen in den Asadi Club, seit sie aus Indien nach Afrika gekommen sind, um den Weißen beim Bau der Eisenbahn zu helfen, und dann geblieben sind, um ihnen beim Aufbau der Kolonie zu helfen.

Und dort gehen sie noch heute hin. Der Asadi Club, gegründet im Jahre 1903 – Motto: *Spero Meliora* –, blüht und gedeiht. Egal an welchem Abend der Woche, der Parkplatz des Clubs steht voll mit glänzenden Mercedes und BMWs, der grüne Filz der vier Billardtische (im Muthaiga leider nur zwei, tja!) ist übersät mit weißen und roten Kugeln, und an der Bar werden leere Gläser gegen volle getauscht, so schnell die Barmänner nachkommen. Mr. Maliks Großvater gehörte zu den Gründungsmitgliedern des Clubs, sein Vater war beinahe vierzig Jahre lang im Vorstand, und seit Mr. Maliks Frau gestorben ist, ist auch ihm der Club zur zweiten Heimat geworden. Hier werden Neuigkeiten, Klatsch und Tratsch ausgetauscht, und hierher kam Mr. Malik, nachdem er den ganzen Mittwoch nach der Vogelwanderung vergeblich versucht hatte, jeden Gedanken an Harry Khan zu verdrängen, um möglichst alles über diesen Mann herauszufinden. Patel würde etwas wissen, oder Gopez. Dem war auch so, aber während er erfuhr, was er wissen wollte, wurde er in diese «Hagedasch»-Affäre verwickelt.

«Unsinn!», sagte Mr. Gopez.

Mr. Malik saß, ein beschlagenes Glas kühles Bier in der Hand, neben ihm im Sessel und beugte sich zu der Schüssel mit Chilipopcorn.

«Völliger Quatsch!»

Mr. Gopez las, wie er sah, die *Evening News*.

«Starke Worte, A.B., starke Worte», murmelte Mr. Patel, der auf der anderen Seite des Tisches saß.

«Also wirklich!» Mr. Gopez warf die Zeitung auf den Tisch und griff nach seinem Glas. «Ich meine, wer denkt sich denn so einen Blödsinn aus!»

Mr. Patel lächelte. Er hatte das herrliche Gefühl, dass ein kleiner Streit in der Luft lag. Ging es um etwas, das der Präsident gesagt hatte (immer Quatsch), um einen Artikel des Chefredakteurs (meistens Quatsch) oder um eine Nachricht aus dem Ausland (im Normalfall über das britische Königshaus und üblicherweise ebenfalls Quatsch)? Oder, schließlich war Mittwoch, handelte es sich um etwas, das dieser Bursche in der «Von einem Schlag»-Kolumne geschrieben hatte (ab und zu Quatsch, aber eher selten)? Er nahm die verschmähte Zeitung vom Tisch, und sein Blick fiel auf einen kleinen Bericht ganz unten. Dänische Wissenschaftler, die sich mit der menschlichen Verdauung beschäftigten, hatten, so las er, entdeckt, dass dem Durchschnittsmenschen einhundertdreiundzwanzig Mal am Tag ein Lüftchen entfuhr.

«Siehst du, was ich meine?», sagte Mr. Gopez. «Quatsch! Absoluter Mumpitz. Selbst nach den Linsen meiner Schwiegermutter könnte kein Kerl derartig furzen!»

«Ach», sagte Mr. Patel, «ich weiß nicht.»

Mr. Patel kannte A.B. Gopez seit vielen Jahren, und er wusste genau, dass diese vier einfachen Worte genügten, um seine Wette zu setzen. Mit einem Gefühl, wie es vermutlich ein Stückchen Käse in der Mausefalle empfand, wenn es in der Ferne Mausequieken hörte, wartete er auf die nächsten drei Worte seines Freundes.

«Du weißt nicht?» Ein paar üppige Augenbrauen schossen himmelwärts. «Du weißt nicht? Das widerspricht jeglicher Vernunft. Über hundert Fürze, das übersteigt doch das Gesamtvolumen des menschlichen Körpers. Da würde man am Ende des Tages aussehen wie ein ausgelutschtes Samosa. Malik, was sagst du dazu?»

Mr. Malik, inzwischen leider bereits beim zweiten Bier angelangt, reagierte leichtsinnig. Er hätte «Hm!» sagen sollen, stattdessen aber sagte er: «Hm?»

«Was meinst du damit. Hm?»

«Ich meine, ich sehe das etwas anders, A. B. Soweit ich es verstehe, ist ein Furz etwas, das sich entwickelt, nicht etwas, das sozusagen gelagert ist.»

«Exakt!», sagte Mr. Patel. «Ganz meiner Meinung. Und wer weiß, wie fett so ein dänischer Furz ist? Sprechen wir hier von einer ganzen Blaubeertorte oder nur von einem süßen kleinen dänischen Windbeutel?»

«Wir sprechen von durchschnittlichen dänischen Standardfürzen, wir sprechen von mehr als einhundert Stück pro Tag, und ich sage, das ist Mumpitz. Blanker Unsinn!»

Auf diesen Augenblick hatte Mr. Patel gewartet.

«Und ich sage, das ist es nicht.»

Mr. Gopez stellte das Glas ab. Er warf Mr. Malik einen Blick zu, der andeuten sollte, dass ihr gemeinsamer Freund im besten Fall ein Dummkopf und im schlimmsten Fall vertrottelt war, nahm das Glas wieder zur Hand und trank einen tiefen Schluck Whisky Soda. Er wollte es auf die versöhnliche Tour versuchen.

«Denk doch mal nach, Patel, alter Knabe – schalt dein Hirn ein. Ein Tag, vierundzwanzig Stunden. Einhundertdreiundzwanzig Fürze, das macht mehr als fünf Fürze pro Stunde, mehr als einer alle zwölf Minuten. Unmöglich. Wie gesagt, es widerspricht jeglicher Vernunft.»

«Einer alle elf Minuten und neunundvierzig Sekunden, um genau zu sein, A. B. Aber ich verstehe nicht, was Vernunft damit zu tun haben soll – was sagst du dazu, Malik? In Fällen wie diesem muss der rationale Ansatz dem empirischen weichen.»

Mr. Malik sagte gar nichts. Wenn er den Mund hielt, gab es vielleicht noch ein Entrinnen.

«Was? Willst du etwa deine Fürze zählen?» Die Gopez'schen Augenbrauen wollten mit dem Gopez'schen Haaransatz verschmelzen. «Und das Ergebnis soll ich dir dann glauben! Und erklär mir doch bitte, wie du die Fürze im Schlaf zu zählen gedenkst.»

«Ach», sagte Mr. Patel. Und nach einer Kunstpause: «Ich weiß, was du meinst, A. B. Ja, da muss ich dir recht geben.» Er verstummte wieder, als müsste er angestrengt nachdenken. «Ich weiß!», sagte er schließlich. «Wir fragen den Tiger.»

O nein, dachte Mr. Malik. Bitte nicht den Tiger.

«Tiger» Singh, Clubchampion in Billard, Snooker, Whist und, bis sein Knie schlappmachte, elf Jahre in Folge auch im Badminton, war die Autorität in allem, was Sport betraf. Im Asadi Club beinhaltete dies auch sämtliche Angelegenheiten rund ums Wetten, ob konventioneller oder unkonventioneller Natur. Wann immer ein Einsatz zu machen war, auf den Tiger war Verlass. Er kalkulierte die Gewinnchancen, führte Buch und spendierte jedes Mal, wenn ihm aus seinen Aktivitäten Profit erwuchs (was normalerweise der Fall war), freizügig Lokalrunden. Außerhalb des Clubs verdiente er sein Geld als Anwalt. Der Tiger wurde vom Billardtisch gerufen, bekam den Fall vorgetragen, hörte aufmerksam zu und ergriff dann das Wort.

«Nun, Gentlemen, *amoto quaeramus seria ludo,* würde ich sagen. Es drängen sich hier spontan zwei Fragen auf. Erstens, wie haben die Dänen es gemacht? Zweitens, wie hoch ist der Einsatz?»

«Was die erste Frage betrifft», sagte Mr. Gopez und schob ihm die Zeitung hin, «ich habe keine Ahnung – lies bitte selbst. Und was die zweite betrifft ...» Er zog die Brieftasche heraus. «Sagen wir zehntausend?»

Jetzt, dachte Mr. Malik, wird es albern.

Mr. Patel zog ebenfalls seine Brieftasche heraus.

«Also zehntausend. Abgemacht.»

Der Tiger hob die Hände.

«Wartet, wartet, Jungs, nicht so schnell. Brieftaschen weg!» Wenigstens einer, der die Vernunft wahrte. «Ehe wir auch nur daran denken können, eine Wette abzuschließen, müssen wir uns darüber einig sein, worum gewettet wird. Also, A. B., worauf genau verwettest du deine zehntausend Shilling?»

«Ich sage – ich wette –, dass diese Dänen sich von ihren, ihren Fürzen den Verstand vernebeln lassen haben. Keinem normalen Menschen entweichen mehr als hundert Lüftchen am Tag.»

«Und ich», sagte Mr. Patel, «sage, dem ist sehr wohl so.»

«Na also. Ganz einfach.»

«Nun ja, A.B., ganz so einfach ist es leider nicht», sagte der Tiger. «Diese Behauptung – diese Hypothese – muss bewiesen werden. Ganz abgesehen von dem Problem, wie wir die bereits erwähnten Fürze zählen wollen – mit irgend so einem dänischen Furzometer, oder was? –, stellt sich vor allem die Frage der Definition. Wie genau definiert man einen Furz? *Communi consilio,* wie wir Juristen zu sagen pflegen. Hier muss dringend Einigkeit herrschen, meint ihr nicht auch?»

Ohne die Antwort abzuwarten (erwähnte ich schon, dass er Anwalt ist?), fuhr der Tiger fort.

«Noch wichtiger jedoch ist die Frage: Wie lässt sich das Ergebnis beglaubigen? Auf wessen Wort wäre unbedingter Verlass, wenn ihr wisst, was ich meine?»

Drei Stirnen legten sich in Falten, drei Lippenpaare schürzten sich.

«Wenn wir nur einen unabhängigen Dritten zur Verfügung hätten …», murmelte der Tiger.

Und drei braune Augenpaare richteten sich auf Mr. Malik.

Hagedasch

7

«Hagedasch.»

Pflichtbewusst machte Benjamin den nächsten Strich. Mr. Malik, edler Malik, ehrlicher Malik, hatte natürlich abgelehnt, sich für diese alberne Posse zur Verfügung zu stellen.

«Es ist die einzige Möglichkeit», sagte der Tiger.

«Nein», sagte Mr. Malik.

«Du bist der Einzige», sagte Mr. Patel.

«Nein», sagte Mr. Malik.

«Malik – *clarum et venerabile nomen.*»

«Ein Synonym …», sagte Mr. Gopez.

«Der Inbegriff …»

«Für Ehrlichkeit …»

«Für Integrität.»

«So etwas würde man keinem anderen anvertrauen.»

«Das könnte man keinem anderen anvertrauen.»

«Nein», sagte Mr. Malik

«Die Ehre des Clubs, alter Freund», sagte Tiger Singh.

Und das, wie man so sagt, war der Treffer ins Schwarze. Ein Malik hatte sich noch niemals vor der Pflicht gedrückt, dem Asadi Club zu dienen. Ein Malik hatte noch niemals gekniffen, wenn die Ehre des Clubs auf dem Spiel stand.

«Also gut, verflucht nochmal», sagte er.

Bei einer weiteren Runde Bier (spendiert vom Tiger, guter, alter Tiger) wurden die Regeln festgelegt, notiert, beglaubigt und signiert. Mr. Malik würde über einen Zeitraum von zwölf Stunden mit einer von ihm frei zu wählenden Methode die Anzahl der gasförmigen Emissionen seiner Eingeweide (fortan als Fürze bezeichnet) zu Papier bringen, wobei besagter Zeitraum auf die Zeitspanne zwischen sieben Uhr morgens und sieben Uhr abends des folgenden Tages festgelegt wurde. Mr. Maliks Urteil darüber, was einen echten Furz darstellte, würde von allen Beteiligten akzeptiert werden und stand nicht zur Debatte. Nachdem bei sämtlichen Beteiligten Einigkeit darüber herrschte, dass es nicht machbar war, auch im Schlaf Fürze zu zählen, wollte man die während der zwölfstündigen Periode gezählten als die Hälfte aller während des der Wette zugrunde liegenden Zeitraums von vierundzwanzig Stunden produzierten Fürze akzeptieren. Mr. Malik sollte dem Asadi Club um zwanzig Uhr am folgenden Tag Bericht erstatten. Entsprach oder überschritt die Anzahl der während der zuvor erwähnten zwölfstündigen Periode registrierten Fürze 51, wäre der Beweis zugunsten der dänischen Behauptung erbracht, und Mr. Patel hätte die Wette gewonnen. Entsprach oder unterschritt die Anzahl der Fürze genau 50, so hätte Mr. Gopez die Wette gewonnen. Die Einsätze wurden treuhänderisch verwaltet von H. H. Singh, LL. B, MA (Oxon.), staatlich vereidigter Rechtsanwalt.

Als Mr. Malik am nächsten Morgen erwachte, war ihm die Wette kein bisschen weniger albern erschienen, aber es half alles nichts, es musste getan werden. Er beugte sich über den Tisch und nahm die allmorgendliche Tasse Nescafé zur Hand.

«Hagedasch», sagte er wieder.

Benjamin malte den vierten Strich, den zehnten dieses Vormittags insgesamt. Die plötzliche Eingebung, Benjamin in seine Pläne mit einzubeziehen, war ein ziemlich kluger Schachzug gewesen, fand Mr. Malik. Viel einfacher, als ständig das kleine Notizbuch aus der Tasche zu ziehen und die verdammten Dinger selbst zu registrieren. Außerdem hätte der Junge endlich mal eine Abwechslung von dieser ständigen Fegerei. Abgesehen von allem anderen, waren Patel und A. B. ihm, was Harry Khan betraf, wirklich behilflich gewesen. Außerordentlich behilflich. Aber ehe wir erfahren, was genau Mr. Malik im Asadi Club über Harry herausgefunden hat, noch ein bisschen mehr zu Benjamin.

Sechzehn Jahre alt und noch immer ungeküsst, stand Benjamin nun seit fünf Monaten bei Mr. Malik als Shambaboy in Diensten. Er liebte es. Unterkunft, Verpflegung und 350 Shilling im

Monat. Zum ersten Mal im Leben hatte er sein eigenes Zimmer – ein riesiges, geradezu hallendes Zimmer, über zwei Quadratmeter groß, und mit Fenster! Und Strom – an, aus. Und fließend Wasser aus dem Hahn direkt vor der Tür – an, aus. Und eigenes Geld in der Tasche. Natürlich schickte er 250 Shilling nach Hause, aber damit blieben ihm immer noch unvorstellbare 100 im Monat, die er auf den Kopf hauen konnte, für … wofür? Für Zucker, für Bonbons, für Coca-Cola! Unvorstellbare Mengen Coca-Cola.

Benjamin hatte schon immer gewusst, wie das Leben sich genießen ließ. Er war der Jüngste in der Familie, eines der Kinder, die im Westen oft reichlich unglücklich als «Unfall» bezeichnet werden, in Afrika jedoch etwas nettere Etiketten verpasst bekommen – in Benjamins Dorf, unten im großen Tal, wurden solche Kinder als «später Regen» bezeichnet. Der Bruder, der ihm altersmäßig am nächsten war, war sieben Jahre älter, und so war Benjamin als Kind zwar nie einsam, aber oft allein gewesen. Auf der kleinen Farm seiner Eltern hatte er immer gern für sich gespielt, im Staub oder im Schlamm, je nach Saison. Es hatte ihm Spaß gemacht, die Hühner zu hüten, und es faszinierte ihn, wie sehr sich die einzelnen Vögel im Charakter unterschieden. Er war hellauf begeistert, als er endlich alt genug war, um mit den Ziegen auf die Weide geschickt zu werden – zu Anfang nur morgens, später dann den ganzen Tag (auch wenn er etwas enttäuscht war, als er entdeckte, dass die Ziegen nicht halb so intelligent waren wie die Hühner). Er liebte es, die Tiere zu beobachten – die frechen Mungos, die kitzelnden Skorpione, die scheuen Schlangen und Eidechsen, die vielen verschiedenen Vögel, die zur Tränke geflogen kamen. Er unterhielt sich gern mit den Frauen aus dem Dorf, und mit den Männern, und war überglücklich, als er – nach langem Ratschlagen, an dem sich die ganze Gemeinschaft beteiligte – im Alter von acht Jahren zur Schule geschickt wurde. Die Schule lag fünf Kilometer entfernt an der Nakuru Road, und so blieb ihm auf dem Schulweg auch weiter Zeit, den ein oder anderen Stock zu werfen, auf einen Baum zu klettern oder eine leuchtend grüne Schlange zu beobachten. Manchmal erklomm er mit den anderen Kindern den großen Hügel hinter der Schule und ließ zum Spaß große Steine hinunterrollen, und einmal schleppten sie sogar einen alten Autoreifen mit nach oben. Was für eine Freude zuzusehen, wie der Reifen langsam Fahrt aufnahm und hopsend und springend nach unten rollte. Aber anders als die Steine blieb der Reifen nicht einfach am Fuß des Hügels liegen. Zur Begeisterung der Kinder sprang und rollte er weiter, über die Straße, über den Zaun und immer noch weiter. Zum Missfallen der Kinder wurde seine Fahrt dann unsanft gebremst, als er mit voller Wucht gegen die Hauswand des Direktors krachte, woraufhin dieser die volle Tasse starken Tee fallen ließ, den er sich nach Schulschluss für gewöhnlich zur Beruhigung kochte. Aber abgesehen von dem gelegentlichen wunden Hosenboden für Streiche wie diesen, liebte Benjamin seine Schulzeit, und die Jahre gingen schnell vorüber.

Zufällig kam Benjamin zur Schule, kurz nachdem der neue Bildungsminister erlassen hatte, dass der Unterricht an den Schulen fortan nicht mehr in der Sprache der alten Kolonialherren zu halten sei. Ab sofort war Suaheli die Lingua franca im Land. Benjamins Lehrer war ein kluger Mann und unterrichtete die Kinder neben Suaheli weiterhin auf englisch, und Benjamin genoss es, gleich zwei neue Sprachen zu lernen. Er genoss es so sehr, dass er seinen Lehrer zur Verzweiflung trieb, weil er ständig das Wort für dies und das Wort für das wissen wollte. Was hieß *doguru,* eine Schar Mungos, auf Suaheli? Wie lautete das englische Wort für *wakiku,* die kleinen grünen Beeren am Kikuyabusch? Sein neugieriger Schüler brachte Benjamins Lehrer, der am Viktoriasee aufgewachsen war, wo Mungos nicht in Scharen lebten und Wakikubeeren unbekannt waren, derart in Rage, dass er Benjamin (und, der Gerechtigkeit halber, auch allen anderen Schülern) nur noch drei Fragen pro Tag gestattete. Das hielt Benjamin nicht davon ab, sich im Geiste weiter Fragen zu stellen. Wieso nennt man *makari makari,* wieso gibt es unterschiedliche Wörter für männliche und weibliche *myaki* – *nudzi* und *kiyu* –, aber nicht für männliche und weibliche *hatajii,* und wieso gibt es kein englisches Wort für *huturu,* obwohl doch jeder Mensch *huturu* machen muss? Als Benjamin mit der Schule fertig war und er, inzwischen zwölf, anfing, seinem

Vater und seinen Onkeln auf der Hasara (oder *Shamba,* wie er inzwischen gelernt hatte) beim Umgraben und Pflanzen zu helfen, stellte Benjamin ihnen dieselben Fragen. Sein Vater war ein geduldiger Mensch, aber nach vier Jahren täglicher Fragerei über Sprachen, die er kaum kannte, schickte er ihn (wieder unter Einbeziehung des enthusiastischen Ratschlags der kompletten Dorfgemeinschaft) zusammen mit Emanuel, dem jüngeren Bruder seiner Mutter, in die Stadt.

Als der Direktor der Fabrik, in der Emanuel arbeitete, verkündete, er sei auf der Suche nach jemandem – vertrauenswürdig, tüchtig, jung –, der Lust hätte, als Shambaboy zu arbeiten, flog Emanuels Arm in die Höhe. Nach ein paar weiteren Fragen, die Emanuel offenkundig zur Zufriedenheit des Direktors beantworten konnte – ja, betreffende Person war jung, ja, er hatte auf dem Land gearbeitet, ja, er war Christ und, am allerwichtigsten, ja, er war noch nicht sehr lange in der Stadt und noch nicht verdorben, wurde vereinbart, dass Benjamin am folgenden Tag zu einem Vorstellungsgespräch in das Haus des Direktors kommen sollte.

Wie Sie sicher bereits erraten haben, handelte es sich bei Emanuels Chef – Besitzer und leitender Direktor der Jolly Man Manufacturing Company – um unseren Mr. Malik.

Marabu

8

Aber kommen wir auf das zurück, was Mr. Malik im Asadi Club über Harry Khan in Erfahrung bringen konnte. Nachdem die Wettformalitäten geklärt waren, schenkte Mr. Malik sich sein Glas wieder voll und nahm noch eine Handvoll Chilipopcorn.

«Habe heute einen alten Kumpel wiedergetroffen. Habe ihn seit Jahren nicht gesehen.»

«Ach ja?»

Mr. Gopez hatte die Zeitung wieder zur Hand genommen und vertiefte sich in den Sportteil.

«Ja. Seit der Schule.»

«Australien ist Favorit beim Kricket – schon wieder! Was ist eigentlich mit den West Indies los? Ich meine, wirklich – was ist passiert?»

«Ist auf einmal bei der Vogelwanderung aufgetaucht.»

Mr. Gopez hob verwirrt den Blick.

«Die West Indies?»

«Nein, dieser Kerl. Harry Khan.»

«Klingt aber nicht nach West Indies.»

«Ist er auch nicht. Er ist hier geboren.»

«Bist du dir sicher?»

«Ja. Ich bin mit ihm zur Schule gegangen.»

«Wieso spielt er dann für die West Indies?»

Mr. Patel eilte Mr. Malik zu Hilfe.

«Harry Khan? Meinst du den Sohn von Bertie Khan?»

«Ja, den. Wie ich schon sagte, ich kenne ihn noch aus Schulzeiten.»

«Ah», sagte Mr. Gopez. «K wie Khan für Kwalität, der Khan. Ist doch gestorben, oder?»

«Nein, ich habe ihn heute gesehen.»

«Lebendig?»

«Ja.»

«Bist du dir da ganz sicher?»

«Ja.»

«Komisch. Ich frage mich, wen sie dann beerdigt haben. Die Samosas werde ich mein Lebtag nicht vergessen. Ohne Erbsen. Ich mag keine Erbsen.»

«Ich glaube, Malik meint Harry Khan, A. B., nicht Bertie.»

«Was, ist der auch gestorben?»

«Soweit ich mich erinnere», sagte Mr. Patel, «ist die Familie nach Kanada ausgewandert. Ich habe gehört, sie hätten sich da ziemlich gut gemacht, mit Läden und so.»

Jetzt mischte sich auch Tiger Singh ins Gespräch.

«Läden und so, und Hotels und so, und Import und Export und Franchising und sogar, wie ich gehört habe, ein paar ziemlich anständige Restaurants. Erst Toronto, dann New York.»

«New York?»

«Sagt meine Frau zumindest. Sie hat mir erzählt, Harry Khan wäre zurück. Die vierte Frau hat sich gerade von ihm scheiden lassen – wegen ständigem Ehebruch, sagt meine Frau. Ein Schürzenjäger erster Güte, sagt sie – von wegen unschuldig geschieden und so. Ist wahrscheinlich auf der Suche nach der Nächsten.»

Nach der nächsten Ehefrau? Nein, bitte nicht! Nicht Harry Khan, nicht … Rose. Und nicht ausgerechnet jetzt, wo Mr. Malik gerade diesen Brief geschrieben hatte.

Der Brief. Ich bin mir sicher, Sie wissen noch, wie sehr Mr. Malik in Rose Mbikwa verliebt ist – nein, zu sagen, er ist «hingerissen» oder «ihr mit Haut und Haar verfallen», würde es noch besser treffen. Er hatte sich auf den ersten Blick in sie verliebt, und dass er der Frau seiner Träume drei Jahre lang Dienstagvormittag für Dienstagvormittag auf der Vogelwanderung begegnete, hatte das Feuer seiner Leidenschaft nur weiter geschürt. Sie ahnen vielleicht schon, dass Mr. Malik nicht eben zu den aufdringlichen, forschen, extrovertierten Typen gehört. Aber Sie haben auch bemerkt, dass er beileibe kein Feigling ist, wenn es hart auf hart kommt. Fügen Sie diese Umstände nun zusammen mit dem unmittelbar bevorstehenden, wichtigsten Ereignis im kenianischen Gesellschaftskalender, und heraus kommt ein Mr. Malik, der sich vergangene Woche an seinen Schreibtisch begeben hat (wie es sich fügte, unmittelbar nach der Rückkehr von der Vogelwanderung), um Mrs. Rose Mbikwa einen Brief zu schreiben, in dem er sie bat, ihm die Ehre zu erweisen, ihn auf den alljährlichen Ball des Nairobi Huntclub zu begleiten.

Mr. Malik, muss gesagt werden, ist kein Tänzer. Ich bin kein Läufer – Laufen fühlt sich für mich einfach nicht richtig an. Aber in meinen Träumen renne ich trotzdem als Pheidippides von Marathon nach Athen, um den Sieg über die Perser zu verkünden. Ich bin Tom Longboat im Madison Square Garden und überquere volle drei Minuten vor dem Hauptfeld die Linie, ich bin Julius Ruto. Mr. Malik ist in seinen Träumen Fred Astaire, und er hat nicht nur diesen Brief geschrieben, um Rose Mbikwa zum Ball zu bitten, er hat ihn auch in einen Umschlag gesteckt, ihn adressiert und eine Briefmarke daraufgeklebt, obwohl er bis jetzt noch nicht mal im Besitz einer Eintrittskarte zum Ball ist – von zweien ganz zu schweigen. Aber er hat bereits einen Barscheck verschickt, und sobald die Karten da wären, würde er einen Spaziergang zum Briefkasten an der Ecke Garden Lane und Parklands Drive machen und den Brief einwerfen.

Denken Sie daran zurück, wie es war, als Sie noch jünger waren. Denken Sie an diesen einen Brief (oder an diese E-Mail oder SMS, wenn unbedingt nötig), an diesen einen Menschen. Denken Sie daran, wie Sie auf Antwort gewartet haben. Würde Rose die Einladung annehmen? Natürlich nicht. Nein, niemals. Eine Antwort würde kommen, eine feine, kleine handgeschriebene Notiz in steifem Umschlag. Ausgewählt höflich, ohne Begründung. Und wenn doch? Vielleicht würde sie ja doch annehmen. Das Telefon würde klingeln, und er würde sich melden mit: «Malik hier», und er würde ihre Stimme hören, wie sie sagte, was für eine wunderbare Idee das sei, sie sei seit Jahren nicht mehr auf dem Nairobi-Huntclub-Ball gewesen und freue sich schon sehr darauf. Oder er wäre gerade außer Haus, und wenn er zurückkäme, stünde eine Nachricht auf dem Block am Telefon – kein Name, nur ein einzelnes Wort. Ja.

Ein Wort zur Jagd in Nairobi, bekannt als Nairobi Hunt. Hätten Sie am letzten Samstag im Mai 1962 frühmorgens vor dem Haupteingang des Karen Club gestanden, hätten sie auf der Wiese die Versammlung von siebzehn Pferden samt Reitern erblickt – rote Jacken, weiße Jodhpur-Hosen, schwarze Reitkappen. Ein wirres Durcheinander aus Rufen und Gebell verkündet die Ankunft einer vollen Meute Foxhounds aus dem Zwinger ein Stückchen weiter die Straße hinunter, gleich hinter den Tennisplätzen. Als die ersten Sonnenstrahlen über die Ngombo Hills fallen, reitet die Jagdversammlung des Nairobi Hunt zum letzten Male aus. Ehe der Vormittag vorüber ist, werden sie zwei Füchse aufgestöbert und getötet haben, zwei mehr als üblich, und die Jagd wird als großer Erfolg bewertet werden. Das passende Finale einer Tradition, die seit mehr als fünfzig Jahren Bestand hatte.

Ich sollte vielleicht hinzufügen, dass die Füchse in Wirklichkeit Schakale waren – in diesem Teil Afrikas gibt es leider keine passenden Füchse –, aber die Jagdteilnehmer sagten nun mal Fuchs dazu. Die English Foxhounds allerdings waren echte Foxhounds – Nachkommen jener Hunde, die Lord Delamere, Gott hab ihn selig, seinerzeit im Jahre 1912 mit ins Land gebracht hatte. Aber während die Hunde inzwischen samt und sonders in die ewigen Jagdgründe eingegangen sind und der wilde Galopp über die Steppe, der aufgehenden Sonne entgegen, mit zusammengekniffenen Augen nach Erdlöchern Ausschau haltend und ab und zu einen Schluck Whisky aus dem Flachmann nehmend, nur noch als schwindende Erinnerung in den Köpfen einiger alter Hasen existiert, ist die Jagd selbst nicht völlig verschwunden. Ihr Geist existiert noch immer, und zwar in Form des Jagdkomitees des Karen Club, dessen einzige Funktion darin besteht, den alljährlich stattfindenden Huntclub-Ball auszurichten. Kommen Sie, ich führe Sie ein wenig herum.

Wir befinden uns im großen Ballsaal des Suffolk-Hotels. Kandelaber glitzern, die Kerzen sind erleuchtet. Üppige Zweige Bougainvillea winden sich um die Säulen, die die Längsseiten des Saals säumen, riesige Hibiskuszweige schmücken Fenster und Türen. An der Stirnseite des Saals stimmt das Orchester sich ein. Auch heute Nacht werden wir, so wie seit neunundzwanzig Jahren schon, zu den Klängen von Milton Kapriadis und seinen Safari Swingers schwelgen. Das an einer Längsseite aufgebaute, mit steifen weißen Tischdecken verhüllte Buffet verschwindet beinahe unter unzähligen beladenen Platten und Schüsseln.

Das Buffet besteht, wie gewöhnlich, aus einer Auswahl Canapés (wie ich sehe, sind Vol-au-Vents auch dieses Jahr wieder sehr en vogue), gefolgt von Salaten, diversen kalten Braten, scharfem Hühnchen und scharfen Shrimps, Currys, Birianis, Obstplatten und Kuchen und Torten, die meiner Großmutter – sie hatte eine Schwäche für rosaroten Zuckerguss und Schlagsahne – Freudentränen in die Augen getrieben hätten. Auf einem separaten Tisch, überwacht von einem Koch in makellos weißer Kochuniform und hoher Mütze, mit glänzendem Schneidewerkzeug in Händen, ruht ein am Stück gegrilltes Lamm. Zwei weitere warten in der Küche darauf, herausgetragen zu werden – in diesen Dingen ist man im Suffolk schon immer sehr gut gewesen. Neben der Tür stehen in Reih und Glied die Kellner mit weißen Sarongs und kastanienbraunen Jacketts samt blitzenden Silberknöpfen und balancieren auf weißbehandschuhten Händen schwere Silbertabletts. Auf jedem Tablett stehen je zwei Gläser Bier, Gin Tonic, Whisky Soda, Brandy Soda und Sodawasser pur – die «Big Five» Ostafrikas. Möge das Fest beginnen.

Wer wird erwartet? Nun, im Grunde kommen sie alle. Über zweihundert Paare der Crème de la Crème Kenias. Sämtliche alten Hasen natürlich und viele junge Hasen, und dazu ganze Horden verzogener Sprösslinge – von denen die meisten Afrika den Rücken gekehrt haben, um nach Kensington oder Belgravia (oder heutzutage sogar Islington) zu gehen, die aber immer noch einmal im Jahr zurückkehren, um dem englischen Winter zu entfliehen. Es ist Tradition, dass auch der britische Hochkommissar den Ball besucht, und wie immer (abgesehen von einer dreijährigen Pause während der Regentschaft Harold Macmillans in Großbritannien, als die Winde des Wandels, die durch Afrika fegten, derlei Frivolitäten unmöglich machten) tut er es auch diesmal. Außerdem finden sich verstreut noch ein paar andere hochgestellte Diplomaten und diverse Mitglieder von Nichtregierungsorganisationen, die sich inzwischen in Nairobi niedergelassen haben.

Das Orchester setzt ein, der britische Hochkommissar und seine Frau betreten das Parkett zum ersten Walzer (es ist immer ein Walzer, der britische Hochkommissar ist immer ein Mann, und er ist immer verheiratet), und schon geht es los. Es wird getanzt, geplaudert, gegessen, getrunken, geflirtet – und vor allem gilt: Sehen und gesehen werden. Ich bin selbst dort gewesen, und es ist wirklich sehr amüsant. Mr. Malik, dessen Frau sich nie viel aus all dem alten kolonialistischen Unsinn gemacht hat, war noch nie dort, und er war sich nicht sicher, ob es amüsant war, aber er wusste, dass dies der einzige Ort war, an den er Rose Mbikwa ausführen wollte. Gut möglich, dass die Eintrittskarten schon mit der nächsten Post kamen.

Sobald sie da waren, stand seiner Einladung nichts mehr im Wege, und er konnte sie getrost in den Briefkasten an der Ecke Garden Lane und Parklands Drive gleiten lassen.

Nektarvogel

9

Rose Mbikwa stand bei sich zu Hause in Serengeti Gardens, Hutton Rise, im Schlafzimmer, einen leeren Koffer auf dem Bett. Wie sie vormittags auf der Vogelwanderung angekündigt hatte, wäre sie nächste Woche nicht da. Was sie nicht gesagt hatte, war, weshalb.

Ich habe bereits erwähnt, dass es sich bei dem Wagen, den Rose fährt, um einen Peugeot 504 handelt und dass dieser bereits bessere Tage gesehen hat. Der letzte 504 lief zwar 1989 in Sausheim vom Band, aber es sind zähe alte Autos, von denen auf den Straßen Afrikas zwischen Kapstadt und Kairo noch immer Tausende unterwegs sind. Der 1600-Kubik-Motor, im Grunde baugleich mit dem, der auch schon beim alten Pininfarina 404 Verwendung fand, ist offensichtlich nicht kleinzukriegen. Das manuelle Viergangschaltgetriebe ist, auch wenn die Beschleunigung zu wünschen übriglässt, berühmt für seine Verlässlichkeit. Im Normalfall geht zuerst die Kupplung kaputt, allerdings sehr langsam – das Jaulen eines abgenutzten Schneckengetriebes kann einen Peugeot 504 über Jahre begleiten, ehe es schließlich seinen mechanischen Geist aufgibt.

Mit dem menschlichen Körper verhält es sich manchmal ähnlich. Während die Jahre vergehen, gibt es oft einen Körperteil, der früher als die anderen Anzeichen von Abnutzung zeigt. Bei Rose war jedoch, abgesehen von einem gelegentlichen Stechen in der linken Hüfte nach einer besonders anstrengenden Wanderung, nicht der Motor oder das Getriebe das Problem. Es waren die Augen.

Zuerst versuchte sie, die leichte Unschärfe zu ignorieren, die sich vor allem im grellen Sonnenlicht bemerkbar machte. Sicher nichts Ernstes, das würde von selbst wieder weggehen.

Das tat es nicht. Ach was, sie wurde eben alt – eine Brille würde das ihre tun, so eine, wie man sie in der Drogerie kaufen konnte. Aber auch das half nicht. Als ihr Sehvermögen noch mehr nachließ, merkte sie, dass auch ihr Farbempfinden beeinträchtigt wurde (sie hatte den Grünkopf-Nektarvogel tatsächlich für einen blauen gehalten). Sie vertraute sich ihrem Arzt an. Der untersuchte mit einem altmodischen Augenspiegel gewissenhaft ihre Augen.

«Sosehr ich es bedaure, Mrs. Mbikwa, aber Sie leiden an Grauem Star. Die Linse Ihres linken Auges ist besonders schlimm betroffen, sie wird bereits gelb. Das ist der Grund, weswegen Sie Schwierigkeiten mit einigen Farben haben.»

Der Arzt erklärte, dass diese Krankheit besonders unter seinen weißen Patienten weit verbreitet war.

«Das starke Licht hier, die Infrarotstrahlung, wissen Sie? Sie schädigt die Proteine. Ich fürchte, es wird sich noch verschlimmern.»

Er empfahl ihr, sich künstliche Linsen einsetzen zu lassen.

«Zu Beginn nur die linke. Der Eingriff ist

im Grunde ganz einfach, und die Linsen sind heutzutage sehr verlässlich, obwohl ich zugeben muss, dass wir hier in Kenia nicht gerade Spezialisten auf diesem Gebiet sind.»

Er empfahl Rose, sich in Europa oder in den USA operieren zu lassen.

Die Nachricht war für Rose niederschmetternd, obwohl sie so etwas befürchtet hatte. Von all den Dingen, die im Alter aussetzen konnten, war der Verlust des Augenlichts für Rose am schwersten zu ertragen. Was würde aus ihrem Ausbildungsprogramm werden? Was aus den Vogelwanderungen? Würde sie ohne die Schönheit ihrer geliebten Vögel überhaupt leben können? Aber andererseits – es war nicht zu ändern. Rose wäre nie auf die Idee gekommen, derart viel Geld für sich selbst auszugeben, selbst wenn sie die Summe irgendwie hätte zusammenkratzen können. Was man nicht heilen kann, muss man eben erdulden. Sie dankte ihrem Arzt und ging nach Hause. Ihre Augen wurden schlechter. Aber dann kam letzten Monat ihr Sohn zu Besuch, der inzwischen erwachsen war, sein Studium abgeschlossen hatte und in Genf für die Vereinten Nationen tätig war. Er durchschaute den gespielten Gleichmut seiner Mutter schnell und tätigte ein paar Telefonate.

«Du hast nächsten Mittwoch einen Termin in der Klinik von Dr. Strauss in Bonstetten. Die Flüge sind gebucht. Keine Widerrede, Mutter, es ist alles bezahlt.»

Deshalb wird Rose also an diesem Nachmittag den Swiss-Flug nach Zürich nehmen. Sie wird neun Tage fort sein. Während sie sich in ihrem Schlafzimmer umsieht und überlegt, was sie mitnehmen soll und was nicht, wollen wir die Gelegenheit nutzen und das Haus ein wenig unter die Lupe nehmen.

Hutton Rise war in den zwanziger Jahren als komfortabler Vorort für weiße Siedler der Mittelschicht entstanden. Wenn Sie an Sunningdale in Berkshire denken oder an einige der älteren Stadtteile von Freeport, Long Island, dann haben Sie ein ungefähres Bild von den komfortablen Häusern und den großzügigen Grundstücken. Inzwischen gilt Hutton Rise als Vorort für Kenianer der Oberschicht, ihre Hautfarbe spielt keine Rolle, sie müssen es sich nur leisten können. Rose lebt seit ihrer Heirat in dem Haus auf dem Hügel in Serengeti Gardens. Sie ist inzwischen die einzige Weiße in ihrer Straße. Auf der Seite, wo früher Bunny und Sue Harrington gewohnt haben, lebt jetzt ein asiatischer Geschäftsmann, dem die Coca-Cola-Abfüllanlage in Nairobi gehört, die größte übrigens in Ostafrika (seine Frau bekommt Rose so gut wie nie zu Gesicht). Auf der anderen Seite lebt – in einem ausladenden Gebäude im Hazienda-Stil, das einst den jüngeren Delamere-Sohn, seinen besten Freund Jeremy und mindestens ein Dutzend Dackel beherbergt hatte – inzwischen ein Richter des Obersten Gerichtshofs, der, gemessen an der wechselnden Anzahl und Auswahl von Fahrzeugen, die ständig seine Auffahrt verstopfen und sich bis auf die Straße drängeln, offenbar über ein beträchtliches Einkommen und einen gewissen Mangel an Markentreue verfügt.

Obwohl Roses Haus groß ist, muss es, an modernen ostafrikanischen Standards gemessen, doch als altmodisch bezeichnet werden. Die Zimmer sind zwar nicht klein, aber auch nicht so palastartig wie in den neueren Häusern in der Gegend. Durch das geräumige Wohnzimmer im Erdgeschoss tritt man durch Falttüren aus Holz auf eine Veranda. Falttüren sind es allerdings nur mehr theoretisch – es ist viele Jahre her, seit zuletzt jemand versucht hat, die Türen zu schließen, und es darf bezweifelt werden, dass die Mechanik der Herausforderung standhalten würde. Die Veranda erstreckt sich über die gesamte Rückseite des Hauses, und manchmal sitzt Rose draußen in einem der Rattansessel unter der gelben Banks-Rose (ihrer absoluten Lieblingsrose), manchmal sitzt sie drinnen in einem der alten Sessel, oder sie liegt bequem auf dem Sofa. Sie hat es nicht, wie viele andere Leute, so sehr mit «ihrem» Sessel. In der Ecke steht eine Hi-Fi-Anlage mit einem Gewirr von Kabeln dahinter und CDs in unordentlichen Stapeln auf dem Regal direkt darüber, aber es gibt keinen Fernseher und also auch keine riesige Satellitenschüssel im Garten – die heutzutage die meisten Häuser in der Straße ziert. Auch eine Klimaanlage gibt es nicht. Selbst wenn Rose eine Klimaanlage gewollt hätte – solange die Verandatür in diesem Zustand war, könnte sie ihren

Zweck wohl kaum erfüllen. Im Anschluss an das Wohnzimmer, aber durch drei Rundbogen davon getrennt, befindet sich das Esszimmer mit einem großen Tisch aus Walnussholz, zwölf Stühlen und dazu passender Anrichte. Die Möbel waren im frühen neunzehnten Jahrhundert in Dundee gefertigt worden und ein verspätetes Hochzeitsgeschenk ihres Vaters. Gegenüber dem Esszimmer befindet sich die Küche, und in der Diele, direkt neben der Haustür, gibt es eine kleine Garderobenkammer. Von der Diele aus führt eine Treppe nach oben zu vier schlichten, quadratischen Zimmern und einem Badezimmer. Ja, Sie haben richtig gelesen, es gibt nur ein Badezimmer. So altmodisch ist dieses Haus.

Eine Besonderheit von Roses Haus sind die unzähligen Fotos und Bilder, die jede einzelne Wand schmücken. Über dem Kaminsims im Wohnzimmer (im Wohnzimmer gibt es einen riesigen Kamin, obwohl er dieser Tage kaum genutzt wird) hängt das in Öl gemalte Porträt eines gutaussehenden Schwarzen in grauem Nadelstreifenanzug. Er sitzt an einem Schreibtisch, ein Blatt Papier vor sich, in der Hand einen Füllfederhalter. Das Bücherregal im Hintergrund ist voller Bücher mit schwarzen und roten Rücken. Das alles verleiht dem Mann eine Aura von Seriosität und großer Bedeutung – ein Rechtsanwalt oder ein Politiker vielleicht. Diesem Eindruck steht einzig das breite, strahlende Lächeln entgegen, das der Mann mitten im Gesicht trägt. Dies ist Joshua Mbikwa, der Mann, der die junge Rose Macdonald vor fünfunddreißig Jahren von ihren schottischen Socken gehauen hat. Dies ist der Mann, der sie mit Afrika bekannt gemacht hat. Dies ist der Mann, den sie immer noch liebt.

Rose ließ die Schlösser des alten Samsonite-Koffers zuschnappen, hob den Telefonhörer ab und wählte. Sie würde das Angebot, sich fahren zu lassen, doch annehmen. Das ersparte ihr die Suche nach einem Taxi. Schon beim fünften Versuch kam sie zum Hilton durch und wurde mit dem Zimmer von Harry Khan verbunden.

Tiger Singh und A. B. hatten, was Harry betraf, goldrichtig gelegen. Sein Großvater Mohammed Khan war aus dem gleichen Grund wie die meisten seiner Landsleute aus Indien nach

Afrika gekommen – um für die Engländer die Eisenbahn zu bauen. Die Engländer waren zu dem Schluss gekommen, dass sie selbst nicht dazu in der Lage waren (wissen Sie, weiße Arbeiter vertragen die Hitze nicht), hatten jedoch schnell erkennen müssen, dass die eingeborenen Afrikaner keinen Grund sahen, den ganzen Tag für eine Schale Reis zu schuften, wenn sie die Zeit genauso gut bequem unter einem Baum verbringen konnten, wo ihre Frauen sie mit Hirsebrei versorgten. Also rekrutierten die Engländer ganze Schiffsladungen indischer Arbeiter, von denen jeder, als er in Mombasa die Gangway herunterkam, einen Spaten und eine Schale in die Hand gedrückt bekam, und in null Komma nichts war die Eisenbahn gebaut (trotz diverser Verzögerungen durch menschenfressende Löwen, um die heute immer noch so viel Tamtam gemacht wird). Als dann am 16. Juli 1903 die erste Eisenbahn den ganzen weiten Weg vom Indischen Ozean bis an den Viktoriasee entlangrumpelte – was blieb Harry Khans Großvater da übrig? Sollte er in das dürre Zentralindien zurückkehren und sich weiter von den Engländern herumkommandieren lassen? Mohammed Khan hatte schon sehr früh erkannt, dass ein Mann mit Unternehmungsgeist in diesem seltsamen, aber fruchtbaren Land durchaus Möglichkeiten hatte. Obwohl auch er beim Eisenbahnbau mit nichts als einer Schaufel in der Hand begonnen hatte, wie alle anderen auch, war er schon bald zum Vorarbeiter aufgestiegen, dann zum Abschnittsleiter und dann zum zuständigen Leiter der Streckenversorgung. Er arbeitete noch immer von frühmorgens bis spät in die Nacht, aber seine Beförderung brachte es mit sich, dass er die Strecke auf und ab reisen musste und dabei Gelegenheit hatte, sich umzusehen. In einem Abschnitt verzögerte sich der Bau durch Mangel an Dynamit.

Zufällig wusste er, dass unten in Mombasa in einem winzigen Schuppen mit Vorhängeschloss an der Tür an einer Wand noch ein paar Kisten Dynamit gestapelt waren, die damals übrig geblieben waren, als der Hafenmeister den großartigen Plan ersonnen hatte, die Hafenmauer mit gesprengtem Korallgestein aus einem nahe gelegenen Hügel zu verlängern. Zwei laute Detonationen später war dem Hafenmeister klargeworden, dass nach der Sprengung von dem überaus brüchigen Gestein nichts als nutzloser Staub übrig blieb, und das Dynamit stand immer noch in den Kiefernholzkisten in der kleinen Blechhütte unten im Hafen. Mohammed Khan machte den Hafenmeister mit dem Chefingenieur der Eisenbahn bekannt, und man war sich schnell handelseinig. Der Hafenmeister bedankte sich bei Harry Khans Großvater mit dem Nächstbesten, was gerade zur Hand war, und das waren zufällig mehrere Stoffballen mit leuchtend rotem Manchester-Kammgarn, die irgendwie in seinem Büro gestrandet waren, unter etwas mysteriösen Umständen zurückgelassen vom Eigner eines privaten Dampfschiffes.

Mohammed Khan nahm den roten Stoff dankbar an und hatte eine Eingebung. Er teilte den Stoff in gleich lange Bahnen, und an seinem nächsten freien Samstag trug er seine Ware auf den Markt hinter dem Bahnhof von Nairobi, um sie dort zu verkaufen. Am ersten Samstag verkaufte er ein Quadrat an einen vorbeikommenden Maasai. Am nächsten Samstag verkaufte er zwanzig, am dritten einhundert.

Fast jeder vorbeiziehende maasaiische Ziegen- und Viehhüter – und am Bahnhof kamen, angezogen von dem seltsamen Spektakel, viele Maasai vorbei – fand, er brauche einen neuen roten Umhang. Und so kam es, dass die Maasai, die bis dahin Farben in Tönen der Erde bevorzugt hatten, auf der sie gingen, ihre Vorliebe für rote Umhänge entdeckten, die bis zum heutigen Tage anhält, und so kam es außerdem, dass Mohammed Khan in die Welt des Handels eintrat.

Als es für den alten Mohammed Zeit wurde, das Geschäft an seinen Sohn zu übertragen, war daraus eines der größten Handelshäuser in Ostafrika geworden. Anzeigen mit dem berühmten «K wie Khan für Kwalität» sah man vom Bootssteg in Mombasa bis zum Hauptbahnhof von Entebbe, von den Weiten der Serengeti bis fast ganz hinauf zum Gipfel des Kilimandscharo.

Harrys Vater hatte den Ausbau dieses kleinen Handelsimperiums weiter vorangetrieben, und in den sechziger Jahren gehörte die Familie zu den reichsten Ostafrikas. Doch dann wendete sich das Blatt. Die Unabhängigkeit kam, und das Geschäftsvertrauen ging perdu. In ganz

Kenia herrschten Unruhen und Rastlosigkeit; Stämme riefen nach Stammesrecht, Nationalisten riefen nach Nationalismus. Sobald Harry, das jüngste der Kinder, mit der Schule fertig war, verkauften die Khans ihr Hab und Gut, packten ihre Koffer und zogen nach Toronto.

Auch dort bewiesen sie Geschick, und bald expandierten sie in die USA. Harry war inzwischen ebenfalls in das Familienunternehmen eingestiegen, wenn sich seine Aufgaben auch hauptsächlich aufs Repräsentieren beschränkten. Er hatte kein Händchen für Zahlen wie sein Bruder Aladin und keinen Blick für gute Gelegenheiten wie sein Bruder Salaman, aber eine Gabe hatte er. Er gab den Leuten ein gutes Gefühl. Wurde ein neues Hotel eröffnet, so war Harry derjenige, der die Feier organisierte, die Gäste begrüßte und die Reden hielt. Wurden Investoren für ein neues Einkaufszentrum gesucht, so war Harry derjenige, der die Bankiers zum Mittagessen einlud. Wurde ein Franchiseunternehmen vergeben, so war er derjenige, der die Gattin des Franchisenehmers unterhielt (und wie sie Harry mochten, diese Gattinnen).

Seine älteren Brüder kümmerten sich inzwischen um die Geschäfte und zählten das Geld, von dem es immer genug gab, sodass sie Harry wegen seiner Kreditkartenabrechnungen und Kontostände nie ernsthaft zur Rede stellen mussten. Harry legte sich in Toronto ein Apartment mit Blick über den Saint Lawrence und in Manhattan eines mit Blick über den East River zu. Inzwischen war er in beiden Städten bei der fünften Wohnung angelangt, weil jede seiner Exfrauen jeweils eine für sich beansprucht hatte, und er fing an, sich zu langweilen. Bei seinen Brüdern machten sich erste Anzeichen von Erschöpfung bemerkbar – so viele Ehefrauen und keine Kinder. Vielleicht, schlugen sie ihm vor, sollte er mal wegfahren. Leicht würde es nicht werden, aber sie würden schon ein paar Wochen ohne ihn zurechtkommen – oder auch ein paar Monate. Ein Besuch in der alten Heimat vielleicht? (Ja, sie waren ziemlich sicher, dass man in Afrika mit Amex bezahlen konnte.) Vielleicht hätte Mom ja Lust mitzukommen, na? Außerdem könnte er sich bei der Gelegenheit ein bisschen umsehen. Gut möglich, dass in Ostafrika dieser Tage wieder ein paar gute Gelegenheiten zu finden waren – Franchising vielleicht? Harry war einverstanden.

Er hatte zwar keinerlei Vorstellung, wie genau er dort drei Monate verbringen wollte, aber es würde sich schon irgendwas ergeben, da war er sicher.

Paradiesschnäpper

10

In den vierundvierzig Jahren, die vergangen waren, seit Harry Khan und seine Mutter zuletzt vom Internationalen Flughafen von Nairobi in die Stadt gefahren waren, hatte sich viel verändert. Harry erkannte nichts mehr wieder. Seine Mutter, die im Fond des schönen neuen Range Rovers saß, mit dem ihr Neffe Ali sie abgeholt hatte, schüttelte nur noch den Kopf, sobald sie meinte, einen lang vergessenen Orientierungspunkt wiedererkannt zu haben, der inzwischen eingeschlossen war von riesigen Bürogebäuden aus Beton, von Auto- und Möbelhäusern. «Eieiei», sagte sie dann. Auf der ganzen Fahrt in die Stadt hinein – vorbei am Fußballstadion, vorbei am Uhuru Park, an dem neuen Parlamentsgebäude, der alten Universität – sagte sie nichts anderes. Eieiei.

«Ich kann mich überhaupt nicht an diese Straßennamen erinnern», sagte Harry.

«Die sind alle geändert worden, alter Junge», sagte sein Cousin. «Schließlich sind wir jetzt postkolonial.»

Er bog von der Uhuru Road (Queen's Avenue) rechts ab, fuhr die Kenyatta Parade (Prince's Street) hinunter, an einer Tankstelle vorbei und an einem kleinen Verkehrskreisel links, an dem ihnen ein paar kleine, zerlumpte Jungen mit leerem Blick nachsahen. Der große Wagen rumpelte ein paar hundert Meter eine mit Schlaglöchern übersäte Straße entlang und bog dann in eine Einfahrt ein, über der in glänzenden Goldbuchstaben die Worte «Sea Spray» prangten.

«Daran erinnere ich mich aber mit Sicherheit nicht.»

«Es ist neu. Ruhiger als das Hilton. Ich dachte, das wäre für meine Tante besser geeignet.»

«Und was ist mit dem alten Livingstone?»

«Ach, du meinst das Dawn of Africa. Unter neuer Leitung.» Ali schüttelte den Kopf. «Leider nicht mehr das, was es mal war.»

Warum sie nicht im Stanley abstiegen, brauchte Harry gar nicht erst zu fragen. Kein Khan hatte jemals wieder einen Fuß in das Stanley gesetzt, seit sein Vater an jenem Tag vor fünfzig Jahren auf dem Weg zum Geschäftsessen mit einem Kunden vom Direktor des Hotels für einen Kellner gehalten und mit dem Stock bedroht worden war, falls er sich nicht sputete. Das Sea Spray (nur die Besitzer, eine saudi-arabische Familie, von der noch nie einer einen Fuß in das Gebäude gesetzt hatte, wussten, wieso ein Hotel, das ungefähr vierhundert Kilometer vom nächsten Meeresstrand entfernt lag, ausgerechnet diesen Namen trug) sah nach einem guten, modernen Hotel aus. Sie meldeten sich an, und Harrys Mutter ging auf ihr Zimmer, um sich umzuziehen und auszuruhen. Harry und Ali gingen so lange in die Hotelbar.

Es war geplant, dass die drei nur für eine Nacht in Nairobi blieben, um am folgenden

Morgen weiter nach Naivasha zu fahren. Ali besaß noch immer das große Haus am See, das ihr Großvater dort in den dreißiger Jahren als Landsitz gebaut hatte, und der kenianische und der amerikanische Zweig der Familie waren sich einig, dass es für Harrys Mutter das Beste wäre, ihren dreimonatigen Keniaaufenthalt dort zu verbringen. Es wäre leichter für die alte Dame, wenn die Verwandten sie besuchen kamen, als durch die Gegend reisen zu müssen, um sie alle wiederzusehen. Das war, wie sich herausstellte, eine weise Entscheidung. Je schneller sie aus dieser kaputten Stadt herauskamen, so verkündete sie Sohn und Neffen am nächsten Morgen beim Frühstück, desto glücklicher wäre sie.

Das Haus in Naivasha hatte sich kaum verändert. Die gleiche lange Wolfsmilchhecke, die die Straße säumte, die gleichen hohen Eisentore, die sich auf die lange, mit Ziegeln gepflasterte Auffahrt öffneten, und auch die großen Rasenflächen und das flamingofarbene, mit Stuck verzierte Haus waren noch da. Harrys Mutter liebte es, Harry nicht. Er langweilte sich. Und drei Tage später, nachdem er sich vergewissert hatte, dass seine Mutter sich wieder in ihr altes, afrikanisches Leben eingefunden und sich schon wieder so sehr an Personal gewöhnt hatte, dass auch die altvertraute herrische Art wieder zurückgekehrt war, nahm er nur allzu gern die Einladung der jüngsten Tochter der Schwester der Frau seines Cousins, Elvira, an – Elvira, die verwöhnte, die hübsche, die nicht verheiratete, aber verlobte, die auf Besuch gewesen war, um dem Tantchen die Aufwartung zu machen –, mit ihr für ein paar Tage zurück in die Stadt zu fahren. Ihr Verlobter, ein Wirtschaftsprüfer aus gutem Hause und mit ernsten Absichten, war bedauerlicherweise geschäftlich in Dubai, aber es wäre ihr ein Vergnügen, Harry die Stadt zu zeigen.

Diesmal bezog er im Hilton Quartier. Er mietete sich einen roten Mercedes. Elvira zeigte ihm so viel vom Charme ihrer Stadt, wie sie konnte, und mehr von ihrem eigenen, als sie sollte, und wohin sie auch gingen, akzeptierte man American Express. Gar nicht so übel, dachte Harry. Dann kehrte der Verlobte in die Stadt zurück.

Und so kam es, dass Harry Khan, der sich in Nairobi alleine langweilte und nicht wusste, was er mit sich anfangen sollte, eines Morgens rüber zum Museum (ausgerechnet!) schlenderte, um sich für ein paar Stunden die Zeit zu vertreiben, bis sein Kopf wieder klar genug war, um zu dem Restaurant direkt vor der Stadt zu fahren, von dem er gerade gehört hatte, wo er sich am Mittag ein paar Bierchen und einen kleinen Happen genehmigen wollte. Und so kam es, dass er Rose Mbikwa kennenlernte.

Roses Wochenplan sieht folgendermaßen aus: Montagvormittag Personalversammlung. Damit ist ihr eigenes Personal gemeint, das fünf Köpfe umfasst – Elizabeth, die Haushälterin, Reuben, den dreiundsechzigjährigen Gärtner (sie weigert sich, ihn «Shambaboy» zu nennen), und drei Askaris, Mokiya, den alten Mukhisa und den jungen Mukhisa, deren Aufgabe es ist, in Serengeti Gardens Haus und Hof zu hüten. Im Grunde benötigt Rose dieses ganze Personal überhaupt nicht. Rose ist eine gute Köchin und eine begeisterte Gärtnerin. Sie hat auch nicht das Bedürfnis, behütet zu werden.

Von den hohen Mauern, den Stacheldrahtzäunen und den ausgefeilten Alarmanlagen, wie sie so viele ihrer Nachbarn so gerne benutzen, würde Rose sich eher bedroht als beschützt fühlen (abgesehen davon weiß Rose genau: wenn sie einen kriegen wollen, dann kriegen sie einen auch). Aber in ihrem Haus war nun mal viel Platz für die Unterbringung von Angestellten vorgesehen, und es wäre falsch, den nicht zu nutzen, genauso falsch, wie jemandem eine ehrliche Anstellung zu verwehren, solange es so viele Arbeitslose gab. Sie stand auf der Sonnenseite des Lebens, und, wie Joshua zu sagen pflegte, sein Glück soll man teilen. Seit sie in Roses Dienste getreten sind, sind alle drei Askaris – besonders der junge Mukhisa – sehr gute Vogelbeobachter geworden, die sie ständig nach draußen rufen, um ein besonders hübsches oder ungewöhnliches Exemplar zu bestaunen oder auch zu identifizieren.

Montagnachmittag wird die Korrespondenz erledigt. Dienstagvormittag: Vogelwanderung. Dienstagnachmittag: Arbeit im Museum oder für das Ausbildungsprogramm für Touristenführer – dasselbe mittwochs und donnerstags.

Freitagvormittag stellt Rose sich normalerweise freiwillig als Führerin im Museum zur Verfügung, lässt den Freitagnachmittag aber frei für den wöchentlichen Einkauf, wobei Elizabeth beim Feilschen hilft und Reuben beim Tragen. An diesem Freitagvormittag also wollte sie gerade eine Gruppe Touristen über die Haupttreppe nach oben zur Joy-Adamson-Galerie führen, als ihr ein gutgekleideter Mann ins Auge fiel, der am Rande der Gruppe herumschlenderte. Als er ihren Blick erwiderte, lächelte sie ihn an.

«Wenn Sie möchten, können Sie sich uns gerne anschließen.»

In den nächsten anderthalb Stunden lernte Harry Khan mehr über Kenia als in den achtzehn Jahren, die er in diesem Land gelebt hatte, vor allen Dingen, was die Vögel betraf. Man stelle sich vor, über eintausend verschiedene Arten – mehr als in ganz Nordamerika. Als die Führung vorüber war, dämmerte ihm, dass das Land, in dem er geboren war, ein ganz besonderer Ort war. Als er gerade gehen wollte, donnerte es ganz gewaltig, und der Himmel öffnete sämtliche Schleusen. Zurück zum Hotel zu laufen und sich durchnässen zu lassen hatte keinen Sinn. Er war sich nicht sicher: Sollte er warten, bis das Gewitter vorüber war, oder sollte er sich ein Taxi rufen? Irgendwo in der Nähe gab es doch sicher einen Taxistand. In diesem Augenblick erschien die hochgewachsene Weiße, die durch das Museum geführt hatte, einen Regenschirm in der Hand.

«Können Sie mir sagen, wo ich ein Taxi kriege?», fragte Harry. «Und vielen Dank für die Führung.»

«Normalerweise stehen die Taxen direkt vor dem Tor. Danke. Freut mich, dass es Ihnen gefallen hat.»

Rose erkannte in ihm den weißhaarigen Inder, der sich der Touristengruppe angeschlossen hatte. Er sah ziemlich gut aus, fand sie, wenn auch etwas protzig – und war der Akzent nicht amerikanisch? Sie fragte ihn, wohin er wollte, er sagte, zum Hilton, sie bot ihm an, ihn mitzunehmen. Er bat sie auf eine Tasse Kaffee mit hinein, sie nahm an. Und sie amüsierte sich ganz gut. Es war, musste sie zugeben, als sie bei einer seiner unglaublichen Geschichten über die Frau eines amerikanischen Franchisenehmers (inklusive Akzent aus dem Mittelwesten) in ihre Tasse prustete, ewig her, dass sie so gelacht hatte. Als er sie gefragt hatte, ob sie Lust hätte, mit ihm zu Mittag zu essen – er hätte da von diesem Restaurant etwas außerhalb der Stadt gehört –, hatte sie zu ihrer eigenen Überraschung ja gesagt (na ja, weshalb auch nicht, und außerdem standen die Chancen recht gut, ein paar Vögel zu Gesicht zu bekommen, falls sie einen Tisch im Freien ergatterten). Und so aß Rose mit ihm im Tusks zu Mittag, bekam viele weitere lustige Geschichten zu hören und stellte erstaunt fest, dass auch er ein nicht unerhebliches Interesse für die Vögel an den Tag legte. Der Anblick eines männlichen Paradiesschnäppers mit glänzend braunem Schwanz, der nur ein paar Schritte von ihnen entfernt auf einem Jacarandabaum gesessen hatte, hatte ihn geradezu bezaubert. Und als Harry sagte: «Das sollten wir unbedingt wiederholen – wie wäre es morgen zum Abendessen im Hilton?» –, hatte sie zugesagt, ohne mit der Wimper zu zucken.

Und so kam es, dass sie miteinander tanzten.

Bussard

11

«Was wollen Männer von Frauen?», fragte meine Großmutter mich eines Tages ohne jeden Zusammenhang, als wir wartend am Straßenverkauf des Crown and Anchor standen, einem jener Lokale mit Alkohollizenz, denen wir in strikter Reihenfolge einen Besuch abstatteten, um ihr die tägliche Flasche süßen Sherry zu besorgen, den sie so liebte. Ohne eine Antwort abzuwarten, sagte sie laut und vernehmlich: «Sex.» Zufrieden mit dem Ausdruck in meinem spätpubertären Gesicht, fuhr sie fort.

«Und was wollen Frauen von Männern?»

Ich schüttelte peinlich berührt den Kopf.

«Einen guten Tänzer.»

Wie mir klarwurde, als ich älter wurde und süßen Sherry zu schätzen lernte, ist daran viel Wahres. Ich vermute, Rose Mbikwa würde diese Einschätzung teilen. Rose liebt es zu tanzen.

Denken Sie zurück an den Frühling 1959. Noch zwölf Monate, dann wird Mr. Chubby Checker der Welt den Twist vorstellen. Weitere vierundzwanzig Monate müssen vergehen, ehe Ray Barrettos «El Watusi» für die nächste erdumspannende Tanzmanie sorgt. Von Burbank bis in die Bronx, von Spanien bis Schottland ist der Rock'n'Roll noch immer König der Hitlisten und regiert unangefochten auf der Tanzfläche, und im Unterstufengemeinschaftsraum des Edinburgh Presbyterian Ladies' College rockt und rollt die vierzehnjährige Rose Macdonald mit den Besten – was in diesem Falle ihre Mitschülerinnen in dieser exklusiven Mädchenschule sind, die noch immer in dem Ruf steht, Schottlands künftige Crème de la Crème hervorzubringen. Man sieht sie förmlich vor sich, wie sie kicken, wie sie kreiseln, wie sie den Sugar Push vollführen. Als Elvis in dem Decca-Schwarzweißfernseher in der Ecke die Lippe hochzieht, fangen alle Mädchen an zu seufzen. *O yeah, hit that rhythm eight to the bar and make it fast, daddy-o.* Nachdem Rose Macdonald von der Schule zur Universität weitergezogen war, mochte sich der Rhythmus zum Vierviertelakt gewandelt haben, und es mochte vorübergehend aus der Mode gekommen sein, seinen Tanzpartner beim Tanzen zu berühren, aber die Ausgelassenheit jener ersten Tanzerfahrungen würde Rose nie vergessen, genauso wenig wie die Schritte. An ihrem ersten gemeinsamen Abend, an jenem Samstag, nachdem sie sich kennengelernt hatten, stellte Rose fest, dass Harry sie auch nie vergessen hatte.

Als sie sich spätabends von ihm verabschiedete, um nach Hause zu fahren, fragte sie ihn: «Sehen wir uns Dienstag auf der Vogelwanderung?»

«Mrs. Mbikwa», antwortete Harry, «da können Sie sicher sein.»

Exakt um 20.00 Uhr am folgenden Donnerstag – also zwei Tage nach der Vogelwanderung, zwei Tage nach *Rose Baby* und einen Tag nach der Furzwette – betrat Mr. Malik die überfüllte Bar des Asadi Club. In seiner rechten Hand trug er eine schwarzlederne Aktentasche. Die Herren Gopez, Patel und Singh, die gemeinsam an einem Tisch gleich neben der Bar saßen, sahen auf, als er hereinkam, sagten jedoch nichts. Er setzte sich in den leeren Sessel am Tisch, öffnete die Aktentasche und zog ein schlichtes Notizbuch hervor, das er ohne jeglichen Kommentar dem Tiger übergab.

«Nun, Malik», sagte der Tiger und legte das Notizbuch auf den Tisch, ohne es aufzuschlagen. «Hast du deine Aufgabe erfüllt?»

Mr. Malik nickte.

«Und die Ergebnisse deiner Beobachtungen befinden sich hier in diesem Notizbuch?»

«Richtig.»

«Warst du in der Lage, sämtliche Punkte der im Vorfeld vereinbarten Bestimmungen hinsichtlich der Verfahrensweise zufriedenstellend einzuhalten, wie sie gestern Abend in diesem Schriftstück hier festgehalten und bezeugt worden sind, um das Ergebnis der Wette zwischen den beiden Mitgliedern des Asadi Club, die sich hier vor uns befinden, zu ermitteln?»

«Jawohl, das war ich.»

«Meine Herren!» Der Tiger erhob sich, und es wurde still im Raum. «Meine Herren, Sie haben die Worte unseres ehrenwerten Freundes Malik vernommen. Ehe ich dieses Notizbuch nun öffne und den Gewinner der Wette verkünde, frage ich, hat jemand» – er wandte sich den beiden Protagonisten zu – «noch etwas bezüglich der Vereinbarung, der Verfahrensweise oder eines sonstigen Umstandes betreffs dieser Angelegenheit zu sagen?»

Erst schüttelte Mr. Gopez den Kopf, dann Mr. Patel. Der Tiger ließ den Blick durch die noch immer stille Bar schweifen.

«Hat eines der hier anwesenden Mitglieder des Asadi Club hier und jetzt bezüglich oder angesichts dieser Angelegenheit – nämlich der Wette zwischen diesen beiden Herren, Mr. Gopez und Mr. Patel – noch etwas zu sagen?»

Ohne auf ein gedämpftes und leicht gelalltes «Nun mach schon hin», eine Stimme von ganz hinten, zu achten (Sanjay Bashu, zweifellos), zog der Tiger eine Lesebrille aus der Hemdtasche und rückte sie auf der Nase zurecht.

«Meine Herren. Ich habe die Zahl vor mir. *Ad utrumque paratus.*» Er schlug das Büchlein auf, die Augenbrauen hoben sich, offensichtlich überrascht, einen Millimeter. «Ich erinnere noch einmal: Gleicht oder übersteigt diese Zahl einundfünfzig, so hat Mr. Patel die Wette gewonnen. Gleicht oder unterschreitet sie fünfzig, so hat Mr. Gopez die Wette gewonnen. Die Zahl, meine Herren, lautet …»

Noch einmal ließ er den Blick durch die stille Bar schweifen.

«… zweiundvierzig.»

Einen Moment lang war es so leise, dass man eine Mücke hätte furzen hören können, dann hob eine wahre Kakophonie aus Stöhnen und Johlen und Bravorufen an. A.B. Gopez stand auf und beugte sich über den Tisch. Mr. Patel schüttelte mit beinahe nicht erkennbarem Stirnrunzeln die dargebotene Hand. Über das aufgeregte Stimmengewirr hinweg rief der Tiger zur Bar hinüber.

«Vier Tusker. Und vier Johnnie Walker – große.»

Rufe nach einer Nachzählung wurden laut – nicht von Mr. Patel, der seine Niederlage wie der wahre Gentleman akzeptiert hatte, der er nun mal war, sondern von ein oder zwei jüngeren Mitgliedern. Mr. Maliks Notizbuch, das inzwischen die Runde durch die ganze Bar gemacht hatte, wurde pflichtschuldig an den Tiger zurückgereicht, dessen forensisch geschultem Auge nicht entging, dass etwa zehn der Striche mit einer Tinte in leicht anderer Farbe gemacht worden waren. Er schmetterte den Einspruch unter Androhung ernstlicher Sanktionen ab.

Mr. Malik hatte gerade angefangen, A. B. und Patel zu erklären, auf welche Weise er seinen Shambaboy dazu gebracht hatte, ihm beim Zählen zu helfen, als Harry Khan die Bar betrat.

Elsterschabe

12

Wäre in diesem Moment der große Gott Ganesha höchstpersönlich in die Bar des Asadi Club spaziert – vierarmig, elefantenköpfig, mit abgebrochenem Stoßzahn und mit Diamanten gekrönt –, Mr. Malik hätte nicht überraschter sein können. Unbestritten, da war er, Harry Khan, in all seiner Pracht, ganz in Weiß und mit strahlendem Lächeln. Dichtes, weißes Haar, ein Hemd, das fast so strahlte wie seine Zähne, weiße Hose, weißes Jackett und (ja, dieser Mann kannte keine Scham) weiße Lackschuhe. Und an seinem Arm, in einem sehr kurzen roten Kleid, eine sehr hübsche junge Frau.

Bei seiner Gründung im Jahr 1903 war der Asadi Club schlicht ein Club für Inder gewesen. Jeder, der vom Subkontinent stammte, konnte Mitglied werden, ungeachtet seiner Rasse oder Religion – so stand es in den Clubstatuten. In der Praxis bedeutete dies, dass es keine weiblichen Mitglieder gab, oder hatte schon mal jemand davon gehört, dass eine Frau Mitglied in einem Club werden wollte? Erst nach jener hochnotpeinlichen Angelegenheit im Jahre 1936, die später als «Ranamurka-Affäre» in die Annalen eingehen sollte, wurden die Clubstatuten dahin gehend geändert, Frauen bewusst auszuschließen. So blieben die Dinge bis in die Mitte der siebziger Jahre hinein, als die neue Welle des Feminismus (obschon in der asiatischen Gemeinde Nairobis etwas verspätet und abgemildert, aber doch durchaus spürbar) mit dem Rückgang der Mitgliederzahlen zusammenfiel. Nach großer Debatte – und trotz Jumbo Wickramasinghs Drohung, zur Rettung der Clubehre zunächst das erste weibliche Mitglied und dann sich selbst zu erschießen – wurden Frauen zugelassen. Aber da keinerlei Anstrengungen unternommen wurden, sie zu ermutigen – ganz ehrlich: wie viele Frauen haben Lust, die ganze Nacht Bier zu trinken und Billard zu spielen, von dem Zustand der Damentoilette einmal ganz zu schweigen –, wurde ein Blutvergießen verhindert. Selbst dreißig Jahre später noch sah man Frauen im Club nur am ersten Sonntag im Monat zum traditionellen Curry-Lunch, wenn die Männer ihre Ehefrauen und Töchter mitbrachten. Aber an einem ganz normalen Abend unter der Woche? Niemals.

Alle Augen wandten sich der jungen Frau am Arm von Harry Khan zu. Es handelte sich, wie Sie sicher schon erraten haben, um die jüngste Tochter der Schwester der Frau seines Cousins, Elvira – Elvira, die verwöhnte, die hübsche, die nicht verheiratete, wenn auch verlobte, die, kaum war ihr Verlobter nach Dubai zurückgekehrt, zum Hörer gegriffen und Onkel Harry angerufen hatte, um zu fragen, ob er Lust hatte, etwas zu machen. Nachdem sie etwas gemacht hatten, hatte er gesagt, er hätte Lust, etwas trinken zu gehen, und sie, dass ihr das staubige alte Hilton auf die Nerven ginge, dass ihr Bruder Sanjay eigentlich in seinem Club sein müsste und weshalb sie nicht einfach dorthin gingen. Das wäre sicher ein Riesenspaß.

Ihr Bruder (derselbe Sanjay Bashu, der kaum eine halbe Stunde zuvor von ganz hinten dazwischengerufen hatte und seither seine Enttäuschung über Gopez' Niederlage in der Furzwette mit der innerlichen Anwendung großzügiger Dosen Johnnie Walker zu lindern versuchte) versicherte ihr, wie froh er sei, sie zu sehen.

«Nein, Pipi, wirklich, ich freue mich wahnsinnig. Ich meine, echt, Pipi. Wirklich. Ich freue mich!»

Harry machte sich auf den Weg zur Bar und überließ es seiner hübschen Nichte, ihrem missratenen Bruder in energischem Flüsterton klarzumachen, dass er diesen albernen Spitznamen endlich vergessen und sie ja nie wieder so nennen solle, weil sie sich anderenfalls gezwungen sähe, eine bestimmte Geschichte über ein bestimmtes Haustier auszuplaudern. An einem Tisch gleich neben der Bar sah Harry vier Männer sitzen. Drei starrten ihn an, einer sah auffällig weg. Er kannte nur letzteren.

«Malik! Schön, dich wiederzusehen!»

Mr. Malik konnte nichts machen, es gab kein Entkommen. Er drehte sich zu Harry Khan um, lächelte höflich und nahm die Hand, die ihm förmlich entgegengeschleudert wurde.

«Ach, Harry!»

Patel, A.B. und der Tiger waren gleichermaßen beeindruckt wie neugierig. Beeindruckt, weil das Mädchen, das offensichtlich inzwischen damit fertig war, Sanjay Bashu den Kopf zu waschen, auf sie zusteuerte, und zwar in einem Kleid, das in Sachen Schnitt und mangelndem Bedeckungsvermögen in Nairobi seinesgleichen suchte, vom Asadi Club ganz zu schweigen. Und neugierig, weil dies doch offensichtlich der Harry Khan war, an dem Malik gerade erst ein deutliches Interesse bekundet hatte, oder etwa nicht?

«Toller Laden», sagte Harry und warf sein strahlendstes Lächeln in die Runde. «Gefällt mir. Hier hängst du also rum, Malik, was? Hatte mich schon gewundert, dass du dich nie im Hilton blicken lässt. Kennst du meine Nichte? Elvira, ich möchte dir meinen alten Freund Malik vorstellen. Wir sind zusammen zur Schule gegangen.»

Wieder Händeschütteln.

«He, Malik, wie haben wir dich damals nochmal genannt?»

«Was? Mich genannt?»

«Ja, du weißt schon, damals in der Schule.»

«In der Schule?» Mr. Malik stand der kalte Schweiß auf der Stirn. «Ich kann mich nicht erinnern. Darf ich dir meine …»

«Mack! Das war's. Nein.» Harry sah auf der Suche nach Inspiration an die Decke. «Mist! Egal, es fällt mir schon noch ein. Wer, sagtest du, sind diese Herren hier?»

Nachdem man einander vorgestellt hatte, etwas zu trinken bestellt und ein wenig darüber geplaudert hatte, was Harry herführte und wie es seiner Mutter ging, wandte Mr. Patel sich mit unschuldigem Lächeln Elvira zu.

«Sie interessieren sich vermutlich nicht für Vögel, oder?» Ihr Schweigen als Zustimmung deutend, fuhr er fort: «Sie müssen unseren Freund Malik unbedingt darum bitten, Ihnen von seinen Hagedaschen zu erzählen.»

Mr. Malik wollte ihm schon mit einer strikt ornithologischen Erklärung ins Wort fallen, doch Harry kam ihm zuvor.

«Vögel, Schätzchen», sagte er. «Große, braune Vögel. Weißt du, ich habe an diesem Wochenende eine Menge über Vögel gelernt.»

Und Mr. Maliks Ärger über den hinterhältigen Versuch seines Freundes Patel, ihn bloßzustellen, wurde augenblicklich von einem ganz anderen Gefühl abgelöst.

Vögel? Wo? Mit wem?

«Kennt Ihr Rose Mbikwa?», fuhr Harry fort. «Die weiß wirklich alles über unsere gefiederten Freunde. Wusstet ihr, dass man allein in Nairobi über zweihundert verschiedene Vogelarten sehen kann? Und tanzen kann die! Mannomann!»

Tanzen? *Tanzen?*

Oryxweber

13

«Tanzen?», fragte Mr. Malik. Rose Mbikwa – mit Harry Khan?

«Ja, tanzen. Rock'n' Roll. Mann, kann die Frau sich drehen! Kennt ihr die Jukebox im Hilton? So eine richtig alte. Bill Haley, Little Richard, und sogar der große Meister persönlich. He! Vielleicht sollte ich sie fragen, ob sie mit mir zu diesem Tanzdingens geht – wie hieß die Veranstaltung nochmal, Süße?»

«Meinst du den Huntclub-Ball, Onkel Harry?»

«Ja, der Huntclub-Ball. Hat jemand eine Ahnung, wie ich an Karten komme?»

«Kriegst du nicht.» Mr. Malik hatte das nicht sagen wollen, es war ihm einfach so herausgerutscht. «Alle schon weg. Ausverkauft. Außerdem muss man Mitglied sein.»

«Mitglied wovon?», fragte Mr. Patel.

«Vom Club. Vom Karen Club. Habe ich zumindest gehört.»

«Blödsinn, altes Haus», sagte Mr. Patel. «Ich bin selbst schon dort gewesen.»

«Ach … aber die Karten sind sicher alle schon vergeben. Stimmt doch, oder, Tiger?»

Obwohl der Tiger nicht den leisesten Schimmer hatte, was vor sich ging, konnte er den flehenden Gesichtsausdruck seines Freundes unmöglich ignorieren.

«Äh, ja, wahrscheinlich. Wenn du das sagst, Malik, alter Freund.»

«Keine Sorge, Onkel. Sanjay gibt dir seine, wenn ich ihn ganz lieb darum bitte.»

Offensichtlich hatte Elviras Bruder Sanjay bereits vier Karten bestellt, und ihr Verlobter hatte versprochen, an dem Wochenende aus Dubai zu kommen, um mit ihr hinzugehen.

«Jedenfalls», sagte Mr. Malik, «kannst du Mrs. Mbikwa nicht fragen.»

«Warum denn nicht?», fragte Harry.

«Du kannst sie nicht einladen», antwortete Mr. Malik, «weil ich ihr selbst bereits eine Einladung geschickt habe.»

Mr. Patel war derjenige, der die Frage aussprach, die sich allen am Tisch zugleich aufdrängte. «Du?»

Mr. Malik nickte.

Die nächste Frage kam von Gopez.

«Was hat sie gesagt?»

«Sie …» Fast hätte Mr. Malik gesagt, sie hätte nicht geantwortet. Neun Tage lang hatte er sein Geheimnis gehütet wie seinen Augapfel, und neun Tage lang hatte eine winzige Flamme der Hoffnung in seinem Herzen geglimmt. Es war unwahrscheinlich, aber es war möglich – immerhin möglich –, dass sie annehmen würde. Er musste lediglich die Karten kriegen und dann die Einladung zur Post bringen. Aber jetzt, da sein Geheimnis ans Licht gekommen war, erschien ihm die ganze Angelegenheit als das, was sie von Anfang an gewesen war: ein Witz, ein lächerlicher, erbärmlicher, hoffnungsloser Witz. Und er, Malik, war ein noch größerer Witz. Und doch. Trotz der ungläubigen Gesichter vor ihm war die winzige Flamme noch nicht völlig erloschen. Ganz tief in seinem Herzen schlummerte die Gewissheit, dass seine Einladung an Rose Mbikwa, ihn zum Huntclub-Ball zu begleiten, ganz und gar kein Witz war. Es war ein ernsthafter Antrag, es war ein Kompliment, aufrichtig und von Herzen, und egal, was andere davon halten mochten, Rose Mbikwa würde das wissen.

«Ich habe sie noch nicht abgeschickt.»

Einen Augenblick lang herrschte Stille, dann stieß Harry Khan einen Schrei aus.

«Noch nicht abgeschickt? Was für eine Art von Einladung ist das denn?»

«Ich bin einfach ... ich bin noch nicht dazu gekommen. Aber es ist alles bereit. Und ich habe die Karten bestellt.»

«Damit ich das richtig verstehe», sagte Harry. «Du hast noch keine Eintrittskarten, und du hast die Einladung noch nicht verschickt.»

«Ja, aber ...»

«Spar dir die Briefmarke, Malik. Ich rufe sie gleich an.»

Der Tiger ergriff das Wort.

«Ehe hier irgendwelche Anrufe getätigt oder Briefe verschickt werden, meine Herren, wäre wohl ein Augenblick des Nachdenkens angemessen.»

«Worüber denn?», sagte Harry. «In der Liebe und beim Tanz ist alles erlaubt – stimmt's, Jungs?»

«Das, was Sie sagen, ist nicht ganz von der Hand zu weisen, Mr. Khan», sagte der Tiger. «Aber es scheint mir doch so, als hätte Malik hier eindeutig die älteren Rechte.»

«Ich verstehe nicht, wo das Problem liegt», sagte Mr. Gopez. «Wieso können sie die Dame nicht einfach beide einladen?»

«Weil das die Dame in eine sehr unangenehme Situation brächte, A.B. Eine *fronte praecipitium a tergo lupi*, falls du verstehst, was ich meine. Beide Einladungen kann sie nicht annehmen, und es könnte peinlich für sie werden, eine davon ablehnen zu müssen. Ich hatte die Ehre, besagte Dame kennenzulernen. Sie ist zweifellos eine Frau von ausgeprägter Tugendhaftigkeit und bestem Ruf. Was es, wie ihr mir sicher zustimmen werdet, noch wichtiger macht, ihre Gefühle nicht durch eine derart undankbare Wahl auf die Probe zu stellen.»

«Willst du damit etwa sagen, dass keiner von beiden sie einladen soll?»

«Keineswegs, A. B., keineswegs. Einer, aber nicht beide. Wie ich die Sache sehe – und ich bin mir sicher, unsere Freunde werden mir in diesem Punkt zustimmen –, ist es unsere Pflicht als Gentlemen, ein derart leuchtendes Vorbild an Weiblichkeit vor einer solchen Prüfung zu bewahren. Und, wenn ich das sagen darf, auch unsere Pflicht als Mitglieder des Asadi Club.»

«Und was genau willst du damit sagen, Tiger?»

«Ich will damit sagen, A. B., es gibt bestimmt einen fairen Weg, um zu entscheiden, wem die Ehre gebührt, seine Einladung als Erster auszusprechen.»

«Nur zu.» Harry Khan grinste von einem Ohr zum anderen. «Also, was soll's sein – Poker, Billard, Armdrücken?»

«Hagedasche zählen?» Patel konnte ein Kichern nicht unterdrücken.

So wie ein Ertrinkender sich an den sprichwörtlichen rettenden Strohhalm klammert, klammerte Malik sich in seinem Strudel aus Verwirrung und Verlegenheit an dieses Wort.

«Ja, das ist es», sagte er.

«Was ist was?», fragte Mr. Gopez.

«Vögel.»

«Vögel?», fragte der Tiger.

«Ach, verstehe», sagte Mr. Gopez. «Du willst die Zeichen deuten, eine Weissagung? Im Flug der Vögel lesen?»

«Nein. Einen Wettstreit, einen ehrlichen Wettbewerb. Vögel zählen. Wer identifiziert die meisten Arten in … in einer Woche, schlage ich vor.»

«Ich glaube, ich verstehe, was du meinst, Malik, altes Haus», sagte Mr. Patel. «Wenn du gewinnst, wirfst du deine Einladung zum Huntclub-Ball in den Briefkasten. Wenn du verlierst, bekommt Khan die Erlaubnis, sie anzurufen.»

«Das ist möglicherweise tatsächlich die Lösung, nach der wir gesucht haben», sagte der Tiger. «Aber: *audi et alteram partem,* man weiß es nicht. Wollen besser mal hören, was Khan dazu zu sagen hat.»

Auf Harry Khans Gesicht machte sich ein vorsichtiges Grinsen breit. Teufel nochmal, das könnte sogar noch mehr Spaß bringen als Elvira.

«Vielleicht entdeckst du ja diesmal diesen Oryxweber, was, Malik? Ach, und jetzt fällt mir auch endlich dieser Spitzname wieder ein. Nicht Mack – sondern Jack. Stimmt's?»

Mr. Malik zuckte zusammen.

«Okay, Jack, abgemacht. Also Vögel.»

«Da gibt es möglicherweise leider ein klitzekleines Problem, Tiger», sagte Mr. Patel. «Einer der potenziellen Teilnehmer an diesem Wettstreit ist meines Wissens kein Clubmitglied.»

«Beantragt», sagte Mr. Malik.

«Unterstützt», sagte A. B. Gopez etwas lauter.

«Nimm ihn auf, Patel», sagte der Tiger. «Nimm ihn auf.»

Schnepfe

14

«Lassen Sie mich zuallererst betonen, liebe Clubmitglieder – und an dieser Stelle möchte ich unseren jüngsten Neuzugang offiziell ganz herzlich begrüßen –, welch große Ehre es mir ist, dazu berufen worden zu sein, in der Sache Malik gegen Khan zu vermitteln.»

Der Tiger, der den Großteil der letzten Nacht mit Beratungen mit besagten Parteien und den darauffolgenden Vormittag mit Mr. Patel und Mr. Gopez in seinem Anwaltszimmer zugebracht hatte (die drei hatten sich spontan bereit erklärt, den Ad-hoc-Ausschuss zur Überwachung des Wettstreits zu bilden), war im

Begriff, dem zum Bersten gefüllten Asadi Club die «Wettstreitbestimmungen» zu verlesen. Er entnahm seiner Aktentasche ein Schriftstück und legte es vor sich auf den Tisch.

«Aber *a posse ad esse* – kommen wir zum Kern der Sache.» Er entfernte das rosarote Band von dem mehrere Seiten umfassenden Schriftstück und räusperte sich. «Die beiden sich hier im Raum befindenden Clubmitglieder, Mr. Malik und Mr. Khan (im Folgenden Protagonisten genannt), haben sich darauf geeinigt, einen Wettbewerb zu bestreiten. Der Sieger dieses Wettstreits erhält das Privileg, Mrs. Rose Mbikwa (im Folgenden Dame genannt) zu dem am fünfundzwanzigsten November diesen Jahres stattfindenden Nairobi-Huntclub-Ball einzuladen. Die Verliererpartei erklärt sich einverstanden, von einer derartigen Einladung Abstand zu nehmen, es sei denn, besagte Dame bescheidet die erste Einladung eindeutig negativ. Beide Parteien erklären sich überdies damit einverstanden, ab sofort bis zum Ende der Wette keinen wie auch immer gearteten Kontakt – weder persönlich, telefonisch oder schriftlich noch durch Dritte oder irgendwelche anderen Mittel – zu oben erwähnter Dame aufzunehmen.»

Der Tiger ließ den Blick über das versammelte Publikum schweifen und senkte ihn dann wieder auf das Schriftstück in seiner Hand.

«Der Inhalt vereinbarten Wettstreits lautet wie folgt», fuhr er fort. «In dem Zeitraum zwischen zwölf Uhr mittags des morgigen Tages, Samstag, den vierzehnten Oktober, und zwölf Uhr mittags am Samstag, den einundzwanzigsten Oktober, fertigt jeder der Protagonisten eine Liste aller Vogelarten an, die er innerhalb dieses Zeitraums eigenständig identifizieren konnte. Der Protagonist, dem es gelingt, innerhalb genannter Wochenfrist die meisten Vogelarten zu identifizieren, wird zum Sieger erklärt. Die Ermittlung des Siegers obliegt dem Ad-hoc-Ausschuss dieses Wettbewerbs (im Folgenden als Ausschuss bezeichnet), dessen Entscheidung endgültig ist. Die Entscheidung wird so bald als möglich nach Ende des für die Wette festgelegten Zeitraums, also um zwölf Uhr mittags am Samstag, den einundzwanzigsten Oktober, bekanntgegeben. Sind Sie so weit einverstanden, meine Herren?»

Ein steifes Nicken von Mr. Malik, ein «Darauf könnt ihr wetten!» von Harry Khan, allgemeines Gemurmel aus der überfüllten Bar.

«In diesem Fall verlese ich nun die Einzelheiten der Wettbewerbsbedingungen, welche für beide Protagonisten bindend sind.

Erstens: Grundlage zur Identifizierung der Vogelarten bildet das *Offizielle Verzeichnis der Vögel Afrikas* aus dem Jahr 1996. Unterarten sind nicht zugelassen, auch dann nicht, falls sie in neueren Publikationen als eigenständige Art aufgeführt sind.

Zweitens: Die Vögel müssen zum Zeitpunkt der Identifikation am Leben und unversehrt sein.

Drittens: Die Vögel müssen sich in natürlichem Umfeld befinden und dürfen weder eingesperrt, angebunden oder sonst wie in ihrer Bewegungsfreiheit eingeschränkt sein.

Viertens: Die Identifizierung muss visueller Natur sein. Die Identifizierung über Ruf, Fährte, Dung oder Gewölle, Nester oder verlorene Federn ist nicht statthaft.

Fünftens: Die Verwendung von Ködern jedweder Art, gezähmten Vögeln oder aufgezeichneten Vogelrufen ist strikt untersagt.

Sechstens: Optische Hilfen in Form von Ferngläsern, Fernrohren, Teleskopen oder anderen mechanischen Hilfsmitteln dürfen jederzeit verwendet werden. Die Verwendung von Kameras (analog oder digital), Videokameras (inklusive Nachtsichtgeräten) oder elektronischen Geräten anderer Art ist strikt untersagt.

Siebtens: Sämtliche Sichtungen müssen innerhalb einer Tagesreise vom Asadi Club stattfinden, auf dem Staatsgebiet der Republik Kenia inklusive fließender und stehender Gewässer sowie vorgelagerter Inseln.

Achtens: Um die Einhaltung eben genannter Regel zu gewährleisten, hat sich jeder Protagonist während des vereinbarten Zeitraumes des Wettstreits täglich zwischen neunzehn und zwanzig Uhr abends, jedoch nicht später als zwanzig Uhr abends, im Club einzufinden.

Neuntens: Bei dieser Gelegenheit haben die Protagonisten ein Mitglied des Ausschusses über die Sichtungen des Tages zu informieren. Diese Sichtungen werden von besagtem

Mitglied in die Hauptliste eingetragen, welche – gemeinsam mit einer Kopie dieser Vereinbarung – am Schwarzen Brett des Clubs zur allgemeinen Einsicht aushängt.

Zehntens: Die Protagonisten haben einzeln oder gemeinsam während des gesamten Wettzeitraums täglich zwischen neunzehn und zwanzig Uhr abends Gelegenheit, den Ausschuss um Entscheidungen bezüglich des Wettstreitinhalts oder einzelner Wettstreitvereinbarungen zu bitten. Die Entscheidungen des Ausschusses werden beiden Protagonisten mitgeteilt und gelten als endgültig.»

Tiger Singh hob den Blick.

«Meine Herren, sind Sie bereit, dieses Regelwerk anzuerkennen und sich daran zu halten?»

«Ja», sagte Mr. Malik.

«Jau», sagte Harry Khan.

«Zwei Dinge habe ich noch zu sagen. Erstens ...», und der Tiger musterte die Versammlung mit all der ihm kraft seines Amtes innewohnenden Autorität, «gemäß geltender Etikette ist außerhalb des Clubs Stillschweigen über diese Angelegenheit zu wahren. Ich möchte Sie alle daran erinnern, dass eine Dame involviert ist. Zweitens möchte der Ausschuss folgende Schlussbemerkung machen: In einem Fall wie diesem ist eine strikte Überwachung der Einhaltung der Regeln unmöglich. Ein faires Ergebnis hängt deshalb vollkommen von der Aufrichtigkeit und Integrität der Protagonisten ab, sowohl als Ehrenmänner als auch als Mitglieder des Asadi Club.»

Tiger Singh sah beiden Männern tief in die Augen. Ausnahmsweise lächelte Harry Khan diesmal nicht.

«*Audentes fortuna juvat,* meine Herren. Möge der Bessere gewinnen.»

Die ganze Nacht lang wälzte sich Mr. Malik in seinem einsamen Bett hin und her, umgetrieben von Sorge und Bedauern. Oh, dummer Malik! Oh, unbesonnener, leichtsinniger Malik! Welcher Teufel hatte ihn nur dazu getrieben, ein solches Risiko einzugehen? Wie um alles in der Welt konnte er hoffen zu gewinnen? Aber er hatte es nun mal getan, und die Ehre gebot, dass er jetzt sein Bestes gab. Wie viele Vogelarten gab es in Kenia? Wohl mehr als tausend.

Er konnte sich nicht sehr weit von der Stadt entfernen – Verpflichtungen blieben nun mal Verpflichtungen. Wie viele verschiedene Arten bekam man in der Umgebung von Nairobi schon zu sehen – zweihundert? Dreihundert? Wo sollte er hin, was sollte er tun? Warum, ach warum nur hatte er diese Einladung an Rose Mbikwa überhaupt je geschrieben?

Nach einer weiteren ausschweifenden Nacht in der Stadt mit seiner entgegenkommenden Nichte schlief Harry Khan dagegen sehr gut. Er erschien eher spät im Frühstücksraum des Hotels, aber noch früh genug, um nicht der Letzte zu sein. Es tummelten sich noch ein paar andere Gäste am Buffet. Harry Khan hatte bereits einen Plan. Nach dem üblichen Frühstück – ein kleines Omelett, Kaffee und ein Croissant – würde er gemütlich rüber zum Concierge schlendern und sich ein paar Eintagessafaris zusammenstellen lassen. Mit den richtigen Führern bekam er sicher jede Menge Vögel zu Gesicht. Er hatte ein bisschen Urlaub verdient. Die Geschäfte konnten warten. Das Ganze versprach sehr lustig zu werden.

Wenn er sich doch nur daran erinnern könnte, warum sie den alten Malik früher «Jack» genannt hatten …

Silberreiher

15

Unter den späten Frühstücksgästen im Speisesaal des Hilton entdeckte Harry David und George. Sie erinnern sich bestimmt an die beiden Australier von der Vogelwanderung am letzten Dienstag, die durch ihre Fülle an Taschen gleich als Touristen erkennbar waren. Um die Beschreibung noch zu differenzieren: David und George (der mit dem Bart) waren, was man in der Reisebranche als Ökotouristen bezeichnet. Eine Luxuskreuzfahrt durch die Karibik oder eine Gruppenreise durch die neun großen Metropolen des Mittelalters in Osteuropa waren nichts für sie. Wenn sie Urlaub machten, um sich von den Anstrengungen zu erholen, die es bedeutete, zu Hause in Sydney renitenten Schülern an der Wooloomooloo High die Sprache von Shakespeare, Dylan Thomas und Les Murray nahezubringen, verwendeten sie ihre Zeit und ihr hart verdientes Geld lieber darauf, in die Antarktis zu reisen, um Robben und Pinguine zu sehen, auf die Galápagosinseln zu den Schildkröten und Finken oder in die Hochanden zu den Chileflamingos und Kondoren. Diesmal waren sie im Anschluss an das letzte Schultrimester nach Kenia gekommen, und zwar nicht, um am warmen Indischen Ozean auf der faulen Haut zu liegen oder die Tee- und Kaffeeplantagen im Hinterland zu besichtigen, sondern der wildlebenden Tiere wegen.

Denn Kenia gilt nicht ohne Grund als Safarimetropole der Welt. Wenn Sie Elefanten, Löwen, Nashörner und Flusspferde sehen wollen, dann ist Kenia der richtige Ort für Sie. Das Land ist der Himmel für Liebhaber wilder Tiere, und es gibt – nicht zuletzt dank Rose Mbikwa – heutzutage ganze Heerscharen von Menschen, die nur darauf warten, Ihnen Tür und Tor zu öffnen – Hoteliers, Wildhüter,

Fahrer, Piloten und Touristenführer. David und George waren selbst gerade erst von einer kurzen Safari zur Maasai Mara zurück, wo sie von einem Heißluftballon aus die berühmte Steppenwanderung einer Million Weißschwanzgnus und Zebras beobachtet und nachts im Scheinwerferlicht dabei zugesehen hatten, wie ein Rudel Löwen die Million um zwei reduzierte – eines von jeder Sorte. Sie waren zwar nicht speziell der Vögel wegen gekommen, aber nach ihren Erlebnissen beim MEATI letzten Dienstag waren sie auf den Geschmack gekommen. Und so wandte sich die Frühstücksunterhaltung schnell diesem Thema zu, nachdem Harry Khan sich zu ihnen gesetzt und ihnen von seinem Wunsch erzählt hatte, sich ab sofort ernsthaft der Vogelbeobachtung zu widmen.

«Wir haben hundertachtzig gesehen, und das in gerade mal vier Tagen», sagte George.

«Wir haben sie aufgeschrieben», sagte David und butterte sein drittes Croissant. «Mit Elefanten und Löwen hatte ich ja gerechnet, aber ich hätte nie gedacht, dass wir so viele Vögel zu Gesicht bekommen würden.»

«Aber unser Fahrer hatte auch einen richtig guten Blick dafür, stimmt's, Davo? Richtige Adleraugen hatte der.»

«Mit den Namen hatte er's zwar nicht so, aber die kann man schließlich nachschlagen.»

«Dabei haben wir nicht mal nach ihnen Ausschau gehalten! Oder, Davo? Einfach super. Ich meine, genau wie neulich auf der Wanderung, die wir mit dir gemacht haben, Harry. Wie viele Vögel haben wir da gesehen? Das müssen doch mindestens vierzig, fünfzig Arten gewesen sein, und das in ein paar Stunden.»

«Aber es klingt, als hättest du einen ziemlich straffen Zeitplan. Wie lange, sagtest du, hast du Zeit?»

«Sieben Tage», antwortete Harry. «Bis nächsten Samstag.»

«Warte mal, Davo. Wann fliegen wir gleich nochmal zurück?»

«Du meinst, wir sollten …»

«Super Idee.»

«Könnte ziemlich viel Spaß bringen, oder?»

«Was sagst du dazu, Harry?»

Harry hatte leichte Schwierigkeiten, dem Gespräch zu folgen.

«Ich habe leichte Schwierigkeiten, eurem Gespräch zu folgen, Jungs», sagte er.

«Dave will damit sagen, dass wir noch eine ganze Woche hier sind», sagte George.

«Ja. Wir könnten mitmachen.»

«Rumfahren – Vögel suchen. Nach Tsavo, Amboseli, vielleicht runter zur Küste. Was sagst du dazu?»

Harry grinste.

«Ich sage ja», sagte er.

Am Morgen nach beschlossenem Vogelwettstreit finden wir Mr. Malik an seinem angestammten Frühstücksplatz auf der Veranda seines Hauses in der Garden Lane, den morgendlichen Nescafé vor sich auf dem Tisch, als Benjamin – feg, feg, feg – um die Ecke kommt.

Ich habe noch gar nicht erzählt, was die Furz-, Entschuldigung, Hagedasch-Zählerei von vor zwei Tagen bei Benjamin bewirkt hat. Am Ende dieses Tages war Benjamin sich ziemlich sicher, dass sein Boss, wie man in dieser Ecke Afrikas zu sagen pflegte, verrückt wie ein Engländer war. Was am Anfang noch als reine Exzentrik hätte ausgelegt werden können – wenn Mr. Malik unbedingt Hagedasche oder irgendwelche anderen Vögel zählen wollte, so hatte er jedes Recht dazu –, erwies sich bald als Symptom eines tiefer liegenden Übels. Benjamin hatte genau sechs Minuten gebraucht, um festzustellen, dass die einzigen Hagedasche, die Mr. Malik zählte, die in seinem Kopf waren (die Tatsache, dass dies mit der seltsamen Neigung gekoppelt war, zu furzen, wann immer er glaubte, einen zu hören, war nach Benjamins Meinung eher nebensächlich). Aber wer derart viele große braune Vögel in seinem Kopf nisten und derart viele Gase in seinem Bauch hatte, der war mit Sicherheit nicht ganz gesund. Wahrscheinlich harmlos, aber sicher nicht gesund. Benjamin musste an die Frau in seinem Dorf denken, die während einer ganz normalen Unterhaltung plötzlich unsichtbare Dinge aus der Luft fing und in ihre Schürze steckte. Vielleicht sollte er Mr. Maliks Tochter darauf ansprechen. Sie war ihm bis jetzt immer sehr freundlich und vernünftig vorgekommen.

Aber Benjamins Sorgen und Nöte heute Morgen verhielten sich zu denen von Mr. Malik wie Kitzeln zu Zahnweh. Was, um Himmels willen, sollte er nur tun? Er hatte nicht den leisesten Schimmer. Und als er drei Stunden später auf die Uhr sah und merkte, dass es an der Zeit war, in seinen alten Mercedes zu steigen und zum Wettstart in den Club zu fahren, war ihm immer noch keine Idee gekommen, ob leise oder nicht.

Für einen Samstagvormittag war der Parkplatz ungewöhnlich voll. Mr. Malik stellte überrascht fest, dass Harry Khan bereits an der Bar stand – er hatte auf dem Parkplatz gar kein rotes Cabriolet gesehen. Patel und A. B. saßen an ihrem üblichen Tisch, in gebührendem Abstand zu dem Protagonisten, wie es ihre Position als Mitglieder des Ausschusses verlangte. Auffallend lebhaft und in Freizeitkleidung betrat der Tiger den Ort des Geschehens.

Wenn Sie je bei einem Boxkampf oder einem Hahnenkampf gewesen sind, so haben Sie einen ziemlich guten Eindruck von dem aufgeregten Surren, das in der Luft lag. Als die Zeiger der alten Uhr über der Bar auf fünf vor zwölf sprangen, erhob sich der Tiger und bat um Ruhe. Er rief dem Publikum die gleichermaßen ernsthafte wie herrliche Natur des Unternehmens ins Gedächtnis, dem sich diese beiden ehrenwerten Mitglieder des Asadi Club gegenübersahen. Athen und Sparta, Rom und Karthago, David, Goliath und Winston Churchill wurden einzeln um Beistand angerufen. Der Tiger wurde von seiner eigenen Sprachgewalt so mitgerissen, dass er die Zeit zu vergessen schien. Aber das machte nichts! Sanjay Bashu hatte sich von irgendwem eine Startschusspistole geliehen, und als der Minutenzeiger die Zwölf erreichte, zog er sie aus der Tasche. Den Lauf hinauf zur Decke gerichtet, betätigte er den Abzug. Nichts geschah, aber die allgemeine Heiterkeit war für Harry Khan das Signal, mit großer Geste in die Runde zu winken und hinaus zum Parkplatz zu sprinten, wo ein Nissan-Safaribus mit Fahrer hinter dem Lenkrad wartete und den Motor aufheulen ließ. George und David schubsten Harry in den Wagen und knallten die Tür zu. Mit quietschenden Reifen und unter dem Jubel der Zuschauer, die sich inzwischen vor dem Club versammelt hatten, preschte der Bus davon, welchem geheimen Mekka der Vogelwelt auch immer entgegen, das für diesen Nachmittag auserkoren worden war.

In diesem Augenblick entdeckte Sanjay Bashu den Sicherungshebel an der Pistole und betätigte aufs Neue den Abzug. Der Schuss hallte von den Wänden des Asadi Club wider wie der Knall einer Elefantenflinte, gefolgt von einem Heidenlärm aus Flügelschlagen und schrillen Schreien aus dem großen Marubaum in der Ecke des Parkplatzes.

«Hagedasche!», rief Mr. Patel und bekam einen derartigen Lachkrampf, dass ihm A.B. Gopez die Stufen hinauf und hinein in die Bar helfen musste.

Schildrabe

16

An diesem Nachmittag saß Mr. Malik auf seiner Veranda in der Garden Lane Nr. 12 und schlug eine neue Seite in seinem Notizbuch auf. Er hielt inne und sah hinauf in die Krotonbäume am Ende des Gartens.

«Tag 1», schrieb er. Und darunter «Hagedasch».

Er hätte den Jungs im Club nie von der Hagedasch-Sache erzählen dürfen, besonders Patel nicht. Mit einem Seufzer legte er Heft und Bleistift hin. Es gab so viele Dinge, die er nie hätte tun dürfen. Er hätte die Angelegenheit gar nicht thematisieren dürfen, er hätte ihnen nie von Rose Mbikwa erzählen dürfen, er hätte diese Einladung nie schreiben dürfen. Aus dem Seufzer wurde ein Stöhnen. Er hätte nie geboren werden dürfen.

Ein neugieriger Schildrabe hüpfte über das Dach, segelte hinunter auf die Wiese und landete mit dem typischen Krächzen und Flügelsträuben im Gras. Mr. Malik starrte den Vogel ein paar Sekunden an, dann nahm er Heft und Bleistift wieder auf. Aus der Bougainvillea gegenüber erhoben sich zwei Mausvögel, flatterten zu einer Zierfeige hinüber und fingen an, sich zwischen den Zweigen zu jagen. Dabei sahen sie zwar nicht unbedingt aus wie Mäuse, aber doch entschieden unvogelhaft. Aber Mausvögel konnte man eigentlich überall finden. Wer weiß, welche ornithologischen Wunder von Harry Khan notiert wurden, wo auch immer er sein mochte. Adler, Strauße, Sekretäre? Mr. Malik notierte «Schildrabe» und «Braunflügel-Mausvogel» und stand auf. Wenn er schon den ganzen Nachmittag hier rumsaß, konnte er ebenso gut sein Fernglas holen. Wer weiß, vielleicht sah er einen Spatz.

Inzwischen hatte Harry Khan weder einen Sekretär gesehen noch einen Adler, noch nicht einmal einen Strauß. Im selben Augenblick, als Mr. Malik in der Garden Lane Nr. 12 ins Haus ging, um sein Fernglas zu holen, saß Harry Khan in seinem Nissan-Safaribus neben dem Fahrer kurz hinter dem Fußballstadion auf der Limuru Road im Stau. Er hatte in all der Aufregung des Vormittags vergessen, 2KJ einzuschalten, um die Verkehrsnachrichten zu hören, und deswegen auch nicht mitbekommen, dass ausgerechnet an diesem Nachmittag der Präsident von einer Auslandsreise zurückkehrte. Straßen waren gesperrt, der Verkehr wurde umgeleitet; das Ergebnis war ein Verkehrskollaps. Selbst die Matatus, jene überfüllten Minibusse, deren Fahrer in dem Ruf standen, sich durch jeden Verkehr schlängeln zu können, und die allgemein eher der Zauberkraft als gängigen Gesetzen der Physik zu gehorchen schienen, standen still.

Im Nissan versuchten David und George, das Beste draus zu machen. Sie hatten Harry bereits diverse Raben und Tauben gezeigt und meinten sogar, hoch in der Luft einen fliegenden Marabu entdeckt zu haben, waren sich aber nicht sicher. Nach einer Stunde hatte Harry genug und beschloss, für diesen Tag mit der Vogelschau Schluss zu machen. Sie waren noch nicht zu weit jenseits der Stadtgrenze, um nicht noch zu Fuß zurück zum Hilton laufen zu können – er konnte, wenn er sich umdrehte, das hochaufragende Hotel gerade noch sehen. In diesem Augenblick war die Aussicht auf eine kalte Dusche und einen kühlen Drink wichtiger als ein Vorsprung. Harry überließ den schwitzenden Fahrer und die immer noch optimistischen Australier – «Das hat sich bestimmt gleich erledigt, Harry – siehst du doch auch so, Davo?» – ihrem Schicksal und machte sich zu Fuß auf den Rückweg ins Hotel.

In Nairobi kommt die Nacht schnell. Nur ein Grad südlich des Äquators ist es um sechs Uhr abends noch taghell und um halb sieben bereits stockdunkel. Mr. Malik erreichte den Club, als gerade die Außenbeleuchtung eingeschaltet wurde, es war also genau Viertel nach sechs. In seiner Hand hielt er das Notizbuch mit den Vögeln, die er an diesem Nachmittag gesehen hatte. Er hatte den ganzen Nachmittag in seinem Garten verbracht. Patel machte sich daran, die Namen auf ein Blatt Kanzleipapier zu übertragen. «Hagedasch (unterdrücktes Kichern), Schildrabe, Mausvogel …» Kurz darauf traf der Tiger ein, gefolgt von Harry Khan, der frisch und entspannt aussah. Obwohl der Spaziergang zurück zum Hotel nicht eben angenehm gewesen war (durch die Stadt zu laufen ist selten angenehm), war es ihm gelungen, noch Zeit zu finden, um zu duschen, zu schwimmen, ein Nickerchen zu machen und etwas zu trinken, ehe er zum Club rüberfuhr. Auch er übergab Patel seine Notizen, der sie erstaunt betrachtete, aber nichts sagte. Um zehn vor sieben bat der Tiger in der Bar um Ruhe.

«Zuerst, meine Herren, darf ich mir die Freiheit nehmen zu sagen, wie erfreut wir sind, Sie beide hier zu sehen – *dimidium facti qui coepit habet* und so weiter. Und ich muss Sie gemäß den Wettbewerbsregularien fragen, ob es irgendwelche Punkte gibt, die einer von Ihnen mit dem Ausschuss zu erörtern wünscht.»

Mr. Malik schüttelte den Kopf und wandte sich dem Neuzugang zu.

«Ja», sagte Harry Khan. «Trinkt jemand mit mir ein Bier?»

Gelächter erschallte, und es gab mehrere Meldungen, sich hier und jetzt freiwillig für den Ausschuss zur Verfügung zu stellen.

«Mr. Patel.» Der Tiger erhob die Stimme. «Können Sie uns die Ergebnisse des ersten Tages nennen?»

Mit erhobener Hand überprüfte Patel beide Listen. «Ja. Die Ergebnisse liegen vor», sagte er. «Malik: einunddreißig. Khan: ... drei.»

Es herrschte erstaunte Stille.

«Sagten Sie drei, Mr. Patel?»

Patel las vor: «Rabe, Taube, Milan – das ist alles, es gibt auch keinerlei Hinweis darauf, welche Art Rabe, Taube und Milan, und wenn ich mich recht entsinne, dann führt das offizielle Verzeichnis von jeder Gattung mehrere.»

«Zweifellos ein Schildrabe, eine Straßentaube und ein Schwarzmilan», murmelte Mr. Malik dem Tiger zu. Der Tiger nickte.

Harry Khan hob zu einer mitleiderregenden Erzählung an, erklärte, wie er den Nachmittag eigentlich im Nairobi National Park habe verbringen wollen, stattdessen aber im Stau gelandet war, und schilderte sein Versäumnis, sich über die Route von «El Presidente» zu informieren, und den erzwungenen Marsch zurück zum Hotel auf außerordentlich amüsante Weise. Mit dem Ergebnis, dass alle Mitleid mit ihm bekamen und ihm schließlich die Drinks bezahlten statt andersherum. Mr. Malik setzte sich an seinen angestammten Tisch.

«Der arme alte Khan sollte sich was schämen», sagte Patel. «Dagegen hast du dich ja ziemlich wacker geschlagen, Malik. Nicht übel. Wenn du das durchhältst, hast du ziemlich gute Chancen – was meinst du, A. B.?»

Mr. Malik hatte sich in der Tat mit dieser und andern Fragen bereits ausgiebig auseinandergesetzt. Die Zählung heute Nachmittag hatte ihn selbst überrascht. Natürlich hatte er auch früher schon im Garten gesessen, und er hatte dort auch früher schon Vögel gesehen, aber noch nie so viele. Woran das wohl liegen mochte, fragte er sich. Er hatte an diesem Nachmittag Vögel gesehen, die er in seinem Garten noch nie gesehen hatte – zum Beispiel hockte auf der Telegraphenleitung ein Trauerdrongo, und ein Graubrustspecht flog von Baum zu

Baum. Natürlich machten nicht alle Vögel in seinem Garten halt, aber es war doch erstaunlich, wie viele nah genug vorbeigeflogen waren, um identifiziert werden zu können – Schwarzmilane und Stachelschwanzsegler und Rötelschwalben –, sogar eine Elsterscharbe, die auf dem Weg von weißgottwoher nach weißgottwohin zwar hoch, aber doch noch erkennbar vorbeigeflogen war. Einunddreißig verschiedene Arten, etwa fünf pro Stunde – nicht schlecht für einen Nachmittag. Wenn er bei dieser Geschwindigkeit einfach eine Woche lang in seinem Garten sitzen blieb, würde er die halbe Avifauna des Landes zu Gesicht bekommen. Dieser Gedankengang hatte leider einen kleinen Haken, und den hatte Mr. Malik schon lange vor A.B. Gopez entdeckt. Die Wahrscheinlichkeit war groß, dass er an einem Nachmittag so gut wie alle lokal angesiedelten Vögel gesehen hatte, die es zu sehen gab. Wenn er seinen Vorsprung ausbauen wollte, musste er seinen Radius über Hecken und Mauern der Garden Lane Nr. 12 ausdehnen. Was angesichts seiner Verpflichtungen nicht einfach werden würde.

«Verpflichtungen?», höre ich Sie fragen. «Welche Verpflichtungen?» Hatte ich nicht bereits durchscheinen lassen, dass Mr. Malik sich zumindest halbwegs zur Ruhe gesetzt hat? Hatte ich nicht bereits erwähnt, dass die Geschäftsleitung der Jolly Man Manufacturing Company, zumindest was die alltäglichen Dinge betrifft, inzwischen in den Händen von Mr. Maliks fähiger, wenn auch immer noch unverheirateter Tochter Petula liegt? Welche Verpflichtungen um alles in der Welt sollten Mr. Malik also davon abhalten, jeden einzelnen der verbleibenden sechseinhalb Tage zur Gänze auf der Pirsch zu verbringen, hier und da, hügelauf- und talabwärts, um so viele Arten wie möglich zu sehen und sich damit auf das Tanzparkett des Suffolk-Hotels und in die Arme seiner Traumfrau zu befördern? Nun, da ist zum einen die Wohltätigkeitsarbeit – die ein erstaunliches Maß an Zeit verschlingt. Aber da ist noch etwas anderes, etwas, das Mr. Malik seit zwei Jahren jeden Dienstagnachmittag nach der Vogelwanderung tut. Es bleibt mir nichts anderes übrig.

Ich fürchte, ich muss noch ein weiteres von Mr. Maliks Geheimnissen lüften.

Kaffernadler

17

Denken Sie bitte an Ihren ersten Besuch im Asadi Club zurück. Sie werden sich erinnern, dass Mr. Patel und A.B. Gopez, als Mr. Malik die Bar betritt, an ihrem üblichen Tisch sitzen. Mr. Gopez liest die *Evening News* und wird von Augenblick zu Augenblick ungehaltener. Wir finden heraus, dass es weder der Leitartikel noch der neueste Klatsch aus dem Buckingham Palace ist, der seinen Blutdruck so steigen lässt, und auch nichts, das in «Von einem Schlag» zu lesen stand, sondern eine kleine dänische Studie über – ach, den Rest kennen Sie.

Aber halt, was genau verbirgt sich eigentlich hinter diesem seltsamen «Von einem Schlag»? Es handelt sich um eine wöchentlich erscheinende Kolumne, augenscheinlich über die Vögel und wildlebenden Tiere Kenias, die jeden Mittwoch auf Seite sieben der *Nairobi Evening News* erscheint. Aber in Wirklichkeit ist es gar keine Naturkolumne. Es geht um Politik – genauer gesagt, um Politiker.

Wer Insiderinformationen über die gewählten Parlamentsmitglieder sucht, die Geschichten hinter den Geschichten, den echten Stoff, der wird hier fündig. Hier kommen die Skandale ans Licht, werden die heimlichen Deals offenbart, die Vorhänge (und manchmal auch die Laken) gelüftet. Gemäß der Tradition solcher Beiträge verbirgt der Verfasser sich hinter einem Pseudonym – in diesem Falle «Dadukwa», ein Name, in dem alle, die sich mit afrikanischer Mythologie auskennen, unschwer den Namen jenes Kaffernadlers erkennen werden, der – alles sehend und doch stets unsichtbar – die Neuigkeiten unter den Tieren verbreitet. Niemand kennt die wahre Identität des mutigen Journalisten (oder Politikers oder Beamten vielleicht?), der sich hinter diesem Pseudonym verbirgt. Der Artikel, von Hand getippt und anonym, erreicht die Redaktion der *Nairobi Evening News* jeden Mittwochmorgen mit der ersten Post, und das zuverlässig seit zweieinhalb Jahren. Und er ist der Grund dafür, dass mittwochs fünfzehntausend Exemplare extra gedruckt werden, so beliebt ist die Kolumne geworden.

Aber sollte ein verantwortungsbewusster Chefredakteur die Identität seiner Autoren und Redakteure nicht kennen? Das war so gekommen: Vor beinahe drei Jahren hatte der Chefredakteur der *Evening News* eine kurze, mit Maschine getippte Notiz erhalten.

«Sie haben keine naturwissenschaftliche Kolumne», hatte darin gestanden. «Wenn Sie möchten, schreibe ich eine für Sie.»

Die Notiz war mit unleserlichem Gekritzel über dem getippten Namen Mr. Dadukwa unterschrieben. Als Adresse war ein Postfach im Hauptpostamt Nairobi angegeben. Der Chefredakteur dachte kurz nach und diktierte seiner Sekretärin dann eine kurze Antwort mit dem Inhalt, dass eine solche Kolumne sicher gut in die *Evening News* passen würde, für derlei Material aber bedauerlicherweise – in Anbetracht von gewerkschaftlichen Gesetzen, Verlegerregularien und Druckkosten – keinerlei Vergütung erfolgen könne. Am darauffolgenden Mittwoch war wieder ein maschinegeschriebener Brief in der Post, zusammen mit einem kurzen Artikel über die Vögel, die in und rund um den Nationalen Baumgarten zu sehen waren. Überschrieben war der Artikel mit «Von einem Schlag». Der Artikel wirkte harmlos und war gut geschrieben.

Der Chefredakteur gab ihn an seinen Redaktionsleiter weiter und dachte nicht mehr daran.

Die Kolumne wurde veröffentlicht, und in der Woche darauf erhielt der Chefredakteur eine Beschreibung der Elefanten, die im Nairobi National Park zu finden waren, und druckte auch das. Und so ging es weiter. Jeden Mittwochmorgen kam ein Artikel mit der Post – über Elefanten oder Paviane oder Geier oder welche Tiere auch immer –, der Chefredakteur warf einen flüchtigen Blick darauf, reichte ihn an seinen Redaktionsleiter weiter, und in der Nachmittagsausgabe wurde er gedruckt. Welcher Chefredakteur träumt schließlich nicht von einem regelmäßig erscheinenden, kostenlosen Beitrag? Eines Tages würde er diesen Mr. Dadukwa schon kennenlernen, aber das hatte keine Eile.

Ein paar Monate später wollte er gerade die Donnerstagsredaktionssitzung verlassen, als einer seiner Reporter ihn ansprach: «Tolle Kolumne gestern, Boss.»

Weil er in Eile war – er hatte in der Stadt ein Stelldichein mit einer neuen Freundin –, sagte der Chefredakteur nur: «Ja, gut!», und so dauerte es, bis er später am Vormittag mit seiner neuen Freundin im Bett lag und seine wohlverdiente Zigarette rauchte, dass ihm klarwurde, dass die einzige Kolumne, die mittwochs regelmäßig erschien (ein traditionell nachrichtenarmer Tag, ob in Nairobi oder New York), die «Von einem Schlag»-Kolumne war.

«Liest du eigentlich manchmal unsere Naturkolumne?», fragte er seine neue Freundin.

Sie verneinte zwar, hatte aber zufällig noch die Mittwochsausgabe zur Hand. Gemeinsam blätterten sie bis Seite sieben und lasen einen Artikel über Schakale und Hyänen, die sich um eine tote Gazelle stritten, während der Löwe, der die Gazelle getötet hatte, mit offensichtlicher Gleichgültigkeit dabei zusah. Ein Geier tauchte auf. Das war alles. «Igitt!», sagte seine neue Freundin. Der Chefredakteur zog sich die Hose wieder an und ging zurück ins Büro.

Ein paar Wochen später sah er, dass sich zwei seiner PR-Leute offensichtlich über die Kolumne auf Seite sieben amüsierten.

«Ganz schön gewagt, Chef», sagte der eine.

Er schnappte den beiden die Ausgabe weg und las in «Von einem Schlag» eine Geschichte über ein Flusspferd und einen Marabu.

«Würde mir jemand gefälligst erklären, was hier vor sich geht?»

Es fiel dem Parlamentsreporter und Redakteur der Leserbriefe zu, ihn darüber aufzuklären, dass «Von einem Schlag» nicht war, wonach es aussah. Auch wenn sich die Kolumne ohne weiteres als typische Naturkolumne lesen ließ, handelte es sich doch in Wirklichkeit um eine Parodie, eine Satire. Denn wer konnte der Löwe schon anderes sein als der Präsident? Das Flusspferd musste schon allein der Erscheinung wegen der Minister für Landwirtschaft und Tourismus sein. Der Marabu war der Verteidigungsminister, der Python der Staatssekretär für Auswärtige Angelegenheiten, die Hyäne der Finanzminister und der Geier seine lautstarke und höchst unbeliebte Gattin. Die Herden von Gazellen, Zebras, Weißschwanzgnus und so weiter ließen sich jeweils einer ethnischen Gruppierung zuordnen. So sei das. Ob er sich in letzter Zeit schon einmal die Verkaufsstatistiken angesehen habe, die wöchentlich auf seinem Schreibtisch landeten? Der mittwöchliche Ausreißer nach oben konnte nur eins bedeuten: Die Kolumne war beliebt.

Dem Chefredakteur war klar, dass es Zeit wurde, herauszufinden, wer dieses Zeug verfasste. Zuerst hatte er seine eigenen Leute in Verdacht.

Auf der Redaktionskonferenz am nächsten Morgen versuchte er es damit, die Brillanz der Kolumne zu loben – er habe nur warten wollen, wie lange die anderen brauchten, um den Scherz zu verstehen –, aber nun sei es Zeit für den Verfasser, sich zu offenbaren und die Lorbeeren zu ernten. Niemand stand auf, niemand ergriff das Wort.

«Nun kommen Sie schon, meine Herren.

Der Verfasser muss sich in Ihren Reihen verstecken, und es ist nur fair, dass so gute Arbeit auch bezahlt wird.»

Die Kollegen am Konferenztisch tauschten Blicke, aber noch immer ergriff niemand das Wort.

«Aha. Verstehe», sagte der Chefredakteur, und das tat er auch. Obgleich in Kenia Pressefreiheit herrscht, betrachtet die demokratische Regierung, genau wie viele andere Regierungen auf dieser Welt, ob demokratisch oder nicht, dies nicht immer unbedingt als Vorteil. Wie der Chefredakteur (und auch Rose Mbikwa) sehr wohl wusste, gibt es viele Möglichkeiten, Kritiker zum Verstummen zu bringen, und jemand, der sich augenscheinlich dazu entschlossen hat, offen zu sprechen, mag es vernünftigerweise vorziehen, anonym zu bleiben und auf ein paar Shilling extra zu verzichten. In Kenia verschwinden immer noch Menschen. Aber konnte es tatsächlich sein, dass der Verfasser nicht anwesend war? Der Chefredakteur suchte sich den ersten Brief von Mr. Dadukwa heraus, datiert auf den 16. Februar (der Leiter der Politikredaktion, ein Akamba, hatte ihm die Bedeutung des

Namens bereits erklärt). Ein Nachwuchsreporter wurde abgestellt, den Besitzer des Postfachs ausfindig zu machen, und fand heraus, dass seit April ein gewisser Mr. J. Aripo der Mieter war. Er wurde noch einmal zurückgeschickt, und zwar mit der unmissverständlichen Anweisung, wenn er nicht herausfände, wer das Postfach am 16. Februar gemietet habe, könne er seiner Journalistenkarriere getrost *kwaheri* sagen. Drei Stunden später und ein paar hundert überzeugende Shilling ärmer kehrte er mit der Information in die Redaktion zurück, dass das Postfach zu besagtem Zeitpunkt tatsächlich von einem Mr. Dadukwa gemietet worden war; soweit der Postbeamte sich erinnern konnte, ein jüngerer oder auch älterer Mann afrikanischen oder asiatischen Ursprungs, dunkel gekleidet und ohne jede äußerliche oder sprachliche Auffälligkeit.

Was dem Chefredakteur natürlich nur wenig sagte, was Sie jedoch zweifelsohne als überaus zutreffende Beschreibung von … Mr. Malik erkennen werden.

Pirol

18

Präsidenten und andere Regierungsführer leiden an einem quälenden und weitverbreiteten Zustand, der als «Sorge um Afrika» bekannt ist. Man fängt ihn sich üblicherweise irgendwo auf einem Gipfeltreffen über Armut oder Seuchen ein, und die Symptome beinhalten schmerzvolle Stiche des Schuldgefühls angesichts des Wohlstandsgefälles zwischen Erster und Dritter Welt, unangenehme Gefühle irgendwo in der Magengegend, unbegrenzter Kapitalismus sei vielleicht doch nicht so segensreich, wie er uns ständig verkauft wird, außerdem regelmäßige Anfälle des Verlangens nach «Es muss etwas getan werden». Das beste Gegenmittel ist immer eine hohe Dosis heimische Krise.

Zu Beginn seiner zweiten Legislaturperiode erlitt Präsident Clinton eine kurze, aber intensive Attacke dieses Zustandes, und ehe die junge Monica auf dem Plan erschien, um ihn zu kurieren, hatte er nicht nur einen speziellen Senatsausschuss für Afrika ins Leben gerufen, sondern auch gleich seinen engen Vertrauten und Berater Dr. Ronald K. Dick auf eine umfangreiche fünftägige Erkundungsmission nach Afrika geschickt. Dr. Dicks ausgedehnter Reiseplan beinhaltete beinahe neun volle Stunden Kenia.

Nachdem er in Washington berichtet hatte, kam der Senatsausschuss überein, dass eine Aufstockung der finanziellen Unterstützung für die Region unbestreitbar vonnöten war, diese aber an die von Dr. Dick empfohlenen effizienten Maßnahmen gebunden sein müssten (das Einverständnis der betroffenen Regierungen natürlich vorausgesetzt). Ganz oben auf dieser Maßnahmenliste für Kenia stand die Umstrukturierung der Organisation des staatlichen Transportsystems. Während seines zwar kurzen, aber tiefschürfenden Besuchs des Landes hatte die amerikanische Botschaft in Nairobi Dr. Dick einen Wagen samt Fahrer aus dem Fuhrpark der Botschaft zur Verfügung gestellt. Die kenianischen Minister besaßen, wie Dr. Dick feststellte, jeder einen persönlichen Wagen mit persönlichem Fahrer. Es war möglich, dass Wagen und Fahrer den Großteil des Tages ungenutzt blieben – während der Minister sich im Parlament oder in seinem Ministerium aufhielt, zum Beispiel, oder während er zu Mittag aß oder sich sonst wie die Zeit vertrieb. Es wäre eindeutig viel effizienter, wenn Wagen und Fahrer während dieses Leerlaufs anderweitig genutzt werden könnten, und der Weg, dies zu erreichen, war die Einrichtung eines Fuhrparks – ja, nach Vorbild desjenigen, den sie in der guten alten amerikanischen Botschaft hatten. Die Senatoren waren von diesem ebenso schlichten wie ergreifenden Vorschlag dermaßen beeindruckt, dass sie ihn zu einer der Schlüsselbedingungen machten, an die weitere Hilfen für Kenia geknüpft wurden. Kein Fuhrpark, keine Kohle. Die souveräne Regierung der Republik Kenia stimmte dieser Bedingung leichten Herzens zu. Zu den Menschen, die von dieser Entscheidung betroffen waren, gehörte auch Thomas Nyambe, den Sie schon vor einiger Zeit als Mr. Maliks Gefährten auf der Vogelwanderung kennenlernen durften.

Thomas Nyambe war bis dahin persönlicher Fahrer des Bildungsministers gewesen. Jeden Morgen außer sonntags fuhr er pünktlich zu Dienstbeginn um sechs Uhr mit dem Matatu zum Haus des Ministers. Er wusch das Auto und fuhr die Kinder zur Schule (ja, in Nairobi gehen die meisten Kinder auch samstags in die Schule). Den Rest des Tages stand er dem Minister auf Abruf zur Verfügung – manchmal, um ihn ins Ministerium zu fahren, oder sonst wohin, je nach Verpflichtung und Laune. Jetzt änderte sich sein Stundenplan. Konnte sein, dass er morgens den Tourismusminister zum Flughafen brachte, um gleich darauf den Landwirtschaftsminister zu einem Geschäftsessen ins Restaurant zu fahren und am Nachmittag die Frau eines Staatssekretärs auf den Markt (denn, wie der Verkehrsminister dem ranghöchsten Botschaftssekretär der Amerikaner, zuständig für die Umsetzung des Fuhrparkkonzepts, erklärte, war es mit Sicherheit effizienter, für den Transport von Frauen und Familie der Minister ein Staatsfahrzeug zu benutzen, als die Minister selbst fahren zu lassen). Außerdem hatte er jetzt sonntags und dienstagvormittags immer frei.

Thomas Nyambe war schon immer Regierungsfahrer gewesen. Er war der Sohn eines Regierungsfahrers. Als der Graue Star bei seinem Vater so schlimm wurde, dass er, wie sehr er die Augen auch zusammenkniff, im grellen Sonnenlicht nicht mehr fahren konnte, ohne völlig geblendet zu sein, übergab er Job und Livree an Thomas. Sein Vater hatte Thomas beigebracht, wie man Auto fuhr und wie man ein Chauffeur war. Also lernte Thomas nicht nur, ein Fahrzeug zu lenken und zu warten, sondern auch, die Rolle zu spielen, die Arbeitgeber von ihren Chauffeuren erwarten – zuverlässig und stumm.

Wenn Sie einen Taxifahrer fragen, wird er ihnen bestätigen, dass er sich manchmal so vorkommt, als sei er unsichtbar. Im Fond eines Taxis unterhalten sich die Menschen über ihre wichtigsten und intimsten Dinge, als sei sonst niemand anwesend, als führe der Wagen von allein. Mit Regierungschauffeuren verhält es sich genauso. Obwohl Thomas' Vater ihm diesbezüglich alles beigebracht hatte, hatte er ihm doch weder das Lesen noch das Schreiben beigebracht, und sonst hatte es auch niemand getan. Natürlich konnte Thomas Nyambe Verkehrsschilder «lesen» (auch wenn diese Fähigkeit in Kenia selten gebraucht wird und die paar wenigen existierenden Verkehrs- und Straßenschilder normalerweise bis zur Unkenntlichkeit verblasst sind). Mit Zahlen und mit Geld kannte er sich auch aus. Er kannte den Preis für Benzin, Öl (sowohl für das Getriebe als auch für den Motor), und zwar bis auf zwei Stellen hinter dem Komma, er wusste, wie viel es kostete, ein kleines Loch zu flicken, ein großes Loch, und all die anderen Dinge, die ein Regierungschauffeur wissen muss. Aber die Welt der Buchstaben ging vollständig an ihm vorbei, und obwohl er, während er seinen Wagen lenkte, viel über das Wirken der Regierung und die Machenschaften der Minister erfuhr, wäre ihm niemals in den Sinn gekommen, diese Informationen aufzuzeichnen, genauso wenig, wie er je auf den Gedanken gekommen wäre, sich die Vögel aufzuschreiben, denen er auf den Vogelwanderungen begegnete, die er in den letzten fünf Jahren an seinem freien Vormittag regelmäßig besucht hatte.

Mr. Malik hatte Thomas Nyambe bei seiner allerersten Vogelwanderung vor dem Nairobi-Museum kennengelernt. Trotz der herzlichen Begrüßung durch Rose Mbikwa war sich Mr. Malik ein wenig komisch vorgekommen, ein wenig fehl am Platz. Dann war ein Schwarzer, der ein wenig abseits der Gruppe gestanden hatte, lächelnd, aber stumm zu ihm herübergekommen und hatte sich vorgestellt, und dies war der Augenblick, an dem Mr. Malik und Thomas Nyambe Freunde geworden waren. Einfach so, so war es wirklich. Mir ist das auch schon passiert, und Ihnen sicher auch. Bei dieser ersten Begrüßung hatten sie in dem andern eine verwandte Seele erkannt. Auch wenn sie zu Beginn nicht viel miteinander sprachen, so erlebte doch jeder in der Gegenwart des anderen eine große Vertrautheit, die überraschend und normal zugleich war.

Im Laufe der nächsten Wochen wechselten sie immer mehr Worte miteinander, und so erfuhr Thomas Nyambe, dass Mr. Malik Witwer war, und Mr. Malik erfuhr, dass Thomas Nyambe seit fast dreißig Jahren als Fahrer für die Regierung arbeitete. Er hatte eine Frau namens Hyacinth und sieben Kinder, von denen zwei erst kürzlich gestorben waren.

«Ich habe auch einen Sohn, der gestorben ist», sagte Mr. Malik. Sogar jetzt, vier Jahre danach, sprach er kaum über seinen Sohn.

Mr. Nyambe erzählte Mr. Malik, dass er in Southlands lebte, er und sein Bruder über die Jahre aber genug Geld gespart hatten, um sich eine kleine Farm zu kaufen, oben an der Küste, nördlich von Malindi, wo ihr Vater herstammte. Sein Bruder baute momentan dort ein Haus, erst eins für sich und dann auch eins für Mr. Nyambe, und dort würden sie dann hinziehen, wenn er zu alt für seinen Beruf als Regierungsfahrer wäre.

«Es ist gut, wenn man sein eigenes Land hat und sich selbst versorgen kann. Und Sie, Mr. Malik? Haben Sie vor, irgendwann von Nairobi wegzuziehen?»

«Ich bin kein Bauer, Mr. Nyambe. Mein Großvater hat zwar Gemüse angebaut, aber ich denke, ich schlage eher nach meinem Vater. Es heißt, der Boden in Nairobi ist so fruchtbar, dass man sich in Acht nehmen muss, wenn man einen Samen in die Erde steckt – damit einen die Pflanze beim Wachsen nicht verletzt. Mein Vater hätte tausend Samen säen können, aber die einzige Verletzung, die er riskiert hätte, wäre, sich mit der Hacke in den Fuß zu hauen. Er war kein Bauer, und ich bin auch keiner. Ich glaube, ich werde in Nairobi bleiben.»

«Aber auf einer Farm bekommt man viel mehr Vögel zu sehen als in der Stadt, meinen Sie nicht?»

«Da haben Sie recht, Mr. Nyambe, und wie Sie wissen, liebe ich es, Vögel zu beobachten. Aber die sehe ich auch in meinem Garten und in der Stadt, und solange ich an den Vogelwanderungen teilnehme, werde ich genug davon zu Gesicht bekommen.»

Hinter der sanftmütigen Hülle jedoch war Mr. Maliks neuer Freund ein leidenschaftlicher Mann. Seine Leidenschaft galt seiner Familie, seinen Vögeln und seinem Land.

Perlhuhn

19

Wie Mr. Malik war auch Thomas Nyambe in einem Nairobi aufgewachsen, das mit der wuchernden Stadt von heute nur wenig gemein hatte. Damals bestand das Stadtzentrum lediglich aus ein paar Straßen, umgeben von Gärten und Parks. Der Fluss war nicht gesäumt von den Pappbaracken der Slumbewohner, sondern von Papyruspflanzen. Auf dem kurzen Spaziergang von der Hauptpost zum Bahnhof mochte man einer Schar Perlhühner begegnen, die die Straße überquerten, oder einem Nachtreiher, der in seinem Lieblingsfieberbaum im Garten des Generalgouverneurs nistete.

«Es gibt auch heute noch Vögel zu sehen, wie Sie wissen, Mr. Malik. Aber man muss sich inzwischen ganz schön weit weg bewegen, um einen Nachtreiher oder ein Perlhuhn zu Gesicht zu bekommen.»

Mr. Nyambe empfand es als Privileg und als große Freude, sich mit Gleichgesinnten in bequemen Autos auf den Weg zu machen, um Vögel zu beobachten. Vögel haben etwas Besonderes an sich; ihrer Schönheit und Freiheit wohnt etwas inne, das für die Seele eines Menschen wie Balsam ist. Aber jemand, der Geld spart, um sich eine Farm zu kaufen und ein Haus zu bauen, kann es sich nicht leisten, die sauer verdienten Shillings für den Bus oder das Matatu auszugeben, nur um an einem freien Vormittag aus der Stadt herauszukommen, und sei es für seine Seele noch so gut. An den Vogelwanderungsvormittagen fuhr Mr. Nyambe ausnahmslos auf dem Beifahrersitz von Mr. Maliks altem grünem Mercedes mit. Natürlich nie, ohne eine Kleinigkeit mitzubringen – würzige Erbsenpastete oder ein paar Zuckerkekse, die seine Frau Hyacinth ihm extra gemacht hatte –, um dem, der ihn mitnahm, seine Dankbarkeit zu zeigen. Die Erbsenpastete mochte Mr. Malik inzwischen richtig gern, von den Zuckerkeksen nahm er nach wie vor nur aus Höflichkeit einen an.

Mr. Nyambes Liebe zu Kenia war so groß wie seine Liebe zu Vögeln.

«Es gibt kein Land wie dieses, Mr. Malik. Wo sonst findet man einen schneebedeckten Berg solcher Schönheit wie unseren Mount Kenia, und dazu eine Küste mit palmengesäumten Stränden? Welches andere Land besitzt Wüsten und Wälder, Seen und Flüsse, Hügel und Ebenen wie unseres? Wo sonst sind die Männer so stattlich und die Frauen so schön?»

«Und wo sonst, Mr. Nyambe, kann man so viele Vögel sehen?»

«Nicht nur Vögel, Mr. Malik. Löwen, Elefanten!»

«Geparde, Giraffen.»

«Antilopen.»

«Gazellen.»

«Warzenschweine.»

«Buschschweine.»

«Gnus.»

«Es stimmt, Mr. Malik. Wir sind gesegnet. Wir leben in einem wunderbaren Land.»

Im Laufe der Zeit, während die Freundschaft der beiden Männer wuchs, erzählte Mr. Nyambe zusehends freimütiger von seiner Arbeit, und das war etwas, das er selten tat, selbst seiner Frau gegenüber hielt er sich meistens bedeckt.

«Dieser Marabu da», sagte er und deutete auf einen Vogel, der groß und griesgrämig neben einem Abfallhaufen an der Two Rivers Road stand, an dem sie eines Tages während der Vogelwanderung vorbeikamen. «Kein besonders schöner Vogel. Ich bin mir sicher, Sie haben auch schon beobachtet, dass sie ständig mit den anderen Vögeln im Streit liegen – mit den Krähen und den Reihern. Marabu, das ist der Spitzname, den wir – die Fahrer aus dem Fuhrpark, wissen Sie? – dem Verteidigungsminister gegeben haben. Er ist kein guter Mensch. Er sagt, er ist Christ, aber wissen Sie, wie viele Ehefrauen er hat?»

Mr. Malik zog belustigt die Augenbraue hoch.

«Mehr als die übliche Anzahl?»

«Drei! Eine in Kisumu, eine in Kakamega und eine in Nairobi. Das sind zu viele für einen Christenmann.»

«Das sind zu viele für jeden Mann, Mr. Nyambe.»

«Ich glaube, da haben Sie recht, Mr. Malik.»

Mr. Nyambe musste grinsen.

«Aber die Wasserschlange – ich meine Mr. Matiba, den Sicherheitsminister, wissen Sie? – glaubt, die Nairobifrau wäre seine Frau, das macht dann vielleicht nur noch zwei, oder?»

Und so nahmen die Dinge ihren Lauf. Jeden Dienstag nahm Mr. Malik Thomas Nyambe in seinem alten grünen Mercedes mit, und die beiden Männer unterhielten sich über Vögel und über Politik. Woran liegt es, dass der kleine Porphyrnektarvogel seine Nester so gerne auf der Veranda von menschlichen Behausungen baut, und stört es das Weibchen des Grautokos eigentlich, dass das Männchen es beim Brüten hinter einer Schlammmauer in einem hohlen Baum einsperrt? Wenn der Bildungsminister ein neues Haus braucht, sollte er sich das Land dann nicht kaufen, statt sich vom Minister für

Fischerei und Forstwesen zwei Morgen vom Karura-Staatsforst zuweisen zu lassen – sind die Staatsforste nicht für alle da? Und weshalb muss der Staatssekretär für Finanzen eigentlich so viele Privatflüge in die Schweiz unternehmen?

«In der Welt herrscht viel Gedankenlosigkeit, Mr. Malik. Zwar nicht bei den ganz normalen Menschen, aber unter den Reichen und Mächtigen ist sie weit verbreitet. Tja, wenn der Elefant sich nach den Kochbananen streckt, sieht er den Shamba-Zaun nicht. Aber wir wählen sie, stimmt's? Vielleicht ist es an uns, ihnen klarzumachen, was sie tun.»

Die Worte seines Freundes gingen Mr. Malik nicht mehr aus dem Kopf. Es geschah zwar nicht sofort, aber nach ein paar Wochen begann ein kleines Licht in seinem Kopf zu dämmern. Ja, jemand sollte diesen Menschen tatsächlich klarmachen, was sie taten. Es war ja gut und schön, alle paar Jahre zur Wahl zu gehen, aber war das wirklich genug? Es war auch gut und schön, sich zu beschweren, aber was änderte das schon? Jemand sollte etwas tun. Mr. Malik brauchte beinahe zwei Monate, bis ihm klarwurde, dass er dieser Jemand war. Er war derjenige, der etwas tun musste. Hatte er sich damals in den so fernen Londoner Jahren etwa nicht danach gesehnt, Journalist zu sein? War dies nicht die Gelegenheit, nach der er so lange gesucht hatte, die Chance, etwas zu verändern? Noch am gleichen Morgen ging er in die Stadt und mietete ein Postfach. Am Nachmittag schrieb er dem Chefredakteur der *Evening News* einen Brief.

Und am darauffolgenden Dienstag tippte er nach der Vogelwanderung seine allererste «Von einem Schlag»-Kolumne auf ein strahlend weißes DIN-A4-Blatt Schreibmaschinenpapier, steckte sie in einen Briefumschlag und warf ihn an der Ecke Garden Lane und Parklands Drive in bereits erwähnten Briefkasten.

Blaukehl-Nektarvogel

20

Der Strauß gewöhnte sich langsam daran. Jeden Tag kurz nach der Dämmerung wachte das Riesentier hinter dem Zaun auf und fing an zu brüllen. Langsam drehte es sich zu ihm um, langsam kam es näher, das Brüllen wurde lauter, seine seltsamen Augen reflektierten das Orange der aufgehenden Sonne. Der Strauß war ein Männchen und hatte ein Nest zu verteidigen. In der flachen Kuhle, die er ganz allein mit den nackten Krallen in die Erde gegraben hatte, lagen inzwischen sechzehn Eier, gelegt von den drei Hennen, die er umworben und begattet hatte. Die Küken würden in wenigen

Tagen schlüpfen. Der Strauß richtete sich zu seiner vollen Größe von drei Metern auf, plusterte die Flügel auf, um so imposant wie möglich zu wirken, und fing, steifbeinig und unbeirrt, an, auf den Zaun zuzustolzieren. Weiter bewegte sich das Monster, direkt auf ihn zu. Sie kamen einander näher und näher. Die Bestie brüllte wie ein Löwe, ein Büffel und ein Elefant zusammen, aber der Strauß wich und wankte nicht. Es war das Monster, das sich schließlich abwandte. Es wandte sich der langen Spur zu, die von dem Zaun wegführte, und verschwand mit einem letzten Brüllen in die aufgehende Sonne hinein.

Der Strauß sträubte noch einmal sein Gefieder, legte die Flügel wieder an und kehrte zu seinem Nest zurück. Die Bestie würde wiederkommen, da war er sich sicher, aber er wäre bereit.

Als die Morgenmaschine nach Lamu am Rand des Rollfelds auf dem Wilson-Flugplatz abdrehte und auf die Startbahn einbog, sah Harry Khan zum Fenster hinaus.

«He, Jungs! Seht mal – ein Strauß, da, gleich

hinter dem Zaun. Der erste Vogel des Tages – das ist sicher ein gutes Zeichen.»

Harry Khan hatte den Vorabend an der Bar im Hilton verbracht und mit George und David den Wochenplan besprochen.

«Zuerst», sagte George, «sollten wir uns den Wetterbericht besorgen. Stimmt's, Davo? Es hat keinen Sinn, in die Berge zu fahren, wenn dort Nebel ist, und es hat keinen Sinn, bei Sturm an die Küste zu fliegen.»

Sie klinkten sich mit Davids Laptop in die drahtlose Internetverbindung des Hotels ein und brachten auf diese Weise in Erfahrung, dass sich kurz vor Madagaskar ein hässliches Tief zusammenbraute und zu Wochenbeginn an der Küste tatsächlich mit ziemlich heftigem Wind gerechnet werden musste.

«Wir sollten zusehen, dass wir bald da runterkommen», sagte David.

«Jau», sagte George, «die Küsten- und Meeresvögel zuerst abhaken, und dann den Rest im Landesinneren.»

«Klingt vernünftig», sagte Harry.

Der Lonely-Planet-Reiseführer verriet ihnen, dass die Insel Lamu für einen Tagestrip bestens geeignet war. Der Hinflug am frühen Morgen und ein Rückflug spätnachmittags würde ihnen genügend Zeit lassen, pünktlich um acht Uhr abends wieder im Asadi Club zu sein.

«Hier steht, um die Insel und die zahlreichen Lagunen in der Nähe zu entdecken, mietet man am besten ein Boot.»

«Klingt, als wäre das unsere Insel», sagte Harry und ging zur Rezeption, um die Flüge zu buchen. Was für ein Spaß! Nur schade, dass es so früh losging.

Anders als der Strauß zeigte der Scheitelfleckspecht angesichts des sich nähernden Ungetüms keinerlei Anzeichen von Panik. Im Stadtpark geboren und aufgewachsen, hatte er sich an Zweibeiner wie den gewöhnt, der jetzt auf seinen Baum zukam. So groß wie sie waren, machten diese Dinger nicht halb so viel Ärger wie die Affen – auch wenn dieser besonders große Augen hatte. Der Specht hämmerte weiter; Mr. Malik ließ das Fernglas sinken, um den ersten neuen Vogel des Tages in seinem Notizbuch zu vermerken.

Die erstaunliche Artenvielfalt, die er am Vortag in seinem eigenen Garten entdeckt hatte, hatte Mr. Malik auf eine Idee gebracht. Natürlich war an dem, was A.B. über rückläufige Erträge gesagt hatte, etwas dran. Aber, dachte er, die Erträge konnten auch dadurch vermindert werden, dass man seine Zeit mit Reisen verbrachte statt mit der Vogelbeobachtung. Hierhin und dorthin zu fahren oder zu fliegen erforderte sehr viel Zeit – vor allem angesichts der Vorgabe, dass beide Parteien um acht Uhr abends wieder in Nairobi sein mussten, selbst wenn er keine anderen Verpflichtungen gehabt hätte. Also ersann Mr. Malik eine Strategie, die ein Minimum an Reisen erforderte. Ausgehend von seinem Haus in der Garden Lane, würde er sich in einer Spirale auswärts bewegen und so im Laufe der Woche immer weiter entfernte Lebensräume erschließen. Auch wenn es auf diese Weise Überlappungen geben würde, würde er so doch die meisten Arten zu sehen bekommen. Für die erste Exkursion wählte er den Stadtpark, nur knapp drei Kilometer von der Basis entfernt und außerdem ein Ort, der ihm vertraut war.

Wie so viele Stadtviertel Nairobis hatte

auch der Stadtpark bessere Zeiten gesehen. Verglichen mit den seinerzeit so gepflegten Lustgärten mit palmengesäumten Wegen und gestutztem Buschwerk, in denen Brunnen plätscherten und jeden Sonntagnachmittag zwischen drei und fünf die Klänge von Sousa und Elgar vom Konzertpavillon herüberwehten, war vom Glanz des Parks heute nicht mehr viel übrig. Aber den Stadtbewohnern, die von seiner Existenz wissen, macht er noch immer Freude, und er bietet vielen Eichhörnchen und Affen und noch viel mehr Vögeln Nahrung und Unterschlupf.

Will man Vögel identifizieren, so ist die Dämmerung dazu am besten geeignet, weil sie dann am lautesten sind. Der modernen westlichen Ornithologie zufolge singen sie, um ihr Territorium abzustecken oder zu behaupten, zur Balz, zur Stärkung der Arterkennung und sozialer Rangordnungen oder um auf Futterquellen aufmerksam zu machen. Der afrikanischen Tradition zufolge singen sie, um die Sonne zu begrüßen. Als er den Schreien der Rotbauch-Mohrenköpfe und Kongopapageien lauschte, dem Gezwitscher verschiedenster Nektarvögel, dem Gesang der Kanarienvögel und dem Trillern der Olivendrossel, kam Mr. Malik zu dem Schluss, dass wohl beide Erklärungen stimmten. Er hatte den Haupteingang in dem Augenblick erreicht, in dem die Tore aufgesperrt wurden, und machte sich lauschend und mit forschendem Blick auf den Weg in den Park. Am Brunnen, seit vielen Jahren ohne Wasser und voller Blätter und Müll, lenkten seine Schritte ihn unwillkürlich hinüber zu den in Reihe gepflanzten Kiefern, die die Grenze des alten Friedhofs markierten.

Nur wenige kennen den alten Friedhof, der sich hinter Kiefern und einer niedrigen Mauer versteckt. Jenseits der Mauer markieren umgestürzte Steine die Gräber der ersten weißen Siedler Kenias – Männer und ihre Memsahibs und eine unverhältnismäßig große Zahl Kinder, die vom Pferd gestürzt waren, sich an der Küste die Malaria geholt hatten oder auf der vergeblichen Suche nach Kur und Heilung nach Nairobi gekommen waren. In der Mitte des Gräberfeldes steht eine nicht mehr genutzte und verrammelte Kapelle aus Stein, und in einer

Ecke das Häuschen des Friedhofwärters. Es ist zwar heruntergekommen, aber noch immer bewohnt, und als Mr. Malik näher kam, durchdrang das Geräusch eines weinenden Kindes und das Gackern von Geflügel, das auf dem Hof scharrte und pickte, die Stille und hauchte diesem Ort des Todes tröstendes Leben ein. Mr. Malik war beileibe nicht zum ersten Mal auf dem alten Friedhof. Denn hier war es gewesen, wo er an einem nassen Samstagmorgen im Februar vor beinahe vier Jahren die Asche seines einzigen Sohnes Raj verstreut hatte.

Und seitdem kam er jeden Samstagvormittag hierher, um an seinen Sohn zu denken, an seine Trauer und an seine Schande.

Schneeballwürger

21

Ich habe Ihnen erzählt, dass Mr. Malik kaum über seinen Sohn Raj spricht. Ich habe Ihnen nicht erzählt, weshalb. Raj war kein Kind mehr, als er gestorben ist, und er ist auch nicht an einem Sturz vom Pferd gestorben oder an Fieber, das er sich in den mückenverseuchten Mangrovenwäldern an der Küste eingefangen hätte. Raj war fünfunddreißig, und er ist an Aids gestorben. Und als er im Sterben lag, empfand Mr. Malik für seinen Sohn weder Liebe noch Mitgefühl, sondern nur Abscheu und Scham.

Gut drei Jahre zuvor hatte dieser wunderschöne Sohn seinem Vater gestanden, dass er schwul war. Und was hatte Mr. Malik geantwortet, als sein mutiger und wunderschöner Sohn, von dem er und seine Frau schon immer gewusst hatten, dass er ein bisschen anders war als die anderen Jungen, ihm das erzählt hatte? Er befahl Raj zu gehen, zu verschwinden, ihm nie wieder unter die Augen zu treten. Was für ein Sohn war das, hatte er getobt, was für ein Mann? Was für ein Mensch bekannte sich zu etwas derart Unnatürlichem, Perversem, Schändlichem? Geh, sagte Mr. Malik, der Rechtschaffene, du bist nicht mein Sohn, mein Blut ist nicht dein Blut, mein Name ist nicht dein Name. Du hast Schande über deine Familie gebracht und das Gedenken deiner Mutter entehrt. Und er hatte es haargenau so gemeint. Raj ging, aber Wut und Schrecken hörten nicht auf, in Mr. Malik zu lodern. Oh, wie sehr er sich leidgetan hatte. Womit hatte er das verdient? Was hatte er verbrochen? Hatte er nicht bereits seine Frau verloren? Und jetzt war auch noch sein Sohn verloren für ihn, sagte er sich, und die Söhne seines Sohnes. An wen sollte er das Geschäft übergeben, wie vor ihm Vater und

Großvater? Ganz abgesehen davon, dass er in der Gemeinschaft sein Gesicht verloren hatte, denn Mr. Malik war sich sicher, dass die Leute es wussten, auch wenn sie nichts sagten.

Vielleicht hatte Raj bereits Aids, als er seinem Vater gestand, dass er schwul war, vielleicht hat er es sich erst danach eingefangen. Das Nächste, was Mr. Malik hörte, war, dass Raj tot war. Und was geschah da mit all der Wut und der Scham und dem Selbstmitleid, die so heftig in ihm gebrannt hatten? Sie verloschen wie eine Kerzenflamme im Wind. Mr. Malik wurde klar, was er getan hatte, und ihn überfiel die schreckliche Erkenntnis, dass es absolut nichts gab, was er noch tun konnte. Sein Sohn war tot. Was spielte es jetzt noch für eine Rolle, ob Raj homo- oder heterosexuell war, ob er Männer oder Frauen liebte? Es war zu spät. Zu spät, die Worte zurückzunehmen, zu spät zu sagen: «Komm nach Hause», zu spät, um von diesen schönen, kalten Lippen Vergebung zu erbitten. Mit völliger Klarheit wurde ihm plötzlich bewusst, dass seine Frau etwas so Liebloses niemals getan hätte. Und so war die Scham, die es Mr. Malik jetzt so schwermachte, über Raj zu sprechen, nicht die Scham für seinen Sohn, sondern die Scham für sich selbst. Und die Trauer galt nicht seinem eigenen Verlust, sondern dem Verlust, den er seinen Sohn hatte erleiden lassen.

Und an jenem nassen Februartag, vier Tage nach der Beisetzung, als er die Asche seines Sohnes auf dem alten Friedhof verstreute, war Mr. Malik beim Anblick der Gräber und alten Grabsteine klargeworden, dass er zwar für seinen Sohn nichts mehr tun konnte, aber er konnte etwas anderes tun. Wie viele junge Männer und Frauen starben in diesem Augenblick, allein und zurückgewiesen? Die Antwort, wie er schon bald herausfinden sollte, überstieg sein Vorstellungsvermögen bei weitem.

Wäre es die Grippe gewesen oder die Pocken, die Menschen millionenweise dahinrafften, oder gar die Pest, dann hätte man vielleicht darüber geredet. Aber damals war Aids in Kenia nichts, worüber man in der Gesellschaft sprach. Das lag hauptsächlich daran, dass man Aids ausschließlich mit Homosexualität in Verbindung brachte. In Kenia hatte man, wie Mr. Malik nur zu gut wusste, keine schwulen oder lesbischen Kinder. Aber das, worüber man spricht, unterscheidet sich von dem, was ist. Eine Krankheit diskriminiert nicht. Mr. Malik suchte den Ort, an dem sein Sohn gestorben war, und wurde in einem langen, dunklen Raum am letzten Ende des Aga Khan Hospital fündig, voll mit ganzen Reihen bis aufs Skelett abgemagerter junger Männer und Frauen – schwul, hetero, alleinstehend, verheiratet – auf Pritschen, Matratzen, dem blanken Fußboden. Vielleicht war unter ihnen jemand, den Raj einst geliebt hatte und von dem er geliebt worden war. Hier gab es kaum Pflege und so gut wie keine Besucher. Es dauerte nicht sehr lange, bis Mr. Malik wusste, dass jedes Krankenhaus in Nairobi mindestens einen Raum wie diesen besaß.

Nur wenige Sterbende kannten auch nur den Namen des kleinen, rundlichen, kahlköpfigen braunen Mannes, der kam, um sich zu ihnen zu setzen, zu lächeln und ihre Hand zu halten oder um ihnen über die Stirn zu streicheln und tröstende Worte zu flüstern. Aber noch weniger hätten behauptet, dass seine Anwesenheit ihnen nicht guttat und dass sie sich nicht ein klein wenig besser fühlten, wenn er bei ihnen gewesen war. Und so fand die Liebe, die Mr.

Malik seinem eigenen Sohn verwehrt hatte, ihren Weg zu vielen vergessenen Söhnen und Töchtern, auch wenn es für Mr. Malik nie genug war und nie genug sein konnte.

Aber heute war er nicht gekommen, um sich zu erinnern, er war der Vögel wegen hier. Mr. Malik verließ den Friedhof und spazierte zurück in den Park. Er setzte sich auf eine Betonbank neben dem Brunnen, und binnen zwanzig Minuten hatte er siebzehn neue Arten gesehen. Darunter einen Schneeballwürger, einen Schmetterlingsastrild (der umwerfend aussah in seinem lapislazulifarbenen Gefieder) und einen kleinen Schwarm Bandfinken. Wieso, fragte er sich, während er die gemischte Gruppe aus Männchen und Weibchen beobachtete, trug diese Art eigentlich ihren Namen, wo doch nur die Männchen das blutfarbene Band um den Hals trugen? Andererseits gab es viele Vogelarten, deren Namen sich lediglich nach einem Geschlecht richteten, und zwar meistens nach dem männlichen. Zumindest bei den Vögeln scheinen die Männchen mehr Wert aufs Äußere zu legen. Sie waren auch die enthusiastischeren Sänger. Erst hörte und dann sah er einen kleinen dunklen Vogel, der auf einem hohen Bambusbusch hockte. Gegen den strahlenden Himmel sah er eher tiefschwarz als dunkelblau aus, aber die roten Beine waren unverwechselbar. Eine Rotfuß-Atlaswitwe, und er wusste, dass es ein Männchen sein musste, denn das Weibchen trug ein völlig anderes Gefieder, eher wie ein weiblicher Spatz. Ein ungewöhnlicher Pfiff zog seine Aufmerksamkeit auf sich. War das etwa der typische Zweitonruf des Graustirnwürgers? Den hatte er in der Stadt noch nie gehört.

Der Ruf kam offensichtlich aus einem kleinen Baum, der ein paar Meter weiter an dem überwucherten Weg stand. Mr. Malik stand auf und ging auf das Geräusch zu. Er war erst ein paar Schritte gegangen und hatte die Quelle des Rufes noch nicht entdeckt, als er merkte, dass ihm jemand entgegenkam. Wie ärgerlich – der Vogel fühlte sich vielleicht gestört und flog davon, ehe er ihn identifizieren konnte. Außerdem war der Weg viel zu schmal, um aneinander vorbeizukommen. Na ja, er war ja noch nicht weit gegangen, dann musste er eben umdrehen, die Person vorbeilassen und das Beste hoffen. Mr. Malik machte kehrt und stellte fest, dass hinter ihm inzwischen ebenfalls jemand den Pfad betreten hatte – zwei Leute, um genau zu sein. Offensichtlich junge Männer.

Das Beste war wohl, kein Theater zu machen, dachte Mr. Malik. Wenn er sich nicht wehrte und nicht schrie, würden die Räuber ihm vielleicht nichts tun. Wortlos griff Mr. Malik in die Tasche und holte seine Geldbörse heraus. Wortlos nahm einer der Männer sie ihm ab.

«Und das da.»

Er zeigte auf das Fernglas um Mr. Maliks Hals. Mr. Malik seufzte, und während er sich das Band über den Kopf zog, riss einer ihm das Notizbuch aus der Hand. Es war alles, was er hatte, um zu beweisen, welche Arten er an diesem Morgen gesehen hatte, und er konnte kaum erwarten, dass der Ausschuss – ganz zu schweigen von Harry Khan – akzeptierte, dass er die Vögel aus dem Gedächtnis wiedergab. Gut möglich, dass diese Vögel – siebzehn Arten – am Ende den Ausschlag gaben.

«Das Büchlein hat für Sie mit Sicherheit keinen Wert», sagte er und streckte die Hand aus.

Der junge Mann antwortete mit einem fiesen Lächeln und gab das Notizbuch seinem Komplizen.

«Das, *Bwana,*» – sein Mund wurde weich, als er das Wort aussprach, aber sein Blick blieb hart –, «entscheiden wir. Und? Was hast du noch in der Tasche?»

Mr. Malik zog einen Stift und ein Taschentuch heraus und versuchte, nicht mit den Schlüsseln zu klimpern. Es wäre fürchterlich umständlich, wenn sie ihm den Autoschlüssel abnahmen und er den Schlüsseldienst rufen musste.

«Habe ich da was gehört?», sagte derjenige, der inzwischen das Notizbuch hatte. «Hast du was gehört, Bruder?»

«Ich glaube, ich habe ein kleines Klingeling gehört.»

Mr. Malik steckte die Hand wieder in die Hosentasche und zog den Schlüsselbund heraus.

«Hier. Kann ich jetzt bitte mein Notizbuch wiederhaben? Es ist nur eine Liste mit Vögeln, sonst nichts. Wenn Sie wollen, können Sie nachsehen.»

Der junge Mann sah sich die Adlerskizze auf der Vorderseite genau an, dann schlug er das Heft auf und inspizierte den Inhalt, drehte und wendete es.

«Vögel, sagst du? Was willst du mit einer Liste von Vögeln?»

«Es ist ein ... es ist mein Hobby. Ich beobachte Vögel. Damit.» Er deutete auf sein Fernglas.

Der Mann sah das Notizbuch in seiner einen Hand an und dann den Schlüsselbund in seiner anderen.

«Wie wichtig ist dir das? Wie dringend willst du es zurück?»

«Ich hätte es einfach gern. Es ist nicht wertvoll, ich hätte es nur gern zurück.»

«Tja, Alter, wie wäre es mit einem Tausch?»

«Was meinen Sie damit?»

Der Mann klimperte mit dem Schlüsselbund vor Mr. Maliks Nase herum.

«Ich schlage vor, du zeigst uns jetzt mal, wo dein Auto steht. Du zeigst mir, wo dein Auto steht, ich gebe dir dein Heft zurück.»

Das war lächerlich. Wenn er ihnen zeigte, wo sein Auto parkte, würden sie es klauen. Ohne seine Hilfe würden sie es vielleicht nicht tun – sie wussten, dass er einen Polizisten oder einen Askari rufen konnte, wenn sie erst mal aus dem Dickicht heraus waren. Dachten sie tatsächlich, er würde sich auf dieses lächerliche Angebot einlassen? Dachten sie wirklich, ihm sei das Notizbuch wichtiger als sein Auto? Mr. Malik sah zu dem Räuber hoch. Der Schlüsselbund baumelte an einem Finger, in der anderen Hand hielt er das Notizbuch.

«Na gut», sagte er.

Der alte grüne Mercedes parkte gegenüber vom Hauptportal. Die vier verließen den Stadtpark, überquerten die Straße, und Mr. Malik sah zu, wie die drei Räuber das Auto aufschlossen, einstiegen und den Motor anließen.

«Mein Notizbuch, bitte.»

Dann sah er seinen alten grünen Mercedes in Richtung Innenstadt davonfahren, während die Räuber lachten wie die Hyänen und ihm aus dem offenen Fenster mit dem Notizbuch zuwinkten.

Turteltaube

22

«Ich sagte», sagte Mr. Patel, als Mr. Malik an diesem Abend im Club erschien, «habe ich dich da eben in einem Taxi kommen sehen?»

Mr. Malik war tatsächlich mit dem Taxi von der Polizeistation in der Haare Thuku Road in den Asadi Club gefahren, nachdem er den Großteil des Tages bei der Polizei verbracht hatte. Er hatte eine halbe Stunde gebraucht, um hinzulaufen, und drei Stunden, um den Diebstahl anzuzeigen. Er hegte nur wenig Hoffnung, dass etwas unternommen wurde – solange es kein Bußgeld zu kassieren gab, schien die Polizei sich heutzutage nicht sehr für kriminelle

Machenschaften zu interessieren –, aber es war nun mal seine Bürgerpflicht gewesen. Danach war er nach Hause gegangen, um seinen Pass zu holen (ein vierzigminütiger Spaziergang – man hatte ihm auf dem Revier zwar angeboten, einen Anruf bei seiner Familie zu machen, aber er hatte Petula nicht beunruhigen wollen), und hatte sich ein Taxi zu seiner Bank genommen, um den Verlust seiner Geldbörse und den Diebstahl diverser Karten zu melden (mal flugs zweieinhalb Stunden). Dann war er zurück zum Polizeirevier gefahren, damit dort die Formulare um die bis dato fehlenden Kartennummern ergänzt werden konnten (diesmal nur zwei Stunden). Danach hatte er keine Zeit mehr gehabt, nochmal nach Hause zu fahren, ehe er in den Club musste.

Mr. Malik bestellte sich ein Bier und gab eine kurze Zusammenfassung der Ereignisse seines Tages.

«Was ich nicht verstehe, ist, warum er zur Polizei gegangen ist», sagte Mr. Gopez. «Die verdammten Räuber waren wahrscheinlich selbst Polizisten, die freihatten.»

«Wie auch immer, jetzt ist es vorbei», sagte

Mr. Patel. «Also, wo haben wir unser hübsches Büchlein?»

«Das haben sie auch geklaut.»

«Und die Vögel?», fragte Mr. Patel.

«Vögel?», mischte Mr. Gopez sich ein. «Kannst du eigentlich an nichts anderes denken? Der arme Kerl ist ausgeraubt worden, praktisch bis auf die Haut – Geld, Karten, Auto –, und du denkst nur an die Vögel!»

«Tut mir leid, A. B. Ich wollte nicht ... na ja, was auch immer. Das Notizbuch ist also gestohlen, ja? Mach dir keine Sorgen, wir finden schon eine Lösung.»

Die kurze Gesprächspause, die darauf folgte, wurde von der Ankunft des Tigers unterbrochen.

«Hallo, Malik. Na, noch kein Khan in Sicht?» Er sah auf die Uhr. «Ach so, es sind noch fünfzehn Minuten. Also, wie viele Skalps hat unser Krieger heute gebracht, Patel?»

Mr. Malik brauchte nur ein paar Minuten, um den Tiger über die wesentlichen Details der Tagesereignisse ins Bild zu setzen, von denen das wesentlichste der Verlust des Notizbuches war.

«Versuch, dich zu erinnern. *Aequam memento rebus in arduis servare mentem.* Was glaubst du? Wie viele hast du gesehen?»

«Ich bin mir ziemlich sicher, dass es siebzehn neue Arten waren. Aber ich kann mich nicht mal mehr erinnern, ob ich diesen Graustirnwürger nun wirklich gesehen habe oder nicht. Ich weiß, dass ich ihn gehört habe, aber …»

«Hm! Schwierig, sehr schwierig. Ich versuche, mich daran zu erinnern, was die Regeln sagen. Sagen die Regeln irgendetwas über Notizbücher, Mr. Patel?»

«Ich glaube nicht, Tiger. Ich sehe nach.»

«Und wo bleibt Khan? Wenn er nicht bald auftaucht …»

In diesem Augenblick verkündeten quietschende Reifen draußen, gefolgt von aufgeregtem Gemurmel drinnen, Harrys Ankunft. Mit diversen eng beschriebenen Seiten Hilton-Briefpapier wedelnd, betrat er die Bar. Schnell wurde Mr. Maliks Situation erklärt, zusammen mit den Schwierigkeiten, die der Verlust des Notizbuches womöglich mit sich brachte.

«Schwierigkeiten? Was für Schwierigkeiten? Wenn Malik sagt, er hat siebzehn neue Arten gesehen, dann hat er siebzehn neue Arten gesehen. Wo ist das Problem?»

«Aber wir brauchen die Namen, verstehen Sie, Khan?», sagte Mr. Patel. «Wir brauchen die Namen für die offizielle Liste und damit wir wissen, dass er sie wirklich gesehen hat und dass sie bis dahin noch nicht notiert worden sind. Ich muss sie dokumentieren, aufschreiben.»

«Oh, ich bin sicher, Malik erinnert sich wieder, irgendwann. Wo wir gerade von Notizen sprechen ...»

Harry Khan drückte Mr. Patel das vollgekritzelte Briefpapier in die Hände.

«Wie viele, Harry?», erscholl ein Ruf von der Bar.

Harry Khan wandte sich um und sah in die Menge.

«Der Ausschuss muss die Angaben natürlich noch überprüfen, aber ich habe ... waren es jetzt vierundsiebzig oder fünfundsiebzig?»

Die schöne Insel Lamu hatte selbst die Erwartungen von George und David in den Schatten gestellt. Nur ein paar Meter von der Flugzeugtreppe auf dem Flugplatz von Manda Island war ein Spornkiebitz im Sturzflug auf sie zugekommen. Perlbrustschwalben stießen auf das Gras neben der Rollbahn hinab, und als sie zu Fuß zum Ankunftsgebäude liefen, wären sie beinahe über eine Schar Amethystglanzstare gestolpert. Vor dem Gebäude stritt sich zwitschernd ein großer Schwarm Schwarzkopfweber in einer großen Hängebougainvillea, während auf einem Telefondraht zwei dunkle Turteltaubenpärchen mit ihrem typischen Gurren ihr Missfallen kundtaten. Auf der Überfahrt nach Lamu identifizierten sie vom Boot aus sechs verschiedene Möwen- und Seeschwalbenarten und konnten einen Fischadler beobachten, der tief über das Wasser dahinschoss, seine Krallen knapp unter die Wasseroberfläche senkte und einen silbernen Fisch ergriff. Über ihnen zog ein braunweißer Schreiseeadler seine langsamen Kreise.

Es hatte keinerlei Mühe gemacht, für den Vormittag ein kleines motorisiertes Fischerboot aufzutreiben. Die drei Vogelbeobachter saßen unter dem Sonnensegel und sahen watende Reiher und Kormorane und Schlangenhalsvögel, die auf Zweigen über dem Wasser hockten und ihr Gefieder trocknen ließen. Sie hatten Glück mit den Gezeiten, denn es herrschte Ebbe, und sie konnten den freundlichen Fischer bitten, sie hinüber ans Südende der Insel zu fahren, wo die Watvögel auf den Schlammbänken nach Nahrung suchten – Rotschenkel, Grünschenkel, Regenbrachvögel, Steinwälzer, Strandläufer, Gold- und Seeregenpfeifer. In den ersten drei Stunden verzeichneten sie siebenundfünfzig verschiedene Arten.

«Ich glaube, wir sind auf eine Goldader gestoßen, Harry!», sagte David.

«Ich glaube, ich habe Hunger», sagte George.

«Das Mittagessen», sagte Harry, «geht auf mich!»

Der Nachmittag war, wenn auch nicht ganz so aktiv, kaum minder produktiv. Nach einem ausgedehnten Mittagessen bei Petley's streckten sie sich im Schatten der alten Stadtmauer im Gras aus. Im blauen Himmel über ihnen zogen Segler mit gebogenen Flügeln gemächlich ihre Kreise. «Die großen: Mauersegler.» George beschattete die Augen mit der einen Hand und deutete mit der anderen hinauf. «Und die kleineren sind Haussegler – stimmt's, Davo?»

«Jau. Und die beiden da, ein Stückchen tiefer, die mit den schmaleren Flügeln, müssen Palmensegler sein. Aber hallo! He, George, sieh dir den mal an!»

Die Ferngläser richteten sich auf einen Vogel, der auf den ersten Blick wie ein großer Mauersegler aussah.

«Was hältst du davon?»

«Du könntest recht haben, Dave. Ja! Ich habe die Kehle gesehen. Hast du ihn gesehen, Harry?»

«Meinst du den mit dem weißen Fleck? Was ist das für einer?»

«Ein Horussegler. Im Buch steht zwar, dass die so weit nördlich nicht vorkommen, aber es ist trotzdem einer. Eindeutig.»

Und da der Horussegler und diverse Schwalben und ein kleiner Schwarm Afrikanischer Löffler in V-Formation direkt über sie hinwegzogen, beschlossen George und David und Harry, dass sie den Rest des Nachmittags ebenso gut im Gras verbringen konnten. Als es

Zeit war, die Fähre zurück zum Flughafen zu nehmen, betrug der Tagesstand vierundsiebzig.

«Nicht übel, ganz und gar nicht übel», sagte George, als sie eingecheckt hatten und darauf warteten, einsteigen zu können. «Aber wisst ihr, was ich wirklich gern gesehen hätte? Einen Karminspint.»

Vom Geländer des Kontrollturms schoss etwas Rotes heran, verharrte auf einmal reglos mitten im Flug, um ein Insekt zu fangen, und begab sich zurück auf seinen Aussichtspunkt.

Rosapelikan

23

Ist die Eigenart europäischer Forscher, jeder geographischen Erscheinung, die ihnen zum ersten Mal unter die Augen kommt, auf der Stelle einen neuen Namen verpassen zu müssen, liebenswert, oder ist sie eher dumm? Soweit ich weiß, treiben sich die Menschen jetzt bereits seit – ob nun eine Geburtstagskerze mehr oder weniger – drei Millionen Jahren in diesem Teil Afrikas herum. Die Existenz eines großen nassen Flecks in der Mitte ist also nicht unbemerkt geblieben. Wie groß? Größer als der Lake Michigan, größer als Tasmanien, größer als Connecticut, Massachusetts, Vermont und Rhode Island zusammen. Er ist so groß, dass die Menschen auf der einen Seite ihm einen Namen gegeben haben, die auf der anderen Seite einen anderen und die dazwischen noch eine ganze Reihe weitere. Doch das interessierte Dr. Livingstone herzlich wenig. Er kam daher und hielt sich nicht damit auf, die Einheimischen zu fragen, wie sie diesen riesigen See am oberen Nilende nannten. Er gab ihm einen neuen Namen, zu Ehren der Stammesältesten eines weißen Volks auf einer kleinen Insel siebentausend Kilometer weit weg. Liebenswert oder dumm? Ich weiß beim besten Willen keine Antwort darauf.

Später am Abend setzte sich Harry – fünfundsiebzig Lamu-Kerben an seinem Gürtel – mit George und David in die Hotelbar, um die nächste Tour zu planen.

«Ich denke, Richtung Westen», sagte George, nahm einen nachdenklichen Schluck Johnnie Walker und betrachtete die Karte, die vor ihnen auf dem Tisch lag.

«Nach Westen, ja?», sagte Harry. «Wie weit?»

«So weit es geht. Viktoriasee. Dort gibt es sicher ein paar Vögel.»

«Flamingos», sagte David und blätterte in seinem Vogelführer.

«Pelikane vielleicht?»

«Rosapelikane mit Sicherheit, Rötelpelikane vielleicht.»

«Und …?»

«Und Störche und Reiher und Kraniche und Rallen und Enten und Gänse und Moorhühner und … »

«Viktoria», sagte Harry, «ich glaube, du bist unser Mädchen!»

Und so geschah es, dass Harry Khan am dritten Abend von dem großen See in der Mitte Afrikas, Quelle des Nils und Wunder der Menschheit, mit einer Liste Vögel zurückkehrte, auf der (laut Mr. Patels gewissenhafter Überprüfung) nicht weniger als dreißig neue Arten verzeichnet waren. In der Bar herrschte Hochstimmung, aber auch Betroffenheit. Denn es war bereits Viertel vor acht, und von Mr. Malik fehlte noch immer jede Spur. Auch wenn er am Vortag seines Wagens verlustig gegangen war, so war es doch untypisch für ihn, sich zu verspäten. Wo steckte er?

Mr. Malik war an diesem Morgen nicht um sechs Uhr aufgestanden, um den Frühflug nach Kisumu am Viktoriasee zu nehmen. Genauso wenig hatte er sich einen Wagen samt Fahrer gemietet, um an die Stelle zu fahren, wo der Nzioa in den See mündete, um dort Flamingos, Pelikane (Rosa- und Rötel-) und Störche (Schwarzstörche, Weißstörche, Wollhalsstörche, Sattelstörche, Mohrenklaffschnäbel und den Nimmersatt) zu sehen. Auch hatte er weder eine Gelbschnabelente gesehen noch eine Schwarzente, eine Moorente, eine Reiherente, eine Weißrückenente und auch keine Pfeifgänse – weder Gelbbrust noch Witwe – und auch sonst keine weiteren dreißig Vogelarten, die noch nicht auf seiner Liste standen. Ganz im Gegenteil: Was das Abhaken von Arten auf der offiziellen Liste der Vögel Kenias betraf, war Mr. Maliks Tag ein Reinfall gewesen.

Ich weiß nicht, was Sie getan hätten, wenn Ihnen unter diesen Umständen das Auto gestohlen worden wäre, aber mit der Aussicht darauf, bald die Frau meiner Träume in den Armen zu halten, wäre ich losgezogen und hätte mir eins gemietet. In Nairobi ein Auto zu mieten ist teuer, aber es ist machbar – Harry Khan fährt schließlich in einem Mercedes Cabriolet durch die Gegend, oder etwa nicht? Aber Mr. Malik hat nicht nur sein Auto und sein Notizbuch verloren, sondern auch seine Brieftasche, und in seiner Brieftasche befand sich sein Führerschein.

Ich habe bereits angedeutet, dass es seine Zeit braucht, um in Nairobi ein Verbrechen anzuzeigen. Doch das ist nur ein Wimpernschlag, verglichen mit dem Zeitaufwand, den man betreiben muss, um einen Ersatzführerschein zu beantragen. Ohne Führerschein konnte Mr. Malik kein Auto mieten. Natürlich blieb ihm immer noch die Möglichkeit, Gott um Hilfe zu bitten.

Ich wurde im Glauben der anglikanischen Kirche erzogen, aber wirklich begegnet bin ich Gott zum ersten Mal in Kenia. Mein Freund Kennedy hat uns einander vorgestellt. Mein Haus in Nairobi sollte an das örtliche Telefonnetz angeschlossen werden, und zu meiner Betroffenheit musste ich feststellen, dass diverse meiner Bekannten, die ebenfalls frisch zugezogen waren, bereits seit zehn Monaten auf einen derartigen Service warteten und noch immer ohne Telefon waren.

«Wieso unterhältst du dich nicht mal mit Gott?», fragte Kennedy. «Ich gebe dir seine Nummer.»

Ich wählte von seinem Haus aus die angegebene Nummer, und beim siebten Versuch kam ich durch (ich weiß noch, dass ich damals dachte, der Sieben hafte eine Art göttlicher Bedeutung an, aber später stellte ich fest, dass man in Nairobi im Durchschnitt immer siebenmal wählen muss, bis man durchkommt).

«Hallo?», sagte Gott. Es war eine Offenbarung. Denn Gott klang so, wie Gott klingen sollte. Ich hatte vorher noch nie darüber nachgedacht. Ich war zwar mit der europäischen Vorstellung von Gott als weiß, männlich, ehrwürdig und bärtig aufgewachsen, aber ich hatte mir nie vorgestellt, wie er klingen würde, wenn ich mit ihm spräche. Wie ein Rabbi, wie der Papst, wie Orson Welles? Mit Entzücken stellte ich fest, dass er sich tatsächlich anhörte wie ein Engländer mit Oxbridge-Erziehung und volltönender Stimme. Er klingt haargenau so, wie der Gott der Kirche von England klingen sollte, und ich muss sagen, das wirkte auf mich sehr vertrauenerweckend. Als ich Gott dann später in seiner großzügigen Wohnung in der Nähe der South Parade (schöne Möbel, und auf dem Land hatte er eine noch viel größere Wohnung, erzählte er mir) persönlich begegnete, fand ich heraus, dass Gott Mitte dreißig ist, charmant, schwarz und schwul. Und gegen eine Gebühr (Spende? Opfergabe?) konnte er dafür sorgen, dass ich binnen einer Woche meinen Telefonanschluss hatte.

«Ah, ja.» Kennedy nickte, als er die Neuigkeiten vernahm. «Gottes Wege sind unergründlich, seine Wunder mannigfach.»

Dieser kleine Abstecher in Sachen Telefone und persönlicher Offenbarung soll dazu dienen, deutlich zu machen, dass es in Kenia immer auch alternative Möglichkeiten gibt, Dinge zu erledigen. Mr. Malik hätte, wenn er gewollt hätte, jederzeit meinen Gott oder eine ganze Reihe anderer Götter um Unterstützung bitten können, um die Ausstellung eines Ersatzführerscheins zu beschleunigen. Er hätte, wenn er gewollt hätte, zu einer beliebigen Autovermietung gehen, sein Problem schildern und feststellen können, dass sich die gesetzlich vorgeschriebene Vorlage eines Führerscheins gegen Entrichtung einer kleinen Extragebühr hätte umgehen lassen. Aber Mr. Malik würde so etwas nicht tun, weil Mr. Malik – wie wir bereits festgestellt haben – ein ehrlicher Mensch ist.

Lügen können einen fürchterlich in Bedrängnis bringen, aber ehrlich zu sein ist auch nicht leicht. Jemand zeigt Ihnen das Foto des neugeborenen Enkelkindes und fragt: «Ist er nicht allerliebst?» Ihre offene Meinung ist zwar, dass im Vergleich zu diesem Kind jedes frischgeborene Äffchen als allerliebst durchginge – aber sagen Sie es auch? Wenn jemand, der mir lieb und teuer ist, in einem neuen Kleid vor mir auf und ab stolziert und mich fragt: «Habe ich darin einen dicken Hintern?», würde ich dann «Ja!» sagen? Nein. Auch wenn Mr. Malik letztere Zwickmühle bis jetzt erspart geblieben ist (die verstorbene Mrs. Malik hatte, wie viele Frauen in Afrika, keine so seltsam moderne Einstellung, was weibliche Proportionen betraf), so waren ihm doch so einige Kinderfotos gezeigt worden, bei denen selbst er sich eingestehen musste, dass eine allzu ehrliche Antwort wohl fehl am Platz gewesen wäre. Doch abgesehen von gelegentlichen Fehltritten dieser Art, verfolgte Mr. Malik eine Taktik unbedingter Aufrichtigkeit in allen Belangen. In geschäftlichen Dingen hielt er sich an sein Wort. Wenn er zusagte, zu einem bestimmten Preis zu kaufen, kaufte er zu diesem Preis. Wenn er zusagte, zu einem bestimmten Preis zu verkaufen, verkaufte er zu diesem Preis. Wenn er zusagte, zu bestimmten Vorgaben zu liefern, wurden diese Vorgaben eingehalten oder überschritten, und wenn er sagte, er lieferte, dann lieferte er.

Mr. Malik war allerdings klar, wie die Welt funktionierte. Jedes Jahr musste die Jolly Man Manufacturing Company wie alle Firmen neu registriert und lizenziert werden. Er war gesetzlich dazu verpflichtet, sich vom Handelsministerium eine Ausfuhrgenehmigung und beim Finanzministerium Zollbefreiungen einzuholen. Jeder Arbeitgeber in Kenia weiß, dass die Einwanderungsbehörde die Macht hat, die Produktion zu stoppen, während sie stichprobenhaft nach Schwarzarbeitern sucht, und dass die Behörde für innere Sicherheit inzwischen dieselbe Macht hat. Das Gesundheitsministerium hätte beim geringsten Verdacht auf meldepflichtige ansteckende Krankheiten unter seinen Arbeitern jederzeit die Fabrik schließen können. Seine Fabrik konnte per Gesetz nur nach jährlich zu erfolgender Sicherheitsprüfung durch das Gesundheitsreferat der Stadt Nairobi produzieren. Auch das Pestkontrollreferat hatte ähnliche Macht, während die Mitarbeiter des Polizeipräsidiums Hunderte Möglichkeiten hatten, einem das Leben schwerzumachen, wenn es ihnen einfiel. Mr. Malik war sorgsam darauf bedacht, all die Vorschriften zu befolgen, aber er wusste auch, dass Vorschriften oft eine Frage der Auslegung waren. So gewissenhaft er die Formulare auch ausfüllte, Formulare konnten verlorengehen. Wie bei der Telefongesellschaft, so gab es bei jeder behördlichen Institution zwei parallel laufende Systeme – ein formelles zur bürokratischen Abwicklung des Papierkrams und ein informelles, um sicherzustellen, dass der Papierkram auch abgewickelt wird. Wer erwartet, dass seine Anträge und Formulare nicht verlorengehen und dass die Vorschriften korrekt eingehalten werden, von dem wird erwartet, dass er für beides bezahlt. Mr. Malik tat es nicht gern – war einer der Gründe für seine «Von einem Schlag»-Kolumne etwa nicht, den Kreislauf endemischer Korruption zu durchbrechen, der noch immer Freiheit und Gerechtigkeit in so vielen Lebensbereichen in Kenia im Keim erstickte? Aber im Augenblick funktionierten die Dinge nun mal so. Es war rein geschäftlich. Sein Privatleben war etwas anderes. Mr. Malik weigerte sich, Bestechungsgelder für die Ausstellung eines Ersatzführerscheins zu bezahlen oder einen Aufpreis, um ohne Vorlage dieses Dokuments ein Auto zu mieten. Hehre Prinzipien? Auf weltfremde Weise tugendsam? Unverbesserlich und dickköpfig? Suchen Sie sich's aus.

Wie auch immer, jedenfalls stand er Montagmorgen ohne Auto da.

Wiedehopf

24

Mr. Maliks Tochter Petula hatte, als sie von dem Wagendiebstahl hörte, mehr Ärger als Mitgefühl gezeigt.

«Was hast du dir dabei gedacht, Daddy, einfach da herumzuspazieren? Mutterseelenallein, und noch dazu mit einem Fernglas um den Hals, Himmel nochmal! Wieso hast du dir nicht gleich ein Schild gemalt, auf dem ‹Bitte ausrauben› steht? Ach Daddy, Daddy, Daddy!»

Sie schüttelte den Kopf, wie ihre Mutter den Kopf geschüttelt hatte, wenn die Kinder etwas angestellt hatten, und Mr. Malik dachte: «So weit ist es also gekommen. Jetzt bin ich das Kind, und sie ist die Mutter. Seltsam, wie die Dinge sich ändern.» Er bat sie, ihn in die Stadt zu fahren, damit er sich ein neues Fernglas kaufen konnte.

«Gut, ich nehme dich auf dem Weg in die Firma mit. Aber bitte, bitte versprich mir, dass du mit dem Taxi nach Hause fährst.»

Mr. Malik willigte ein, und sie ließ ihn auf der Freedom Street aussteigen. Im Fenster von Amin and Son's Gemischtwarenladen entdeckte er ein Bausch-&-Lomb-7×50, und da Godfrey Amin gerade selbst im Laden stand, bekam Mr. Malik nicht nur einen guten Preis für das Fernglas, er blieb auch noch auf eine Tasse Tee und einen Plausch.

Mr. Malik wiederholte die Geschichte von dem Autodiebstahl.

«Ach, da fällt mir ein, Godfrey, hast du eigentlich Notizbücher?»

Es gibt fast nichts, was man bei Amin and Sons nicht bekommt. Mr. Amin legte Mr. Malik eine Auswahl Notizbücher in verschiedenen Größen vor, liniert und blanko, mit festem oder weichem Umschlag. Mr. Malik entschied sich für eines mit blauem Einband, so wie das, welches ihm gestohlen worden war, und kaufte es.

«Darf ich fragen, wozu das ist?», fragte sein Gastgeber.

«Ach, nur um mir Notizen zu machen.»

Und da erst, als er das sagte, wurde ihm das Ausmaß des Schreckens zur Gänze bewusst. Das Notizbuch!

Wenn Sie jemals das Gefühl hatten, ein riesiges Gewicht – sagen wir wie das einer großen, grünen Kokosnuss – würde aus beträchtlicher Höhe direkt in Ihren Magen schlagen, dann wissen Sie, wie Mr. Malik sich in diesem Augenblick fühlte. Das Notizbuch. Dasjenige, das gestohlen worden war. Es enthielt nicht nur seine Vogellisten. Es enthielt Notizen über jede einzelne Unterhaltung zwischen ihm und Mr. Nyambe in den letzten fünf Monaten. Wenn dieses Notizbuch in die falschen Hände geriet …

Mr. Malik kannte Gerüchte von in Beton gegossenen Leichen auf öffentlichen Baustellen, die dem Entwicklungsminister unterstanden. Leute, die nach Einbruch der Dunkelheit am

Finanzministerium vorbeigekommen waren, hatten von erstickten Schreien berichtet und waren nach wie vor nicht überzeugt von der Erklärung, es handle sich um Freudenschreie von Finanzbeamten, die Überstunden machten, um Buchhaltungsfehler zu korrigieren. Es zahlte sich nicht aus, sich gegen die Mächtigen zu stellen. Mr. Malik fingerte seine steife neue Brieftasche aus dem Jackett, warf dem verblüfften Godfrey Amin ein paar Banknoten hin, packte die Einkaufstüte mit dem neuen Notizbuch und dem Fernglas und wandte sich zum Gehen. Was sollte er nur tun? Er brauchte Zeit zum Nachdenken.

Vor der Tür stand ein Taxi. Mr. Malik riss die Beifahrertür auf.

«Wohin, Sir?»

Wohin? Was tun? So viele Fragen!

«Fahren Sie einfach los», sagte er. Er brauchte einen ruhigen Ort, an dem er nachdenken konnte. Der Friedhof? Nein, nicht der Friedhof.

«Zum Arboretum», sagte er und schlug die Tür hinter sich zu. «Fahren Sie mich zum Arboretum.»

Das Arboretum von Nairobi, vom Stadtpark aus betrachtet auf der anderen Seite der Stadt, war in der Tat ein ruhiger Ort. Die Kolonialregierung hatte es in den zwanziger Jahren angelegt, um zu testen, welche fremden Bäume sich in Kenia akklimatisieren würden, und so befinden sich im Arboretum Exemplare aus allen Winkeln der Welt. Und es ist nicht nur mit Bäumen ausgestattet, sondern auch mit Christen. Ich weiß nicht, wieso diese paar Morgen Land hinter der Universität ausgerechnet für Christen so attraktiv sind, aber so ist es nun mal, und zwar nicht nur sonntags – den Christen ist ein Wochentag so recht wie der andere. Es ist auch nicht so, dass die Christen des Arboretums von Nairobi besonders gesellige Exemplare wären. Obwohl man vielen von ihnen begegnet, sind sie alle allein da, und man stößt wirklich überall auf einen – ob im Schatten einer Kanarischen Dattelpalme, unter einer Englischen Eiche oder einem Australischen Eukalyptusbaum. Genauso oft jedoch sieht man einen ganz allein auf einer Wiese stehen. Die Bibel oder das Gebetbuch in der Hand, ist er oder sie in ständigem Zwiegespräch mit Gott, was von außen betrachtet immer ziemlich einseitig wirkt, aber wer weiß? Außerdem halten die Christen offensichtlich die Räuber fern.

Diese Aussage sollte ich vielleicht näher erläutern. Ein Onkel von mir lebte in der Nähe von Godalming und arbeitete in der Stadt. Jeden Tag nahm er den Zug, und er hatte das Kreuzworträtsel in der *Times* meistens bis etwa Long Ditton (oder spätestens Clapham Junction, an schlechten Tagen) fertig. Eine Zeitlang, so erzählte er mir, teilte er sich das Abteil erster Klasse mit einem Burschen, der den *Daily Telegraph* zu lesen pflegte – natürlich war das Kreuzworträtsel viel einfacher, aber ansonsten war nichts Verwerfliches daran. Was jedoch verwerflich war, und wenn nicht verwerflich, so doch zumindest äußerst beunruhigend, war die Angewohnheit dieses Burschen, wann immer er mit einer Seite fertig war, die obere Ecke abzureißen, sie zu einer kleinen Kugel zu rollen und zum Fenster hinauszuwerfen. Irgendwann hielt mein Onkel es nicht mehr aus.

«Wirklich, mein Lieber», sagte er, «bitte seien Sie mir nicht böse, aber warum um alles in der Welt machen Sie das? Warum reißen Sie jede Ecke Ihrer Zeitung ab, machen eine Kugel daraus und werfen sie zum Fenster hinaus?»

«Ach! Wussten Sie das nicht?», antwortete der Kerl. «Das hält die Elefanten fern.»

Die Antwort brachte meinen Onkel ein wenig aus der Fassung.

«Aber mein lieber Freund, in Surrey gibt es keine Elefanten.»

«Nein», sagte der Mann und riss die nächste Ecke ab. «Sehr effektiv, oder?»

Womit ich eigentlich nur sagen will, dass die Abwesenheit von Räubern im Arboretum vielleicht gar keine Folge der Anwesenheit von Christen ist. Die beiden Gegebenheiten mögen ursächlich in keinerlei Zusammenhang stehen, vielleicht ist sogar genau das Gegenteil der Fall. Aber ob Christen Räuber abschrecken oder die Abwesenheit von Räubern Christen anzieht oder ob ein völlig anderer Grund für beide Gegebenheiten existiert, Tatsache ist, dass das Arboretum von Nairobi im Vergleich zum Stadtpark ein Ort des himmlischen Friedens und der Rechtschaffenheit ist.

Mr. Malik bat den Taxifahrer, auf dem Parkplatz zu warten. Er wollte nicht weit gehen – nur bis zur nächsten Bank. Dort wollte er sich setzen und nachdenken. Er öffnete das grüne Tor, bog am Mammutbaum links ab und ging auf eine Gruppe Zitroneneukalyptusse zu. Und mich soll der Affe lausen, wenn er auf dem Pfad zu seiner Rechten nicht einen Wiedehopf entdeckte!

Vor ein paar Jahren machte mir meine Schwester ein wunderbares Geschenk. Es handelte sich um das Poster aus der Mitte einer Ausgabe des *Boys' Own Magazine* aus dem Jahr 1927, auf dem, arrangiert in einer phantasievollen Landschaft mit Bäumen, Fluss, Strand und Feldern, jeder einzelne Vogel abgebildet war, der in England vorkommt. Das Rotkehlchen, die Amsel, die Drossel, der Zaunkönig waren da, neben weniger bekannten Vögeln wie der Wasseramsel oder der Wiesenweihe. Unter den beinahe dreihundert Arten (es ist ein sehr wuseliges Bild) sind auch Vögel, die nicht in England beheimatet sind, sondern als gelegentliche Besucher gelten – eine Schnee-Eule aus der russischen Tundra, ein Kuhreiher aus der Camargue. Und ganz unten, eingezwängt zwischen einem Kiebitz und etwas, das wohl eine Wacholderdrossel darstellen soll, sitzt ein Wiedehopf.

Ich habe in England noch nie einen Wiedehopf gesehen – sie gelten als, wie Ornithologen sagen, «seltene Besucher» –, aber als ich in Afrika zum ersten Mal einen gesehen habe, überkam mich ein ähnliches Gefühl wie jetzt Mr. Malik: ein glückliches Hochgefühl. Dieser Vogel hat etwas ganz Besonderes an sich, mit dem langen, gebogenen Schnabel, der lustigen Federhaube und der auffälligen Färbung – der leuchtend rostbraunrote Körper und die schwarzweißen Flügel – ja, sogar der ungewöhnliche Name hat etwas Aufheiterndes an sich. Vergessen Sie den angeblich glückbringenden Hüttensänger, mir genügt der Wiedehopf. Er schien völlig zutraulich zu sein. Er neigte den Kopf zur Seite und sah Mr. Malik mit einem tiefschwarzen Auge an. Keine Sorge, schien der Vogel zu sagen. Dein Geheimnis ist sicher. Keine Sorge. Mr. Malik suchte in der Tasche nach einem Stift, schlug die erste Seite seines neuen Notizbuches auf und schrieb «Wiedehopf».

Normalerweise ist es montagabends im Asadi Club recht ruhig. Es ist der Abend, an dem das Klackern der Billardkugeln nur sporadisch ertönt, an dem die Barmänner Zeit haben, die Gläser zu polieren und sich den Klatsch vom Wochenende zu erzählen, und an dem man einen Parkplatz direkt neben dem Eingang bekommt. Nicht so an diesem Montag. Es war gut, dass Mr. Malik mit dem Taxi kam, denn hätte er seinen eigenen Wagen gehabt, hätte er draußen auf der Straße parken müssen. Der Parkplatz war voll, und der Laden brummte. Er bezahlte den Fahrer und bahnte sich seinen Weg in die Bar, wo er Mr. Patel und Mr. Gopez von aufgeregten Mitgliedern umringt fand. Mr. Patel kauerte über seinen Listen, und neben ihm stand breit grinsend Harry Khan.

«Hey, Jack!», rief er laut. «Wie war dein Tag?»

Mr. Malik zog das Notizbuch aus der Tasche und hielt es hoch. Mr. Patel hob den Blick vom Tisch, begrüßte seinen Freund mit einem Winken und sagte: «Khan: dreißig.» Er stand auf und verkündete etwas lauter: «Khan: dreißig. Gesamt: einhundertacht.»

Mr. Malik schob sich durch die grölende Menge. Wortlos reichte er Mr. Patel das neue Notizbuch.

Mr. Patel setzte sich und schlug es auf. Schweigend sah er zu Mr. Malik hoch. Die Menge wurde still. Mr. Patel erhob sich wieder.

«Malik», sagte er leise, «einen.»

Er räusperte sich.

«Malik: eins», verkündete er. «Gesamt: neunundvierzig.»

Es stimmte. Der einzige neue Vogel, den Mr. Malik an diesem Tag im Baumgarten gesehen hatte, war der einsame Wiedehopf gewesen.

Er hatte allerdings noch so manches andere zu sehen bekommen.

Watvogel

25

Khan: einhundertacht, Malik: neunundvierzig.

Nun mag an dem einen oder anderen von Ihnen etwas nagen. Ich meine nicht das Problem mit dem gestohlenen Notizbuch – ich bin sicher, dass Sie schon lange vor Mr. Malik gemerkt haben, dass er in ziemliche Schwierigkeiten geraten könnte, falls das Büchlein in die falschen Hände gelangt. Nein, ich spreche davon, dass die Wettbewerbsregeln – von Tiger Singh aufgestellt und von allen Beteiligten akzeptiert – es den Protagonisten ausdrücklich verbieten, außerhalb des Asadi Club irgendetwas über die Hintergründe der Wette verlauten zu lassen. Wie sollen wir also die Tatsache bewerten, dass Harry Khan seine gesamte Vogelbeobachtung mit Hilfe zweier Menschen bewerkstelligt, die keine Mitglieder sind? Hat er ihnen von dem Wettbewerb erzählt? Und wenn ja, hat er damit gegen die Regeln verstoßen?

Und was ist mit dem Umstand, dass Harry, während Mr. Malik allein und ohne fremde Hilfe agiert, zwei zunehmend enthusiastische Vogelfreunde zur Seite stehen? Ist das wirklich koscher, höre ich Sie fragen. Ist das Halal? Entspricht all das noch dem Geist und den Statuten des Wettstreits? Lassen Sie uns in den Club zurückkehren, um auf diese (und andere) Fragen eine Antwort zu finden.

Hätte jemand eine Banane (nur eine ganz normale, keine riesengroße Kochbanane) der Länge nach durchgeschnitten und sie Harry Khan vors Gesicht gehalten, sie hätte sein breites Grinsen kaum zu verdecken vermocht. Malik, einen? Hochrufe, Händeschütteln, und «die Runde geht auf mich, Jungs!».

Während Harry Khan, von der Meute

umringt, auf die Bar zusteuerte, setzte sich Mr. Malik zu seinen Freunden.

«Was ist passiert?», fragte Patel.

«Wollte ich auch gerade fragen», sagte Mr. Gopez.

«Ach, nichts», antwortete Mr. Malik. «Oder doch. Es ist eine sehr lange Geschichte.»

«Wann schließt der Club heute, A. B.?»

«Montag? Um Mitternacht, wie immer.»

Mr. Patel sah auf die Uhr und wieder zurück zu Mr. Malik.

«In fünf Stunden also – reicht das?»

Mr. Malik lächelte. Die zwei halbleeren Gläser Bier, die vor seinen Freunden standen, erinnerten ihn daran, dass er Durst hatte. Er wollte gerade einen Kellner heranwinken, als Harry Khan sich mit einem vollbeladenen Tablett aus der Menge kämpfte, die ihn umringte.

«Hier, Jungs, damit ihr bei Kräften bleibt.»

Fünf Gläser Tusker wanderten vom Tablett auf den Tisch. Es war unklar, für wen das fünfte bestimmt war, bis sich auch die vertraute Silhouette von Tiger Singh aus der Menge löste.

«Ein höchst erfolgreicher Abend, meine Herren», sagte er. Er warf Mr. Malik einen

Blick zu und nahm sich ein Bier. «Für den Club, meine ich. So viele Leute sind montags sonst nie da. Bevor wir uns anderen Dingen zuwenden: Khan hat mir gesagt, es gäbe einen Punkt, der geklärt werden muss.»

Die beiden setzten sich.

«Zum Wohl, meine Herren», sagte Harry Khan und erhob das Glas. «Ja, also, ich würde gerne wissen, was mit morgen ist. Morgen ist Dienstag. Die Vogelwanderung. Ist sie okay oder ist sie tabu? Können wir mitgehen oder nicht?»

«Ich wüsste nicht, was dagegenspricht», sagte Patel.

«Ich schon», sagte Mr. Gopez.

«Hmmm», machte der Tiger. «Dies könnte, fürchte ich, ein Fall von *adhuc sub judice lis est* sein. Ich denke, das muss der Ausschuss entscheiden. Hast du eine Kopie der Regeln bei dir, Patel? Kommen Sie, meine Herren.»

Die drei Mitglieder des Sonderausschusses ließen unsere beiden Protagonisten allein und zogen sich an einen separaten Tisch zurück. Mr. Gopez brachte seine Sicht des Problems vor. «Das erste Problem ist die Dame. Die

Vereinbarung besagt eindeutig, dass keine der Parteien zu der Dame, die des Pudels Kern darstellt, Kontakt aufnehmen darf, bis der Wettstreit vorbei ist. Wenn die Teilnahme an einer Vogelwanderung, an der besagte Dame anwesend ist, keine Kontaktaufnahme darstellt, was dann?»

«Ich verstehe deinen Standpunkt, A. B.», sagte der Tiger, «aber du wirst doch zugeben müssen, dass der Ausdruck ‹Kontakt› klar definiert ist.» Er schlug die zweite Seite der Vereinbarung auf. «‹Beide Parteien erklären sich überdies damit einverstanden, ab sofort bis zum Ende der Wette keinen wie auch immer gearteten Kontakt – weder persönlich, telefonisch oder schriftlich noch durch Dritte oder irgendwelche anderen Mittel – zu oben erwähnter Dame aufzunehmen.› Nach meinem Dafürhalten gibt es keinen Grund, weswegen sie nicht an dieser Vogelwanderung teilnehmen dürften, solange sie nicht mit ihr sprechen oder ihr heimlich ein Briefchen zustecken. Was meinst du dazu, Patel?»

Patel lehnte sich zurück.

«Sehr verzwickt. Wann ist Kontakt Kontakt?

Dieses Dilemma wäre eines US-Präsidenten würdig, findet ihr nicht?»

«Komm schon, Patel», sagte Mr. Gopez. «Wir sind der verdammte Ausschuss. Wir sagen einfach nein, und damit hat sich der Fall.»

«Wir sind in der Tat der Ausschuss, A. B. Und als Ausschuss ist es unsere Pflicht, Punkte zu überprüfen, wenn Fragen auftauchen.»

«Davon mal abgesehen – wenn sie versprechen würden, nicht in Kontakt zu ihr zu treten, warum sollten sie dann überhaupt hingehen? Gehen sie beide, sehen sie auch die gleichen Piepmätze, und keiner von beiden hat einen Vorteil davon.»

«Ich denke, du übersiehst hier etwas, A. B. Der fragliche Punkt – korrigiere mich bitte, wenn ich falschliege, Tiger – ist doch nicht, ob sie teilnehmen sollten, sondern ob die Regeln ihnen eine Teilnahme gestatten.»

«Teilnehmen dürfen, teilnehmen sollen – nun sei doch nicht so pingelig. Wir sagen ihnen einfach, sie dürfen nicht, und basta.»

Der Tiger sah den Zeitpunkt für einen Einwurf gekommen.

«Meine Herren, ich schlage Folgendes vor.

Ich sehe keinerlei Grund, weswegen wir die betroffenen Parteien in einem solchen Fall nicht in die Entscheidungsfindung einbeziehen sollten. Sind beide einverstanden, gut. Ist einer dagegen, fällt es flach. Was sagt ihr dazu?»

«Klingt gut», sagte Patel.

«Na schön», sagte Mr. Gopez.

«Allerdings sollten wir sie einzeln befragen», wandte Patel ein. «Es ist wichtig, dass keiner von beiden sich genötigt fühlt.»

«Absolut», sagte der Tiger. «Wir hören ihre Standpunkte an und teilen dann unsere Entscheidung mit. Also, wen wollen wir zuerst zu uns bitten?»

Es gibt keinen Preis für den, der Mr. Maliks Meinung zu diesem Punkt errät. Nur weil er sich auf diesen albernen Wettbewerb eingelassen hatte und nur weil er sein Notizbuch nicht mehr hatte, hieß das nicht, dass er seine «Von einem Schlag»-Kolumne vergessen hatte, für welche die regelmäßigen Informationen von Thomas Nyambe, wie der Tiger es ausgedrückt hätte, eine *conditio sine qua non* waren. Außerdem konnte er die Bedenken des Ausschusses hinsichtlich Rose Mbikwa zerstreuen. Er erinnerte sich, dass sie gesagt hatte, sie sei diese Woche verreist, und es war ziemlich unwahrscheinlich, dass sie ihre Pläne geändert hatte. Also teilte er dem Ausschuss seine Einschätzung mit. Beiden Parteien sollte die Teilnahme an der Vogelwanderung gestattet werden. Nun lag die Entscheidung bei Harry Khan.

Harry musste ein paar Berechnungen anstellen, und zwar folgende: Ob Rose da war oder nicht, war unerheblich. Er lag weit vorn und hatte seinen Abstand in den letzten beiden Tagen erheblich vergrößern können. Wenn er und Malik morgen beide an der Vogelwanderung teilnahmen, würden sie vermutlich dieselben Vögel zu sehen bekommen, und er läge am Ende des Tages noch immer mit demselben Abstand vorn. Somit war es zumindest eine sehr sichere Option. Nahm dagegen keiner von ihnen an der Vogelwanderung teil und er fuhr stattdessen mit David und George an einen neuen Ort (sie hatten sich bereits über Lake Magadi als mögliches Ziel unterhalten), so hatte er eine ziemlich gute Chance, seinen Vorsprung noch weiter auszubauen. Andererseits musste er zugeben, dass er wegen der Geschichte mit David und George inzwischen etwas besorgt war. Die Regeln besagten zwar nicht, dass man beim Aufspüren der Vögel keine Hilfe in Anspruch nehmen durfte, aber sie sagten auch nicht eindeutig, dass es erlaubt war. Es bestand die Gefahr, dass er deshalb in Schwierigkeiten geriet. Wenn er und Malik morgen aber gemeinsam auf die Vogelwanderung gingen, wo jeder jedem half und man sich ständig gegenseitig auf irgendwelche Vögel aufmerksam machte, so konnte auch künftig die Hilfe, die er sich von Dritten holen würde oder bereits geholt hatte, nicht mehr kritisiert werden. Das klang ziemlich vernünftig – ja, sehr vernünftig sogar.

«Klar», sagte Harry. «Wenn Jack einverstanden ist, dann bin ich auch einverstanden.»

Der Ausschuss verkündete die Entscheidung, der Tiger begab sich zurück an den Billardtisch, und Mr. Malik ließ sich mit Mr. Gopez und Mr. Patel an ihrem angestammten Tisch nieder.

«Ach, Malik, A. B. und ich fragen uns schon die ganze Zeit, was es eigentlich mit dieser ‹Jack-Nummer› auf sich hat.»

«Ach du meine Güte!», sagte Mr. Malik und stand wieder auf, «ist es wirklich schon so spät?»

Star

26

Der Wiedehopf war zwar der einzige Vogel, den Mr. Malik bei seinem Besuch des Arboretums aufgeschrieben hatte, aber nicht der einzige, den er gesehen hatte. Als er sich auf der Bank neben dem Zitroneneukalyptus niedergelassen hatte, um nachzudenken, stöberten und stritten neben den Abfalleimern die Spatzen. Eine Schar glänzender Stare stolzierte über die Wiese und hielt nach Würmern und anderen unglückseligen Wirbellosen Ausschau. Halbmondtauben flatterten durch die Bambusbüsche und gurrten ihre gleichermaßen simple wie ermüdende Botschaft: «Ich bin – eine

Taube. Ich bin – eine Taube.» Aber das waren alles nur ganz normale Vögel – nichts, was Mr. Malik nicht schon auf seiner Liste gehabt hätte.

Flatterte zwischen den Blättern des Zitroneneukalyptus etwa ein Königsnektarvogel herum? Mr. Malik hob das neue Fernglas an seine Augen. Nein, nicht rot genug auf der Brust. Es musste ein männlicher Glanznektarvogel sein – von denen hatte er schon jede Menge gesehen. Aber auch wenn er kein Neuzugang für seine Liste war, er war doch ein hübscher kleiner Kerl. Der winzige Vogel flog zu einem Flammenbaum und fing an, ohne auf den jungen Mann zu achten, der, sich vor- und zurückwiegend, murmelnd die unteren Zweige anbetete, mit seinem langen Schnabel Nektar aus einer leuchtend roten Blüte zu saugen. Neben dem Pfad zur Linken unterhielt sich eine junge Frau mit einem Jacarandabaum (die Christen waren im Arboretum, wie er bereits festgestellt hatte, mal wieder zahlreich vertreten). Der Pfad zur Rechten ging zum Fluss hinunter. Dazwischen lag ein dritter Weg, der zu einem Araukarienhain führte. Dort stand auch eine Bank, ein stiller Ort, wo er sich hinsetzen und sich über das gestohlene Notizbuch klarwerden konnte. Mr. Malik schlug den mittleren Pfad ein.

Viele von Ihnen werden mit der Familie der *Araucariaceae* vertraut sein, einer Gattung von Nadelholzgewächsen, die auf der südlichen Halbkugel zu Hause ist und zu deren Arten zum Beispiel auch die Chiletanne aus Südamerika, *Araucaria araucana,* zählt. Die Familie rühmt sich auch einiger australischer Mitglieder, und auf ein solches – *Araucaria bidwillii,* den Bunya-Bunya-Baum aus Queensland – steuerte Mr. Malik jetzt zu.

Was, dachte er, als er so dahinschlenderte, sollte er nur tun? Er fegte ein paar gezackte Blätter von der Bank unter dem Baum. Was *konnte* er tun? Die Antwort schien klar. Rein gar nichts. Und vielleicht hatte der Wiedehopf ja recht. Selbst wenn man annahm, dass einer der Diebe das gestohlene Notizbuch gelesen hatte – was voraussetzen würde, dass einer von ihnen überhaupt lesen konnte –, könnten sie mit dem Inhalt noch lange nichts anfangen. Weder stand sein Name darin noch der seines Freundes Mr. Nyambe. Woher sollten sie wissen, dass es sich bei dem Marabu, von dem so oft die Rede war, um den Verteidigungsminister handelte? Dass die Wasserschlange der Sicherheitsminister war? Und selbst wenn sie, was wirklich höchst unwahrscheinlich war, zwei und zwei zusammenzählten, warum sollten sie deshalb etwas unternehmen? Andererseits, vielleicht hatte der Wiedehopf sich doch geirrt ... Er wollte sich gerade setzen und noch ein wenig weiter nachdenken, als der Baum zu sprechen begann.

«Hallo?», sagte der Bunya-Bunya-Baum ohne den geringsten australischen Akzent.

Natürlich ignorierte Mr. Malik den Baum.

«Hallo!», sagte der Baum noch einmal. «Mr. Malik, sind Sie das?»

Es ist zutiefst irritierend, von einem Baum angesprochen zu werden. Umso mehr, wenn dieser Baum einen zu kennen scheint, man sich aber definitiv nicht daran erinnern kann, diesem Baum je vorgestellt worden zu sein. Mr. Malik hatte das Gefühl, sich hier auf allzu unsicherem Boden zu bewegen. Er stand auf und ging davon.

«Mr. Malik, bitte! Ich brauche Hilfe!»

Jetzt, wo er ein Stückchen weiter weg war,

schien es ihm, als käme die Stimme eher aus der Baumkrone. Er hob den Blick und entdeckte ziemlich weit oben zwischen den Zweigen ein schwarzes Gesicht, ein eindeutig menschliches Gesicht, ein Gesicht, das er kannte. Er sah nur dieses Gesicht, der Körper war völlig von Zweigen bedeckt.

«Benjamin!», sagte Mr. Malik erleichtert. «Was um alles in der Welt tust du da oben?»

Er hatte sich schon oft gefragt, wo der Junge seine freien Vormittage verbrachte.

«Ich bin raufgeklettert.»

«Hängst du fest?»

«Nein, Mr. Malik, das nicht, aber ich brauche Hilfe. Ich kann nicht mehr herunter.»

Das ergab doch keinen Sinn.

«Wieso kannst du nicht herunter?»

«Weil ich meine Sachen nicht anhabe.»

Mr. Malik war sich nicht sicher, ob das mehr Sinn ergab.

«Warum nicht?», fragte er.

«Ich habe sie ausgezogen.»

«Du hast deine Sachen ausgezogen und bist auf den Baum geklettert?»

«Nein, nein, Mr. Malik, das war ganz

anders», sagte Benjamin. «Ich bin erst auf den Baum geklettert und habe dann meine Sachen ausgezogen.»

«Warum?», fragte Mr. Malik.

«Weil er es gesagt hat, dieser junge Christenmann. Er hat gesagt, wenn er Gott näher sein will, klettert er immer auf einen großen Baum.»

«Ohne seine Sachen an?»

«Er hat gesagt, wenn ich Gott wirklich richtig nahe sein will, muss ich alle meine Sachen ausziehen, wie Adam im Garten Eden.»

«Na, dann ziehst du deine Sachen jetzt wieder an und kommst herunter.»

«Ich kann nicht. Er hat gesagt, ich soll sie wegwerfen.»

«Und wo sind sie jetzt?»

«Er hat gesagt, er würde für mich darauf aufpassen.»

«Und wo ist er jetzt, dieser Christenmann?»

«Das weiß ich nicht. Er ist weggegangen, vor vielen Stunden schon. Er hat meine Sachen mitgenommen, und meine Schuhe auch. Er ist nicht zurückgekommen.»

Mr. Malik fand, dass dies auf der Skala des Bizarren und Unwahrscheinlichen sehr weit oben rangierte, wenn auch nicht ganz so weit oben wie ein sprechender Baum.

«Können Sie mir helfen, Mr. Malik?»

«Ja, Benjamin», antwortete er. «Ich helfe dir.»

Er brauchte zwanzig Minuten, um mit dem Taxi nach Hause zu fahren, und weitere zwanzig, um den Ersatzschlüssel für Benjamins Zimmer zu finden und ein paar Sachen zusammenzusuchen. Weil er keine Schuhe fand, nahm er ein paar Flip-Flops von sich mit. Als er wieder unter dem Baum stand, musste er feststellen, dass Benjamin noch kein Stückchen weiter heruntergekommen war.

«Ich hatte Angst, dass mich jemand sieht, Mr. Malik. Darum bin ich lieber oben geblieben.»

Mr. Malik fand, dass der Junge nicht unrecht hatte. Fünfzig Meter weiter unterhielt sich die Frau noch immer mit dem Jacarandabaum, und eben war eine Horde Schulkinder auf der Wiese erschienen und bewegte sich zielstrebig auf sie zu.

«Ich verstehe dein Problem, Benjamin», sagte Mr. Malik, «aber ich kann auf keinen Fall auf diesen Baum klettern, um dir deine Sachen zu bringen. Ich fürchte, du musst herunterkommen.»

«Mr. Malik, ich habe mich gefragt, ob Sie vielleicht eine Schnur bei sich haben.»

«Eine Schnur?»

«Ja. Sie könnten sie hochwerfen, und ich könnte das eine Ende wieder runterlassen, und Sie könnten meine Sachen daran festbinden. Dann kann ich mich anziehen und herunterklettern.»

Eine gute halbe Stunde später kehrte Mr. Malik von Amin and Son's Gemischtwarenladen mit einer Rolle Sisal in der erforderlichen Menge zurück («Frag nicht, Godfrey, bitte frag nicht!»). Es bedurfte einiger sehr mädchenhafter Versuche, die Schnur zu Benjamin hinaufzuwerfen, dann wurde das eine Ende wieder heruntergelassen, die Kleidungsstücke wurden hinaufgezogen, und ein paar Minuten später stieg Benjamin vom Baum.

«Danke, Mr. Malik», sagte er.

«Nichts zu danken», sagte Mr. Malik. «Und jetzt lass uns nach Hause gehen.»

Diese Ereignisse hatte er seinen Freunden abends im Club erzählen wollen – bis Harry

Khan den verhassten Spitznamen erwähnt hatte. Als er hastig den Club verließ, kam ihm in den Sinn, dass es womöglich ganz gut war, es doch nicht erzählt zu haben.

Abgesehen von dem Teil mit dem Wiedehopf, hätten sie ihm sicher sowieso kein Wort geglaubt.

Schopfadler

27

Thomas Nyambe war sehr überrascht, als er seinen Freund Mr. Malik am nächsten Morgen mit einem Taxi vor dem Museum vorfahren sah. Aber für Erklärungen blieb keine Zeit. Im selben Augenblick, als Mr. Malik den Fahrer bezahlt hatte, erschien Jennifer Halutu auf den Stufen.

«Ich heiße Sie alle herzlich willkommen zu unserer dienstäglichen Vogelwanderung.»

In Mr. Maliks Enttäuschung darüber, dass die vertrauten Worte von einer anderen als Roses Stimme gesprochen wurden, mischte sich Erleichterung. Ihre Abwesenheit machte die Dinge zweifellos sehr viel einfacher.

«Wie Sie sich gewiss erinnern, hat Rose Mbikwa mich gebeten, während ihrer Abwesenheit die Vogelwanderung zu leiten – vorausgesetzt, Sie sind alle einverstanden.»

Zustimmendes Gemurmel erhob sich. Jennifer mochte zwar nicht Roses tragende Stimme haben, aber sie wusste viel über Vögel und war allgemein beliebt.

«Ich weiß, es ist bereits nach neun, aber wir wollen trotzdem noch ein paar Minuten warten – wie ich sehe, fehlen noch ein paar unserer Stammgäste, aber bei dem Regen gestern Abend herrscht heute Morgen sicher fürchterlicher Verkehr. Ich habe mir überlegt, dass wir zur Forschungsstation hinausfahren könnten.»

Die landwirtschaftliche Forschungsstation draußen in Kichaki gehörte zu den regelmäßigen Ausflugszielen und wurde von den Vogelbeobachtern angesteuert, wann immer es ausreichend Mitfahrgelegenheiten gab. Die kleinen Gruppen wandten sich wieder ihren Gesprächen zu. Mr. Malik hielt sich im Hintergrund. Er hörte Patsy King gerade zu Jonathan Evans sagen, dass der für die Jahreszeit ungewöhnliche Niederschlag der letzten Nacht bestimmt auf das gleiche Tief zurückzuführen war, das an der Küste für solches Chaos gesorgt hatte, als Thomas Nyambe kam, um ihn zu begrüßen. Sie wünschten einander einen guten Morgen.

«Ist Ihr Wagen in der Werkstatt?», fragte Thomas Nyambe.

Mr. Maliks erster Impuls war, seinem Freund die schmerzvollen Ereignisse des vergangenen Sonntags zu berichten, aber dann bekam er Zweifel. Es gab keinen Grund, Mr. Nyambe mit seinen Sorgen zu behelligen. Dann bekam er auch daran Zweifel.

«Nein, gestohlen. Leider.»

Und er erklärte seinem Freund, was geschehen war, aber ohne das Notizbuch zu erwähnen. Es hatte wenig Sinn, seinen Freund zu beunruhigen, wenn man sowieso nichts tun konnte.

«Aber wie meine Tochter Petula schon sagte, ich bin selber schuld. Ich hätte niemals allein in den Stadtpark gehen sollen. Ich bin sehenden Auges in mein Unglück gelaufen, und ich bin dankbar, dass ich so glimpflich davongekommen bin.»

«Vielleicht liegt es nicht an uns, zu beurteilen, was uns erwartet, mein Freund – auch wenn ich hoffe, dass ich weiß, was die schlechten Menschen erwartet, die Ihren Wagen gestohlen haben. Was haben Sie denn im Park gemacht?»

«Also …» Mr. Malik musste aufpassen, dass er nicht zu viel erzählte. «Also in meinem Club findet so eine Art Wettstreit statt – wer in einer Woche die meisten Vögel sieht.»

Gut, das verriet nicht allzu viel.

«Was für eine famose Idee!»

«Ach, finden Sie?»

Thomas Nyambes Grinsen wurde breiter.

«Ja, eine wunderbare Idee. Das hilft den Leuten, die Schönheit um sich herum zu sehen. Wissen Sie, es gibt so viele Menschen, die blind dafür sind. Wie viele haben Sie schon gesehen?»

«Neunundvierzig.»

«Neunundvierzig? Das klingt gut. Gratuliere.»

Das Gespräch wurde von Tom Turnbulls Ankunft unterbrochen, dessen Morris Minor seit letzter Woche offensichtlich ein weiteres Leiden ereilt hatte, denn er klang wie ein zweitaktiger Rasenmäher. Er kam gerade neben Patsy Kings Land Rover zum Stehen, als ein roter Blitz und quietschende Reifen die Ankunft von Harry Khan verkündeten. Das verschaffte der Versammlung den direkten Vergleich zwischen dem Klick-Fluch-Klack-Fluch von Tom Turnbull, der versuchte, die Tür des antiken Briten zu schließen, und dem satten Geräusch einer modernen deutschen Autotür. Harry Khan winkte mit breitem Grinsen zu Mr. Malik herüber, und Thomas Nyambe wandte sich von dem Spektakel ab und mit forschendem Blick seinem Freund wieder zu.

«Dieser Mann – ist der auch in Ihrem Club? Nimmt er auch an dem Wettstreit teil?»

Mr. Malik nickte.

«Und wie kommt er voran?»

«Einhundertacht», antwortete Mr. Malik.

Thomas Nyambe lächelte, wie es seine Art war.

«He, Malik! Immer noch kein Auto? Soll ich dich mitnehmen?»

Die australischen Touristen waren offensichtlich ebenfalls wieder mit von der Partie. «Ist noch Platz für …?»

«Klar, hinten kann sich noch einer reinquetschen, Jack. Spring rein.»

Was Mr. Malik hatte fragen wollen, war, ob noch Platz für zwei Leute war. Er war sich keineswegs sicher, dass er Lust hatte, mit Harry Khan irgendwohin zu springen.

«Wieso fahren Sie nicht bei ihm mit?», fragte er und schob seinen Freund auf den Mercedes zu. «Ich finde schon irgendwo ein Plätzchen.»

Dank Thomas Nyambes Expertenwissen erreichte Harry Khans Gruppe die landwirtschaftliche Forschungsstation vor den anderen, obwohl auch die nicht lange auf sich warten ließen. Thomas Nyambe stellte erleichtert fest, dass Mr. Malik tatsächlich einen Platz gefunden hatte, und zwar zusammengequetscht mit vier Studenten im Heck von Tom Turnbulls Morris. Nachdem die Gruppe sich am Tor versammelt hatte, wanderten die Vogelfreunde am Teich vorbei auf die Kaffeefelder zu und entdeckten gleich zu Beginn ein großes Purpurhuhn, das den entschiedenen, aber erfolglosen Versuch unternahm, im Schilf unentdeckt zu bleiben, und einen Webervogel, dem es herzlich egal war, wer ihm dabei zusah, wie er Stroh aus abgestorbenen Binsen zog, um sich sein Nest zu bauen. Mr. Malik fragte seinen Freund, wie seine Woche gewesen sei. Und nachdem man sich über Eltern, Kinder und Enkelkinder ausgetauscht hatte, schlug er die zweite Seite seines neuen Notizbuches auf (frisch verziert mit der inzwischen vertrauten, groben Skizze eines Kaffernadlers auf dem Einband) und machte sich Notizen über die Gerüchte, Geschichten und Skandale, die den Inhalt der nächsten «Von einem Schlag»-Kolumne bestreiten würden.

Der Schlamm, den die Regengüsse der letzten Nacht hinterlassen hatten, sorgte dafür, dass sie etwas langsamer vorankamen – erstaunlich, wie oft Patsy King sich an Jonathan Evans' Schulter festhalten musste, um nicht zu stürzen. Der Höhepunkt der Wanderung war die Sichtung eines Schopfadlers, der auf einem Baum saß und etwas aus seinem Schnabel baumeln ließ, das aussah wie ein Rattenschwanz. Dem schläfrigen Zustand des Vogels nach zu urteilen, wurde der Rest der Ratte bereits im Innern verdaut. Ein Schopfadler stand noch nicht auf

Mr. Maliks Liste, genauso wenig wie ein Purpurhuhn.

«Und haben Sie vor, für diesen Wettstreit heute Nachmittag irgendwohin zu fahren?», wollte Mr. Nyambe wissen.

«O nein, heute Nachmittag nicht.» Mr. Malik tippte auf sein Notizbuch. «Ich muss schreiben.»

«Natürlich – wie dumm von mir. Und morgen?»

Ja. Wo sollte er morgen hinfahren? Darüber hatte Mr. Malik noch gar nicht nachgedacht.

«Ich weiß es nicht», sagte er. «Ohne Wagen ist es ziemlich schwierig.»

«Ist Ihnen denn das Klärwerk schon einmal in den Sinn gekommen?»

«Nein. Warum?»

«Oh, man kann nie wissen, was einem am Klärwerk so begegnet. Vor ein paar Jahren sind wir dienstags ab und zu hingefahren, aber die Leute haben sich über den Geruch beschwert. Aber bei diesem Wetter ist es vielleicht einen Versuch wert, vor allem zu dieser Jahreszeit.»

Mr. Malik konnte sich zwar nicht vorstellen, was die jüngsten Regenfälle mit der Avifauna am Klärwerk von Nairobi zu tun haben sollten, aber er sagte nichts.

«Man müsste vermutlich ein Taxi nehmen», sagte Mr. Nyambe und setzte ein breites Lächeln auf, «aber ich könnte mir vorstellen, dass die Ausgabe sich durchaus lohnt. Und geben Sie mir doch bitte das Kennzeichen Ihres Wagens. Ich bitte die anderen Fahrer, die Augen offen zu halten. Man kann nie wissen.»

Während Mr. Nyambe Mr. Malik weiter über den neuesten Regierungsklatsch ins Bild setzte, entfernten die beiden Freunde sich ein wenig von der Hauptgruppe. Ihr Gespräch wurde von einem leisen Geräusch unterbrochen.

«Ich meine», sagte Mr. Malik, als er das kurze, hohe «Piep» vernahm, «das hört sich an wie – ja, tatsächlich. Sehen Sie, ein Haubenzwergfischer!» Etwas Blaues blitzte auf und schoss in Richtung Teich. Der Zwergfischer hockte sich auf einen niedrig hängenden Zweig über dem Wasser, hob und senkte die blassblaue Haube, saß dann still da wie eine Katze und starrte ins Wasser. Mit dem roten Schnabel und der leuchtend orangefarbenen Brust sah er aus wie ein Schmuckstück in der Auslage eines Juweliers.

«Wirklich ein außerordentlich schöner Vogel», sagte Mr. Nyambe. «Alle Vögel sind schön, aber der hier gehört zu den schönsten.»

«Ja. Ich hole die anderen.»

«Aber was ist mit …?»

Mr. Nyambe beendete die Frage nicht. Natürlich mussten die anderen geholt werden. Auch Harry Khan.

Mr. Patel stellte fest, dass die morgendliche Vogelwanderung der Liste von Harry Khan tatsächlich zwei neue Arten hinzugefügt hatte – während das Purpurhuhn und der Schopfadler sich bereits darauf befanden, hatte er bis jetzt weder einen Webervogel noch einen Haubenzwergfischer gesichtet (gut, dachte Harry Khan, dass all diese Leute dabei gewesen waren, um ihn auf die Vögel aufmerksam zu machen – ihn und Malik). Er akzeptierte die Eintragung auf seine Hauptliste mit einem Grinsen, winkte in die Menge und wandte sich zum Gehen.

«Moment, Moment, Moment», sagte Mr.

Gopez. «Sie können noch nicht gehen, Malik ist noch nicht da. Seine Liste ist noch nicht überprüft.»

«Tut mir leid, Jungs, ich muss los. Ich bin mir sicher, Sie kommen allein mit Malik zurecht.»

«Nein, nein, nein, nein, nein!», sagte Mr. Patel. «Wir meinen damit, Sie *müssen* bleiben. So sind die Regeln.»

«Ich glaube nicht, Jungs. Ich habe eine heiße Verabredung, ich muss mich auf die Socken machen!»

«Tiger – sag du es ihm – so sind die Regeln, oder etwa nicht?», fragte Mr. Gopez. «Sag unserem Freund Khan hier, dass er auf Malik warten muss.»

Der Tiger hob den Blick vom Billardtisch, wo er gerade vor einem komplizierten Stoß über zwei Banden stand.

«Nein, ich glaube, er muss nicht bleiben. Ich glaube nicht, dass die Regeln besagen, dass er hierbleiben muss. Wenn er will, kann er gehen.»

«Super. Also dann bis morgen, Jungs!»

Als Harry Khan vom Parkplatz fuhr, sah er ein Taxi um die Ecke biegen. Hatte Jack seinen Wagen also noch immer nicht zurück.

«War das eben Khan?»

Mr. Malik ließ sein Notizbuch auf den Tisch neben der Bar fallen und sich selbst in den nächsten Sessel plumpsen.

«Ja, er hat gesagt, er kann nicht warten. Ich hoffe, du bist damit einverstanden.»

«Vollkommen», sagte Mr. Malik.

«Und, hast du heute auf der Vogelwanderung ein paar Neue gesehen?», fragte A. B. «Khan hat erzählt, ihr seid beide dabei gewesen, aber er hat nur zwei Neue. Wie viele hast du gesehen?»

«Nur einen, glaube ich.»

Und das entsprach der Wahrheit. Abgesehen von dem Haubenzwergfischer, befanden sich sämtliche Sichtungen des Tages bereits auf seiner Liste.

«Du wirst dich wirklich etwas anstrengen müssen, alter Freund. Wenn du mich fragst, es wird langsam Zeit, Gas zu geben.»

«Ja, du hast sicher ...»

«Es sind nur noch drei Tage. Khan steht bei einhundertzehn und du bei fünfzig!»

«Ja», sagte Mr. Malik. «Ich weiß.»

Smaragdkuckuck

28

«Immer noch kein Auto, wie ich sehe», sagte Mr. Patel.

Es war Mittwochabend, und Mr. Malik war wieder einmal gezwungen gewesen, sich ein Taxi zum Club zu nehmen.

«Nein. War Harry Khan schon da?»

«Ja», sagte Mr. Gopez. «Er hat schon wieder gesagt, er könne nicht warten. Hoffentlich ist das für dich in Ordnung.»

«Natürlich», sagte Mr. Malik, zog das neue Notizbuch aus der Jackentasche und legte es auf den Tisch. «Wie ist es bei ihm gelaufen?»

«Wie viele sind es gewesen, Patel? Zehn Neue?»

«Zwölf, A. B. – macht insgesamt einhundertzweiundzwanzig. Ich habe dir doch gesagt, du musst langsam Gas geben, Malik. Ich fürchte, er zieht immer weiter davon.»

«Zwölf, aha. Wo war er?»

«Am Lake Naivasha, sagt er», sagte Mr. Gopez.

«Am Lake Naivasha und an Hell's Gate», widersprach Mr. Patel. «Und du?»

«Oh, nur am Klärwerk.»

«Am Klärwerk?»

«Am Klärwerk!», sagte Mr. Gopez.

«Am Klärwerk, alter Junge?», rief Tiger Singh vernehmlich von der Bar herüber.

«Steht alles hier drin.» Mr. Malik deutete auf das Notizbuch, das noch immer unbeachtet auf dem Tisch lag. «Und ich glaube, während die Herren zusammenzählen, wie viele neue Arten ich gesehen habe – und zwar am Klärwerk –, werde ich mir ein Bierchen genehmigen.»

«Musst wohl den üblen Geschmack loswerden, was, Malik?», sagte Mr. Patel. «Na dann, mal sehen, wie du dich heute geschlagen hast.»

Er nahm Mr. Maliks Notizbuch zur Hand, schlug es auf und fing an zu zählen.

Ich vermute, es hat auch Nachteile, ein Vogel zu sein. Zum Beispiel bringt das Fehlen von Lippen und Zähnen gewisse Einschränkungen mit sich, was den Gesichtsausdruck anbelangt – ganz abgesehen von der deutlichen Aussprache einiger Frikativlaute. Auch beim Kricket mag ein Vogel sich ohne Daumen oder nennenswerte Finger ein wenig schwertun. Und während ein Federkleid bestimmt wunderbar zur Bildung aerodynamischer Oberflächen und zur Isolierung geeignet ist, wird es darunter an einem warmen Tag doch bestimmt schnell ziemlich stickig. Aber das wirklich Tolle daran, ein Vogel zu sein (ohne den Straußen, Emus oder Pinguinen gegenüber, die dies vielleicht lesen, respektlos sein zu wollen), ist es, fliegen zu können.

Stellen Sie sich vor, sie wären ein Krebs, sagen wir unten an der Küste. Ein großer Sturm braut sich zusammen. Was tun Sie? Wahrscheinlich ein tiefes Loch buddeln und das Beste hoffen. Sind Sie jedoch ein Vogel, werfen

Sie einfach einen prüfenden Blick auf die großen, schwarzen Wolken, die sich am Horizont zusammenbrauen, breiten die Flügel aus und hauen ab. Befänden Sie sich zufällig an der Küste Kenias und von Osten her würde sich ein großer Sturm nähern, so würden Sie sich automatisch nach Westen aufmachen. Nach ein paar Stunden Flug würden Sie dann nach einem Rastplatz Ausschau halten. Ah, was haben wir denn da unten? Sieht das nicht aus wie viele kleine Tümpel nebeneinander – ein paar mit Wasser und ein paar voll mit herrlichem, feuchtem Schlamm? Das kommt Ihnen vor wie der ideale Platz, um ein Päuschen zu machen, ein Schnäbelchen Wasser zu sich zu nehmen und vielleicht sogar noch ein, zwei Würmer dazu. Und schon gleiten Sie nach unten. Und genau aus diesem Grund ist, wenn an der kenianischen Küste ein schwerer Sturm losbricht, einer der besten Orte, um Vögel zu beobachten, das städtische Klärwerk von Nairobi.

Mr. Malik hatte Mr. Nyambes Rat befolgt und sich in aller Frühe ein Taxi bestellt. Als er zum Klärwerk kam, hatte er den Eindruck, dass jeder einzelne Vogel der kenianischen

Küste bereits eingetroffen war. Watvögel waren zu Tausenden da – Schmiedekiebitze standen starr wie Statuen neben den Becken, Regenbrachvögel und Schnepfen stocherten mit ihren krummen Schnäbeln im Schlamm. Im Flachen dümpelten Strandläufer und reckten ungezählte weiße Hinterteile in die Luft. Dutzende Reiherarten pickten auf der Jagd nach Fischen und Insekten ins Wasser. Riesige Kormoranschwärme hockten eng aufeinander, große und kleine, schwimmend und tauchend. Möwen und Seeschwalben schnappten und zankten sich, Enten spritzten und Gänse paddelten. Sogar – Mr. Malik ließ das Fernglas sinken und rieb sich die Augen, ehe er ein zweites Mal hinsah – drei große rosarote Flamingos waren dort.

Mr. Malik erinnerte sich noch daran, als er zum ersten Mal einen Flamingo gesehen hatte. 1955 war es gewesen, kurz ehe er auf die Eastlands High gekommen war. Seine Eltern hatten die Kinder auf einen Wochenendausflug des Clubs an den Lake Borgoria mitgenommen. Als das Auto den Hügelkamm passierte, hatte er zum ersten Mal den See gesehen, der sich unter ihnen erstreckte, und das ganze Ufer war rosarot gesäumt gewesen. Auf einen einzigen Blick sah er nicht drei, nicht dreihundert, nicht dreitausend, nein, eine Million Flamingos. Derartig viele Vögel hatten fast das Vorstellungsvermögen des damals Elfjährigen gesprengt. In Nairobi jedoch hatte er noch nie einen Flamingo gesehen. Während er schaute und schrieb und schaute und schrieb, wünschte er, sein Freund Mr. Nyambe wäre bei ihm. Mr. Malik hätte Mr. Nyambe gerne dafür gedankt, dass er ihm von diesem Ort erzählt hatte, und er war sicher, Mr. Nyambe hätte an dem Anblick all dieser Vögel ebenso viel Freude gehabt wie er selbst.

«Bist du immer noch nicht mit Zählen fertig, Patel?»

«Doch, A. B. – und kein Wort mehr über den Gestank einer Kläranlage. Malik, alter Junge, ich nehme alles zurück. Ich glaube, was hier in der Luft liegt, ist eher der süße Duft des Sieges, meine Herren. Ich komme auf eine Summe von … vierundsiebzig.»

«Mach dich nicht lächerlich, Patel. Unmöglich. Das glaube ich nicht.»

«Dann zähl doch selbst, A. B.»

«Du bist sicher irgendwo durcheinandergekommen. Ich will nicht die Gesamtsumme, ich will wissen, wie viel Neue er heute gesehen hat.»

«Das habe ich doch gerade gesagt, vierundsiebzig.»

Er trat an die Anschlagtafel, strich die alte Summe durch und schrieb die neue darunter.

«Khan: einhundertzweiundzwanzig, Malik: einhundertvierundzwanzig. Malik geht in Führung.»

Was ausgesehen hatte wie ein klarer Favoritenlauf, erwies sich auf einmal als Kopf-an-Kopf-Rennen.

«Ausgezeichnete Arbeit, Malik», sagte Mr. Gopez. «Ich nehme mit Freuden zur Kenntnis, dass du auf meinen Rat gehört hast.»

«Das Klärwerk, in der Tat. Wer hätte das gedacht?», sagte Mr. Patel und fing an zu kichern. «Muss ganz schön hart gewesen sein, so ganz ohne Hagedasche.»

«Spielt keine Rolle!», ließ sich der Tiger vernehmen. «Was zählt, ist das Ergebnis. Gut gemacht, Malik!»

«Ich finde, jemand sollte es ihm sagen», gab Patel zu bedenken.

«Ich dachte, das weiß er schon», sagte Mr. Gopez. «Hast du zugehört, Malik? Du hast doch zugehört, oder? Du weißt, dass du in Führung liegst?»

«Nicht ihm, A.B. – Khan. Jemand sollte Khan informieren.»

«Wie denn? Er ist nicht hier.»

«Ich weiß, dass er nicht hier ist. Er ist weggefahren. Deshalb sollte ihm jemand Bescheid geben.»

«Papperlapapp! Geschieht ihm ganz recht, was muss er auch unbedingt abhauen, ehe Malik gekommen ist.»

«Das weiß ich, aber es wäre nur fair.»

«In den Regeln steht nirgendwo, dass wir ihn informieren müssen.»

«Das weiß ich auch, aber ... also, was denkst du, Tiger?»

«Ich finde, A.B. hat recht», sagte der Tiger. «*Ex proprio motu* und so weiter. In den Regeln ist nichts zu finden, was es rechtfertigen würde. Beide Parteien haben zugestimmt, sich jeden Abend pünktlich hier einzufinden – es steht nicht geschrieben, dass man bleiben muss.»

«Wenn die Herren mich entschuldigen wollen», sagte Mr. Malik. «Ich muss eben kurz telefonieren.»

Der Rezeptionist im Hilton nahm zur Kenntnis, dass der Anrufer Mr. Khan keineswegs stören wolle, und wurde gebeten, lediglich eine Nachricht für ihn entgegenzunehmen. Die Nachricht war kurz: «Einhundertvierundzwanzig.» Und als Mr. Malik auflegte und in die Bar zurückkehrte, musste er sich eingestehen, dass dieses kurze Gespräch ihm außerordentlich gute Laune bereitete.

Harry Khan wusste augenblicklich, was die Nachricht zu bedeuten hatte. Er rief David und George auf ihrem Zimmer an und beraumte in der Hotellobby eine sofortige Krisensitzung an.

«Also gut», sagte David. «Zeit, in die Pötte zu kommen. Wir haben die Küste, wir haben den See, ich denke, es ist an der Zeit, die Berge in Angriff zu nehmen.»

«Ich dachte, wir wären schon in den Bergen», sagte George. «Wie hoch liegt Nairobi – auf siebzehnhundert?»

«Also gut, ins Gebirge. Auf den Kilimandscharo.» Harry fühlte sich bemüßigt, mit den Geographiekenntnissen aufzuwarten, die er von Rose aufgeschnappt hatte.

«Auch wenn man den Kilimandscharo an einem klaren Tag von Nairobi aus sehen kann, liegt er ein gutes Stück in Tansania. Jenseits unserer Grenzen, Jungs. Aber wie wäre es stattdessen mit dem Mount Kenia?»

«Perfekt!», sagte David. «Würde mich nicht wundern, wenn da eine völlig neue Avifauna zu finden wäre.»

«Bergpirole», sagte George und blätterte in seinem Vogelführer. «Bergbrillenvögel, Seidenturakos. Hier steht, es bestehen ziemlich gute Chancen, einen Bartgeier zu sehen. Es dürfte allerdings nicht ganz einfach werden, das an einem Tag zu schaffen. Ganz schön weit zu fahren.»

«Wer spricht denn von fahren?», sagte Harry.

Am nächsten Morgen waren sie wieder einmal bei Dämmerung auf den Beinen. Am Wilson-Flugplatz erwartete sie ein kleines Charterflugzeug, und um halb neun saßen sie vor dem Mount Kenia Safari Club auf der Veranda beim Frühstück, während der ortsansässige Führer das Tagesprogramm mit ihnen durchging.

Er schlug vor, mit einem kleinen Streifzug über das Clubgelände zu beginnen, und danach würde er sie mit dem Jeep rüber in den Nationalpark fahren. Das Wort Jeep gefiel Harry. Sogar hier am Fuße des Berges war die Luft so dünn, dass er schon vom Erklimmen der Eingangsstufen zum Clubgebäude außer Atem war.

Mit Hilfe eines Führers (eines Führers, der, wie Sie sicher bereits ahnen, von Rose Mbikwa ausgebildet worden war) sahen sie keine zwei Kilometer vom Safari Club entfernt einen Bartgeier, der hoch über ihnen mit einem jungen Kaffernadler kämpfte. Während der ersten halben Stunde im Wald kreuzte ein Seidenturako ihren Weg, gefolgt von einem Smaragdkuckuck, einem Schwarm kleiner brauner Vögel mit dem niedlichen Namen Zimtbuschsänger sowie Bambusrohrsängern, Pirolen, Brillenvögeln und Scharen von weiteren, die Höhe liebenden Arten. Sie entdeckten sogar, anfangs nur am Ruf, einen Kehlbindenspecht.

Als sie am Nachmittag zu einer wohlverdienten Tasse Tee auf der Clubterrasse saßen, machte George sie auf einen Nektarvogel mit schmalem, gebogenem Schnabel und zwei verlängerten Schwanzfedern aufmerksam, der sich gleich neben der Haupttreppe an einer Hibiskusblüte labte.

«Ist das nicht ein Glanzköpfchen?», fragte David.

«Nicht nach meinem Buch.» George streckte seinen Vogelführer in die Luft. «Diese kleine Schönheit da ist ein Takazze-Nektarvogel. Ich glaube nicht, dass wir den schon auf unserer Liste haben.»

«Bestimmt nicht», sagte Harry und notierte ihn. «Vielen Dank, George. Macht eine hübsche, runde ... fünfzig. Fünfzig neue Arten. Wisst ihr, Jungs, ich glaube, damit haben wir die Führung zurück – und zwar mit Abstand. Vergesst den Tee, das verlangt nach etwas Angemessenerem. Ober, eine Flasche Champagner – Bollinger!»

Prinie

29

«Mr. Malik, Ihr Wagen ist gesichtet worden.»

Mr. Malik erkannte die Stimme von Mr. Nyambe am Telefon. Er stellte die Kaffeetasse ab.

«Grüner Mercedes, Kennzeichen NHI 572? Einer unserer Fahrer hat es gerade per Funk durchgegeben. Er ist auf der Valley Road in Richtung Ngong Road unterwegs. Der Mann wird versuchen, die Verfolgung aufzunehmen. Wir sagen Ihnen Bescheid, sobald der Wagen irgendwo geparkt wird. Haben Sie einen Ersatzschlüssel?»

Mr. Malik bejahte.

«Gut. Ich melde mich, sobald ich etwas höre. Können Sie in der Nähe des Telefons bleiben?»

Mr. Malik hatte nicht geplant, in der Nähe des Telefons zu bleiben. Sobald er seinen Morgenkaffee getrunken hatte, wollte er ins Krankenhaus. Man würde dort gegen neun Uhr mit ihm rechnen, und diese Verabredung hatte er noch nie versäumt. Anschließend hatte er vorgehabt, noch einmal mit dem Taxi zum Klärwerk hinauszufahren – gut möglich, dass ihm die ein oder andere Art entgangen war oder dass inzwischen ein paar neue hinzugekommen waren. Aber natürlich brauchte er dringend seinen Wagen zurück.

Ich war nie sicher, ob ich die Geschichten wirklich glauben sollte, die einem in Nairobi so zu Ohren kommen. Angeblich steht hinter den meisten Autodiebstählen im Stadtgebiet der Sohn eines Richters am Obersten Gerichtshof, der sehr enge Verbindungen zu gewissen Polizeibeamten unterhalten soll – und zu mindestens einem Mitglied der Regierung. Mr. Malik war sich genauso unsicher, aber er glaubte sie trotzdem ein bisschen. Wenn sein Wagen durch irgendein Wunder tatsächlich wiederauftauchte, musste er bereit sein. Bereit, so schnell wie möglich zum Fundort zu fahren und sich dann so unauffällig wie möglich mit seinem Auto aus dem Staub zu machen. Was die anderen Pläne betraf, so musste er sie eben ändern. Er würde zu Hause bleiben und auf den Anruf warten, den Wagen holen und dann ins Krankenhaus fahren. Wenn danach noch Zeit zum Vögelbeobachten blieb, umso besser. Und wenn er schon warten musste, konnte er sich ebenso gut die Zeit damit vertreiben, wieder einmal im Garten nach Vögeln Ausschau zu halten.

Mr. Malik hatte es sich wieder auf seinem Stuhl auf der Veranda gemütlich gemacht, Fernglas und Notizbuch in Reichweite neben sich auf dem Tisch. In der Bougainvillea spielte eine Mausvogelfamilie – zumindest nahm er an, dass es sich um eine Familie handelte, und er nahm an, dass sie spielten. Nein, er war sich sicher, dass es sich um eine Familie handelte. Er erinnerte sich daran, dass Rose Mbikwa einmal eine Studie erwähnt hatte, die besagte, dass Mausvögel in Familienverbänden lebten und dass die Jungen vom Vorjahr bei den Eltern blieben und bei der Aufzucht der nächsten Brut halfen. Und was das Spielen betraf, wer vermochte das schon zu sagen? Mr. Malik hatte schließlich selbst zwei Junge großgezogen und sehr genau beobachtet, und er bezweifelte im Grunde, dass es einen Unterschied zwischen dem Gezanke und Gejage junger Vögel und dem junger Menschen gab. Seine philosophischen Betrachtungen wurden von einem fegenden Geräusch unterbrochen.

«Guten Morgen, Benjamin», sagte Mr. Malik. Er überlegte, ob er das Arboretum erwähnen sollte.

«Guten Morgen, Sir», sagte Benjamin.

Auch er war sich nicht sicher, ob er etwas über den Vorfall im Arboretum sagen sollte, aber dann fiel sein Blick auf den Tisch. Was Mr. Malik nicht entging.

«Haha», sagte er und setzte sein mildtätigstes Lächeln auf. «Hoho», machte er. «Nein, heute keine Hagedasche, Benjamin.» Er hob das Fernglas. «Vögel im Allgemeinen – alle Vögel.»

Der zweifelnde Blick des Jungen verriet, dass er noch nicht völlig überzeugt war.

«Schau! Da drüben, siehst du? Ein Spatz.»

«Ah, ja, Sir. *Shomoro.*»

«Und da, ein Mausvogel.»

«Ah», sagte Benjamin nach kurzem Zögern. «Ja, Sir: *Kuzumburu. Kuzumburu michirizi.*»

«Und noch einer, da drüben – siehst du?»

«Ah, ja, Sir. Ein anderer. *Kuzumburu kisogobuluu.* Und der da: *Kuzumburu michirizi.*»

Mr. Malik hob das Fernglas an die Augen. Meine Güte, der Junge hatte recht! Was er für einen ganz normalen Braunflügel-Mausvogel gehalten hatte, war in Wirklichkeit ein Blaunacken-Mausvogel.

«Danke, Benjamin. Gut beobachtet.»

«Danke, Sir.»

Benjamin nahm den Besen wieder auf und fegte weiter. Wenn der Boss diesmal wirklich Vögel beobachtete, dann war er leider nicht sehr gründlich.

«Benjamin?»

Benjamin hörte wieder auf zu fegen. Jetzt war es so weit. Jetzt würde Mr. Malik das Arboretum erwähnen. Er warf einen Blick zu seinem Boss hinüber, der mit einem aufgeschlagenen Buch dastand und ihn zu sich winkte.

«Kommst du bitte einen Augenblick zu mir? Ich würde dir gerne etwas zeigen.»

Benjamin lehnte den Besen an die Wand und ging. Was es wohl sein würde? Die Bibel? Nein, in dem Buch waren auf jeder Seite Vögel abgebildet, und daneben stand etwas geschrieben, auf Englisch. Mr. Malik blätterte die Seiten um und hielt ihm dann das Buch hin.

«Kennst du diese Vögel?»

Obwohl Benjamin die Bilder reichlich seltsam fand – wo war die Bewegung, wo das Fiepen und Piepen? –, schienen sie doch die vier verschiedenen *Kuzumburus* darzustellen, die er aus der Gegend um sein Dorf kannte.

«Ah, ja, Sir. *Kuzumburus.*» Er zeigte der Reihe nach auf die Bilder. «*Kuzumburu michirizi,* ein bisschen weiß im Gesicht. *Kuzumburu kisogobuluu,* hier ein bisschen blau, hinten am Hals. Den hier – *kuzumburu kichwa-cheupe* – habe ich in Nairobi noch nie gesehen, nur manchmal in meinem Dorf, wenn es sehr trocken ist.»

Mr. Malik sah ihn lange an. Er schlug eine andere Seite auf. «Und die hier?»

Auf der Seite waren noch mehr Vogelbilder, Fleischfresser – keine *tai mzoga,* die tote Sachen fraßen, sondern *tai msito* und *kipanga.* Er zeigte auf jeden einzelnen Vogel und benannte ihn.

«Was ist mit diesen?»

Mr. Malik schlug eine neue Seite auf. Zwei Ibisarten, ein Heiliger Ibis und ein Sichler, und daneben ein Afrikanischer Löffler. Als würde er gleich mit den Flügeln schlagen und aus dem Buch heraus seinen dreitönigen Ruf erschallen lassen, saß dort auch noch ein Hagedasch. Pflichtschuldig identifizierte Benjamin die beiden *Kwarara* mit den langen, gebogenen Schnäbeln und den *Domomwiko* mit seinem Schnabel wie ein plattgedrückter *Borok.*

«Hervorragend», sagte Mr. Malik und strahlte. «Du kennst dich wirklich aus mit Vögeln, Benjamin.»

«Danke, Sir.»

«Ich würde dich heute gern um deine Hilfe bitten, Benjamin. Nicht bei den Hagedaschen – davon haben wir inzwischen genug gezählt. Ich möchte dich bitten, dich zu mir auf die Veranda zu setzen und mir alle Vögel zu zeigen, die du finden kannst.»

Die nächsten vier Stunden vergingen wie im Flug. Mr. Malik, der immer geglaubt hatte, in seinem Garten gäbe es nur drei Arten von Nektarvögeln, stellte erstaunt fest, dass er mit Benjamins Hilfe in der Lage war, fünf verschiedene zu identifizieren. Und was er immer für ein Gelbbartbülbülweibchen gehalten hatte, war in Wirklichkeit ein Cabanis-Bülbül. Außerdem hatte der Junge ein ausgezeichnetes Gehör für Vogelstimmen. Er war in der Lage, aus einer kleinen Schar pickender Vögel, die durch den Garten kam, zwei Feinsänger, eine Prinie und nicht weniger als drei Rohrsänger herauszuhören (Mr. Malik konnte mit seinem Fernglas eindeutig nur zwei der Rohrsänger identifizieren, aber er war sich sicher, dass Benjamin recht hatte). Und obwohl Mr. Malik an die abendlichen Eulenrufe gewöhnt war, war ihm nie aufgefallen, dass in dem tiefen Blattwerk einer Klettermonstera an seinem eigenen Tor ein Waldkauz seinen Schlafplatz hatte. Wenn man sich sehr günstig in der äußersten Gartenecke platzierte, konnte man einen Blick auf die markant gestreiften Brustfedern erhaschen. Aber: Noch immer kein Anruf.

Erst um fünf Uhr nachmittags klingelte endlich das Telefon.

«Mr. Malik? Ich fürchte, wir haben ihn verloren. An der Dagoretti Corner – in dem großen Kreisverkehr, wissen Sie? Wir haben überall gesucht, aber keine Spur. Es tut mir leid.»

Schwarzbrustspint

30

An diesem Donnerstagabend war Mr. Malik der Erste im Club.

«Immer noch kein Auto, was?», fragte Mr. Patel. Mr. Malik schüttelte betrübt den Kopf. Kein Auto, und auch kein Notizbuch. Harry Khan wiederholte diese Frage, als er ein paar Minuten später, zurückgekehrt vom Ausflug zum Mount Kenia, im Club erschien.

«Tut mir leid, Malik. Und danke für deine Nachricht gestern Abend. Ja, echt, danke!»

Mr. Gopez sah Mr. Malik eindringlich an. Mr. Patel lächelte unergründlich. Tiger Singh ergriff das Wort.

«Wie ich mit Freuden feststelle, sind Sie beide rechtzeitig eingetroffen, meine Herren. Wenn Sie so freundlich sein wollen, Mr. Patel Ihre Notizbücher zu überreichen, dann werden wir sehen, wie der neue Zwischenstand lautet.»

Obwohl Mr. Malik in Erwartung des Telefonanrufs den ganzen Nachmittag an seinen Garten gefesselt gewesen war, war er zu seiner eigenen Überraschung in der Lage gewesen – mit Benjamins Hilfe –, zwölf neue Arten zu identifizieren. Aber das reichte nicht einmal annähernd an Harrys Zahl vom Mount Kenia heran. Ein paar Minuten später verkündete Mr. Singh das Ergebnis.

«Malik: einhundertsechsunddreißig, Khan: einhundertzweiundsiebzig. Mr. Khan liegt wieder in Führung. Aber *dum anima est, spes esse dicitur,* meine Herren. Vergessen wir nicht: es bleiben noch zwei Tage.»

Die Bemerkung, die Wette zwischen Mr. Malik und Harry Khan laufe noch zwei Tage, war für den Tiger uncharakteristisch ungenau. Es verblieb, wie beiden Parteien und bestimmt auch Ihnen wohl bewusst war, zwar noch der gesamte folgende Tag, aber nur noch der halbe Samstag. An diesem Abend im Hilton plante Harry Khan seinen finalen Angriff.

«Nach dem Ausflug zum Mount Kenia liegen wir wieder weit in Führung, Jungs, aber ich möchte die Führung noch weiter ausbauen. Ich will so weit vorne liegen, dass Malik mich nicht mal mehr mit dem Teleskop sehen kann.»

«Wir sind an deiner Seite, Harry», sagte George und kaute an einer riesigen Olive. «Stimmt's, Davo?»

«Stimmt», sagte David. «Ich weiß ja nicht, was ihr beide so im Sinn habt, aber meine Idee ist folgende: Morgen noch eine Eintagessafari – wir haben uns schon mal eingelesen, und Kakamega klingt ziemlich gut – und dann Samstagmorgen in aller Frühe ein zweiter Versuch im Nairobi-Nationalpark.»

«Ja, der Kakamega-Urwald. Hört zu.» George las aus seinem Führer vor. «‹Kakamega – Überbleibsel von äquatorialem Regenwald, der sich einst von Ost nach West quer über den gesamten Kontinent erstreckte – berühmt für seine Vögel und Schmetterlinge – einzigartige

Kombination von Tief- und Hochlandarten.›
Und jetzt kommt das Entscheidende – hört ihr noch zu? Fünfundvierzig Arten der offiziellen Vogelliste Kenias können einzig im Kakamega-Gebiet gefunden werden.»

«Klingt doch gut, Jungs.»

«Graupapagei, Grünkehl-Glanzköpfchen, Saphirspint, Rotbrustkauz, Graubrust-Drosseltimalie, Ansorge-Bülbül, Shelley-Bülbül, Lenduschnäpper, Braunstirn-Eremomela ... und so weiter und so fort.»

«Braunstirn-Eremomela, aha. Klingt nach dem richtigen Ort für uns. Wie kommen wir hin?»

«Ein paar Kilometer entfernt gibt es eine Flugpiste. Also wieder ein Flugzeug chartern und dann mit dem Taxi.»

«Okay, Jungs. Überlasst das mir.»

«Also, wisst ihr», sagte George und ließ sich, die Hände hinter dem Kopf verschränkt, in das weiche Sofa sinken. «Wir haben nur noch anderthalb Tage. Das ist nicht lang. Zu schade, dass wir nicht nachts auf Vogelschau gehen können.»

«Wieso willst du denn nachts Vögel beobachten?», fragte Harry. «Stecken da nicht alle braven Piepmätze in ihren Nestern die Köpfchen unters Gefieder?»

«Nicht unbedingt. Weißt du noch, Dave? Auf diesem Trip nach Maasai Mara, als wir nachts auf Fotopirsch gegangen sind? Da haben wir doch auch ein paar Vögel gesehen.»

«Ja, du hast recht. Diese Nachtschwalben, die mit den langen Schwänzen.»

«Flaggennachtschwalben. Und haben wir nicht auch eine Eule gesehen?»

«Klingt ja super, Jungs», sagte Harry. «Aber wisst ihr nicht mehr? Ich muss um sieben wieder in Nairobi sein.»

«Ich habe dabei auch nicht an den Kakamega gedacht. Uns bleibt immer noch der morgige Abend, nach dem Club. Ich bin mir sicher, wir könnten vorher ein paar Handscheinwerfer besorgen.»

«Und es muss auch kein Nationalpark sein», sagte David. «Wie wäre es denn mit der Stelle draußen beim MEATI?»

«Guter Gedanke, Davo. Da haben wir damals jede Menge Vögel gesehen. Wenn wir sehr früh aufstehen, könnten wir Samstagmorgen vor Sonnenaufgang da anfangen und dann zum Park fahren, sobald er aufmacht.»

«Okay, Jungs. Klingt gut», sagte Harry. «So machen wir's. Ich treffe mich nachher mit Elvira. Sie soll uns morgen ein paar gute Handscheinwerfer besorgen.»

Mr. Malik war an diesem Tag enttäuscht, weil die Wiedervereinigung mit seinem Wagen nicht stattgefunden hatte, und die Erkenntnis, dass Harry Khan ihm in ihrem Wettstreit wieder einmal davongezogen war, verschlimmerte seine Verzweiflung noch. Außerdem machte er sich immer noch Sorgen wegen des gestohlenen Notizbuchs. Wo war sein Wagen, wo war sein Notizbuch, und wo sollte er bis Samstagmittag siebenunddreißig neue Vogelarten finden – fünfzig oder sechzig, besser gesagt, wenn das Glück seinem Gegenspieler weiter so hold war wie bisher? Außerdem plagten ihn Schuldgefühle. Weil er zu Hause geblieben war, um auf diesen Anruf zu warten, hatte er den Donnerstagsbesuch im Krankenhaus verpasst, und wofür? Nur für diesen albernen Wettstreit. War der wirklich so wichtig? Über diese Fragen hatte Mr. Malik die ganze Nacht gegrübelt, und er grübelte immer noch, als am nächsten Morgen Benjamin um die Ecke bog, einen frisch gebundenen Besen in der Hand.

«Ah, Benjamin!», sagte er und stellte die Kaffeetasse ab. «Vielen Dank nochmal für deine Hilfe gestern.»

Es war wirklich erstaunlich, wie viele Vögel diese scharfen, jungen Augen entdeckt hatten.

«Und heute, Sir? Neue Vögel?», fragte Benjamin.

«Tja, ich würde schon gerne noch ein paar Vögel sehen. Aber ich glaube nicht, dass sich in diesem Garten noch neue Arten finden lassen, auch mit deiner Hilfe nicht.»

«Nein, Sir, Nairobi ist nicht gut für Vögel. Da gibt es ja in meinem Dorf noch mehr Vögel als hier.»

«Sag mir doch nochmal, wo dein Dorf liegt, Benjamin.»

«Oh, sehr weit weg, Sir. Viel zu weit, um zu laufen, auch wenn man den ganzen Tag geht.»

Mr. Malik lächelte verhalten und griff nach seiner Tasse. Das Telefon klingelte.

Die afrikanische Zeit hat etwas an sich, das selbst für die Schweizer eine Herausforderung ist. Der Swiss-Flug aus Zürich war am Vorabend mit den üblichen neun Minuten Verspätung auf dem Jomo Kenyatta International Airport gelandet. Während sie auf der Fahrt zu Serengeti Gardens mit dem Taxifahrer plauderte, erfuhr Rose Mbikwa, dass es in den neun Tagen ihrer Abwesenheit einmal geregnet hatte, bei einem Unfall mit zwei Matatus auf der Uhuru Road neunzehn Menschen gestorben waren und der Minister für Fischerei und Forstwirtschaft wegen der Karura-Affäre hatte zurücktreten müssen. Letzteres war nun wirklich eine Sensation. Während Skandale und Korruption in der kenianischen Politik an der Tagesordnung waren (wie jeder, der die «Von einem Schlag»-Kolumne in der *Evening News* liest, nur zu gut weiß), konnte Rose sich nicht erinnern, wann zum letzten Mal ein Minister tatsächlich zurückgetreten war. Der Fahrer sagte, es hätte alles mit der Geschichte in der Zeitung angefangen. Ach ja, dachte Rose und lächelte traurig, wenn doch nur schon jemand solche Kolumnen geschrieben hätte, als Joshua noch am Leben war.

Der Fahrer bog in die Serengeti Gardens ein, umrundete erfolgreich Schlaglöcher, nicht gekennzeichnete Bodenschwellen und die übliche Fahrzeugkolonne vor dem Haus ihres Nachbarn, des Richters, und bog in Roses Auffahrt ein. Die Operation war erfolgreich verlaufen, und man hatte sich in der Klinik rührend um sie gekümmert, aber sie war froh, wieder da zu sein. Sie ging geradewegs nach oben ins Bett.

Kurz nach der Dämmerung wurde sie von den Schreien der Hagedasche geweckt und wusste einen Augenblick nicht, wo sie war. Ach ja. Kenia. Zu Hause. Rose schlüpfte in ihren Morgenmantel (und vergaß auch die Augenklappe nicht), trat ans Schlafzimmerfenster und zog die Vorhänge zurück. Ein typischer, strahlender Morgen in Nairobi, auch wenn sich bereits dünner Rauch von einem frühen Laubfeuer draußen auf der Straße in die Luft mischte. Vor dem Nachbarhaus standen noch mehr Fahrzeuge als sonst – vielleicht war es Zeit, mit ihrem Nachbarn mal ein freundliches Wort zu wechseln. Wie viele Autos brauchte ein Richter? Aber das würde warten müssen. Jetzt wollte sie erst mal ein schönes, ausgiebiges Bad. Rose wollte dem Fenster gerade den Rücken kehren, als irgendetwas an einem der Autos draußen sie irritierte. Zwischen einem roten Vierrad-Irgendwas und einem weißen Vierrad-Sonstwas (abgesehen vom Peugot 504 kannte Rose sich mit Autos nicht aus) stand ein Wagen, den sie zu kennen glaubte.

Im Morgenmantel ging sie nach unten und zur Haustür hinaus.

Flamingo

31

Mr. Maliks erste Reaktion auf die vertraute Stimme am anderen Ende war völliges Schweigen.

«Mr. Malik? Hallo, Mr. Malik? Sind Sie dran? Hier spricht Rose Mbikwa.»

Er holte tief Luft.

«Ja, Mrs. Mbikwa. Entschuldigung, ja, ich bin dran, in der Tat.»

Wieso rief sie ihn an, und wieso um diese Uhrzeit? Sie hatte ihn noch nie angerufen, und kannte sie etwa die Regeln des Wettstreits nicht, Herrgott nochmal?

«Gut. Wie geht es Ihnen? Ich muss mich entschuldigen, weil ich Sie so früh anrufe, aber ich frage mich, ob Sie womöglich Ihren Wagen vermissen.»

Wagen? Woher wusste sie das?

«Ja, Mrs. Mbikwa. Ich vermisse tatsächlich meinen Wagen!»

«Also, hier, direkt vor meinem Haus, steht einer, der sieht genauso aus wie Ihrer. Ein grüner Mercedes, mit zwei Aufklebern auf der Heckscheibe – ein Aids-Aufkleber, wissen Sie? – und daneben einer von der Ornithologischen Gesellschaft. Ich habe mir das Kennzeichen notiert – NHI 572.»

«Vielen Dank, Mrs. Mbikwa. Das ist mein Auto. Es wurde mir letzte Woche gestohlen.»

«Ja, so etwas in der Richtung habe ich mir schon gedacht. Solche Sachen passieren in Nairobi in letzter Zeit immer öfter. Kann ich Ihnen bei der Sache denn noch behilflich sein?»

Mr. Maliks Gedanken überschlugen sich.

«Ich denke, das Beste wäre, ich komme vorbei und hole ihn ab. Ich habe einen Ersatzschlüssel. Vielleicht könnten Sie mir sagen, wo ich ihn finden kann.»

Rose gab Mr. Malik ihre Adresse und ging

ins Bad, um sich das Badewasser einzulassen. Der Aids-Aufkleber auf Mr. Maliks Auto war ihr zuvor noch nie aufgefallen, aber wenn sie jetzt darüber nachdachte, passte er eigentlich ziemlich gut ins Bild. Als sie aus der Badewanne gestiegen war und sich für den Tag angezogen hatte, war der alte grüne Mercedes mit den Aufklebern auf der Heckscheibe verschwunden. Seltsam. Sie hatte gedacht, er würde sich bei ihr melden.

Als er wieder in dem Sessel auf der Veranda seines Hauses in der Garden Lane saß, vor sich eine zweite Tasse Nescafé (ein höchst ungewöhnliches Ereignis – er hatte seit jenem schrecklichen Tag, an dem seine Frau gestorben war, nie mehr als eine Tasse Nescafé zum Frühstück getrunken), versuchte Mr. Malik, sich über die Situation klarzuwerden. Er hatte seinen Wagen zurück, das Notizbuch blieb jedoch trotz seiner verzweifelten Suche in jeder einzelnen Lücke und Ritze verschwunden. Und es gab ein weiteres Problem. Die Regeln des Wettstreits waren eindeutig, jeglicher Kontakt mit Rose Mbikwa war untersagt – weder persönlich, telefonisch oder schriftlich noch durch Dritte oder irgendwelche anderen Mittel. Wenn auch nicht absichtlich, aber Mr. Malik hatte gegen diese Regel verstoßen. Gut, nicht er hatte angerufen, sondern sie. Er hätte beim Klang ihrer Stimme ja wohl schlecht den Hörer aufknallen können. Es blieb ihm nichts anderes übrig, als abzuwarten, was der Ausschuss dazu sagen würde. Wenigstens war es ihm gelungen, den Wagen zu holen, ohne ihr dabei persönlich zu begegnen.

Aber, ach, der Klang ihrer Stimme! Die Worte eines alten Liedes kamen ihm in den Sinn, eines, das er nicht mehr gehört hatte, seit er London damals in den Sechzigern den Rücken gekehrt hatte – war es von Dusty Springfield gewesen? *«I'm in meltdown, I have no choice. Meltdown when I hear your voice.»* Genau diese Gefühle hatte Rose Mbikwas tiefer, wohltönender Alt am anderen Ende der Leitung bei ihm ausgelöst. Und so fühlte er sich immer noch. War es nicht vielleicht doch möglich, dass er diesen seltsamen Wettstreit am Ende noch gewann? War es möglich, dass Rose Mbikwa seine Einladung zum Huntclub-Ball annahm? War es möglich, konnte es sein, dass er mit ihr tanzte und ihre sanfte Stimme noch einmal seinen Namen sagen hörte?

Vögel. Er brauchte mehr Vögel. Mr. Malik stieß einen langen, tiefen Seufzer aus, und dann gleich noch einen, so laut, dass Benjamin, der inzwischen um das ganze Haus herumgefegt hatte, auch mit der Einfahrt fertig war und sich jetzt über die Wiese hermachte, innehielt und aufsah.

«Ah, Benjamin!»

Würde Mr. Malik am Ende den Zwischenfall im Arboretum doch noch ansprechen?

«Benjamin, seit wann arbeitest du jetzt für mich?»

«Seit fünfeinhalb Monaten, Sir. Seit der kleine Regen vorbei ist.»

«Ja, gut. Fünf Monate also. Und warst du an deinen freien Tagen jemals zu Hause?»

«Nein, Sir. Noch nicht, Sir. Vielleicht bald, wenn ich genug Geld gespart habe.»

Bei den Bonbon- und Coca-Cola-Preisen (ganz zu schweigen davon, was es kostete, Kleidung und Schuhe ersetzen zu müssen) war es schwerer, in der großen Stadt Geld zu sparen, als Benjamin gedacht hatte.

«Wie lange würdest du brauchen, wenn du mit dem Bus fährst?»

«Vier Stunden, Sir. Mit einer Reifenpanne. Wenn es mehr Reifenpannen sind, vielleicht länger.»

«Und wenn es gar keine Panne gäbe?»

«Dann nicht so lang, Sir.»

Hatte der Junge nicht gesagt, in seinem Dorf gäbe es mehr Vögel als in Nairobi?

«Benjamin», sagte Mr. Malik. «Ich denke, es ist an der Zeit, dass du mal freihast.»

Wenn man in Richtung der Tiefebene und der breiten Grabensenke die Stadt verlässt, kann man dies entweder auf der oberen oder auf der unteren Straße tun. Die obere Straße ist neuer und besser, aber da sie neuer und besser ist, herrscht dort auch viel mehr Verkehr. Die untere Straße ist zwar schmaler und kurvenreicher, dafür läuft man dort nicht so sehr Gefahr, dass einem auf der eigenen Straßenseite ein überladener Lastwagen entgegenkommt oder dass fünfzig Leute um einen Autobus versammelt stehen und dem Fahrer beim Flicken der ersten Reifenpanne des Tages zusehen. Mr. Malik entschied sich für die untere Straße und war gerade, zwei Stunden nachdem er in der Garden Lane Nr. 12 gestartet war, in Naivasha angekommen.

Unten in der Ebene war es trocken, und es war heiß. Der große Regen war dürftig ausgefallen, und bis zur kleinen Regenzeit waren es noch etliche Monate hin. Der Mais stand dürr und braun auf den Feldern. Auch in den letzten mickrigen Grasbüscheln, die von den Schafen und Ziegen verschont geblieben waren, steckte kein Grün mehr, und die Tiere selbst standen dürr und teilnahmslos im spärlichen Schatten der Dornenbäume. Vielleicht war es doch keine so gute Idee gewesen herzukommen. Dies war kein Ort für Vögel.

Nach einer weiteren Stunde Fahrt in Richtung Norden, kurz nach einem Schild, welches versicherte, dass Omo noch immer weißer wäscht, fand Mr. Malik sich von einem aufgeregten Benjamin auf eine staubige Piste dirigiert. Als sie bremsten, um eine dürre Kuh mit ihrem ebenso dürren Kalb vorbeizulassen, holte die braune Staubwolke, die sie hinter sich aufgewirbelt hatten, das Auto ein. Es dauerte einige Minuten, bis Mr. Malik wieder gut genug sehen konnte, um weiterzufahren.

«Das ist die Kuh von meinem Onkel, Sir. Als ich weggegangen bin, hatte sie noch kein Kalb. Es ist gut, dass sie ein Kalb hat.»

Mr. Malik nahm an, dass er recht hatte.

«Wie weit noch?», fragte er.

«Wir sind schon fast bei der Schule, Sir», sagte Benjamin. «Von der Schule aus noch fünf Kilometer.»

Die Eritima-Grundschule entpuppte sich als ein Holzhaus am Straßenrand mit nur einem Raum. Dahinter stand ein sehr viel kleineres Gebäude, wahrscheinlich das Haus des Lehrers. Auf der einen Seite war ein Fußballfeld, das sich nur durch die Anwesenheit der beiden krummen Holztore vom Rest der verbrannten Erde absetzte. Ein paar Kinder liefen offensichtlich um die Wette. Schuhe trug keiner.

«Das ist meine Schule, Sir! Hier habe ich alles gelernt. Es ist eine sehr gute Schule. Sie üben für das Sportfest.»

«Ah, verstehe. Warum steht die Schule denn nicht im Dorf? Wieso ist sie so weit weg?»

«Wegen dem Strom, Sir. Hier gibt es Strom, aber im Dorf nicht. Noch nicht.»

Mr. Malik sah, dass die dünne Stromleitung, der sie seit der Abzweigung gefolgt waren, tatsächlich am Haus des Lehrers endete.

Inzwischen fuhren sie auf ein paar niedrige Hügel zu, nackt und braun wie die ganze Landschaft um sie herum. Die Straße stieg an und wurde noch holpriger. Mr. Malik ging vom Gas und lenkte den alten Mercedes um Felsbrocken und Schlaglöcher herum.

«Da, Sir! Das ist mein Dorf.» Sie hatten den Kamm des Hügels erreicht, und Benjamin deutete in das kleine Tal hinunter, das sich vor ihnen auftat. «Da bin ich geboren. Da wohnen mein Vater und meine Mutter. Es ist ein sehr gutes Dorf.»

Mr. Malik hatte erwartet, ein paar armselige, in Staub gehüllte Hütten zu sehen, die sich auf die nackte, braune Erde kauerten, so wie die Schule eben. Aber hier war nichts nackt, und hier war nichts braun. Er hielt an.

Die meisten Gebäude lagen entlang einer einzigen Straße, und hinter jedem einzelnen war ein grünleuchtendes Stück Garten zu sehen. Hinter den Häusern im Tal reihten sich grüne Felder aneinander. Irgendetwas wurde hier angebaut. Dieses kleine Dorf war eine grüne Oase inmitten von unendlichen Quadratkilometern ausgedörrter brauner Erde.

Ein paar Minuten später standen sie auf der Dorfstraße, umringt von einer Horde Menschen. Mr. Malik hatte das Gefühl, jedem Mann, jeder Frau und jedem Kind im Dorf einzeln vorgestellt zu werden, und jeder schien entweder Benjamins Vater, Mutter, Onkel, Tante, Cousin oder Cousine zu sein. Er hatte gedacht, durch das Dorf würde zumindest ein Bach fließen – wie sonst ließen sich die Gemüsegärten erklären, die voll waren mit Bohnen und Tomaten und Mais und Hirse? Es gab tatsächlich einen Fluss, aber der zeichnete sich nicht durch Wassermurmeln aus, sondern durch ein trockenes Bett aus Sand und Steinen.

«Benjamin? Wo kommt das Wasser her?»

«Aus der Quelle, Sir. Aus der Quelle unter dem Berg. Es ist eine sehr gute Quelle. Kommen Sie, ich führe Sie hin. Dort sind auch die Vögel.»

Riesenturako

32

Die einmotorige Cessna 207 Skywagon flog eine Schleife über der kleinen Stadt, ehe sie kurz vor neun sanft auf der Flugpiste von Kakamega aufsetzte. Der Anblick des Flugzeugs über der Stadt war das Signal für Kakamegas einzigen Taxifahrer gewesen, und die drei Passagiere mussten kaum drei Minuten warten, bis ein Peugeot 504 – ein etwas neueres Modell als das von Rose Mbikwa, das aber ähnlich aussah – angefahren kam, um sie zum Gästehaus zu bringen. Das Kakamega-Gästehaus war in den dreißiger Jahren von dem örtlichen Sägewerksbesitzer im Schatten einer der wenigen

Elgonoliven erbaut worden, die er noch nicht gefällt, zersägt und verkauft hatte, und es bietet nicht nur ein ausgezeichnetes Frühstück, sondern auch die Gelegenheit, Vögel zu beobachten, die man in Kenia sonst nirgends zu sehen bekommt – darunter den Vogel mit dem eigenartigen Namen Braunstirn-Eremomela.

Seit 1735, als der schwedische Naturwissenschaftler Carl von Linné sein großartiges *Systema Naturae* veröffentlichte, ist jede Pflanzen- und Tierart mit Hilfe des Prinzips der binominalen Nomenklatur klassifiziert, einer Kombination von zwei Worten, die sich auf diese Art allein bezieht und sie dadurch charakterisiert. Ich, zum Beispiel, bin ein Vertreter der Art *Homo sapiens*. Und Sie wahrscheinlich auch. Der Löwe ist ein *Phantera leo*, das Lamm ein Juniormitglied der Art *Ovis aries*. Auch Vögel bilden in der Linné'schen Nomenklatur keine Ausnahme. Der Schwarzmilan, dem Sie, wie Sie sich vielleicht erinnern werden, zu Beginn der Erzählung begegnet sind, ist den Ornithologen als *Milvus migrans* bekannt. Der Schwarzbrustspint, auch Zimtbrüstchen genannt, firmiert als *Merops oreobates*. Alles in allem hat dies das

Leben für Ornithologen sehr viel einfacher gemacht, weil sie sich absolut sicher sein können, dass sie, wenn sie sich miteinander über einen Vogel unterhalten, über denselben Vogel sprechen.

Unter den Englisch sprechenden Vogelbeobachtern – und einer neueren Untersuchung aus England zufolge geben 87,4 % der Vogelbeobachter weltweit Englisch als ihre Hauptsprache an (wobei beunruhigende 85,1 % Englisch als ihre Haupt- und einzige Sprache angeben) – bestehen seit Jahren Bemühungen, mit den Gebrauchsnamen ebenso zu verfahren. In dieser Vision einer schönen neuen Ornithologenwelt trägt jede der ungefähr zehntausend Vogelarten einen englischen Gebrauchsnamen, und zwar nur einen einzigen. Hieß die Amsel in Schottland einst *Mavis,* in England aber *Blackbird,* wird sie künftig nur noch als *Common Blackbird* bekannt sein. Die Nachtigall wird künftig überall nur Nachtigall heißen und die Misteldrossel Misteldrossel, *Philomel* statt *Nightingale* und *Stormcock* statt *Mistle Thrush* haben demnach ausgedient. Man kann noch tiefer in die Materie eindringen. In Amerika heißt der rotbrüstige *Turdus migratorius,* zu Deutsch die Wanderdrossel, seit mehreren hundert Jahren *Robin,* während in England schon wesentlich länger ein ganz anderer Vogel so genannt wird, nämlich das Rotkehlchen, *Erithacus rubecula,* ohne dass jemand großartig daran Anstoß genommen hätte. Ab sofort ist Ersterer als *American Robin* zu bezeichnen, um ihn von dem (leider nicht verwandten, aber man kann nicht alles haben) Vogel zu unterscheiden, der die älteren Namensrechte besitzt, dem *European Robin.* Ob es gelingen wird, die Amerikaner dazu zu bringen, ihre «*Chickadee*», die Schwarzkopfmeise, zugunsten des älteren englischen Namens «*Tit*» aufzugeben? Ich bin nicht sicher.

Doch was ist mit den etwa 60 % der Vogelarten, denen nicht das Glück beschieden ist, in einem englischsprachigen Land zu leben? Nehmen wir zum Beispiel jenen kleinen, lebhaften Vogel mit grauem Gefieder, weißer Kehle, einem schwarzen Streifen über der Brust und einem kleinen haselnussbraunen Fleck auf der Stirn, der auf den wissenschaftlichen Namen *Eremomela turneri* hört (eine Kombination der latinisierten Formen des griechischen ερημομελα oder «Wüstensänger» und des Namens seines europäischen Entdeckers, des exzentrischen englischen Naturalisten und Lebemanns Henry ‹Mad Harry› Turner). Wie sollen wir ihn nennen – Turners Wüstensänger? Das Problem ist nur, dass zwar die meisten Mitglieder der Gattung *Eremomela* tatsächlich in der Wüste zu finden sind, diese spezielle Art jedoch einzig und allein im Regenwald vorkommt. Dann vielleicht Braunstirn-Schwarzstreif-Weißkehlchen? Jetzt wird es, da werden Sie mir sicher zustimmen, ein wenig schwerfällig. Wenn Sie mit solchen Vögeln konfrontiert werden, einigen sich jene, die für solche Dinge zuständig sind, meist auf eine anglizierte Version des wissenschaftlichen Namens und belassen es dabei – aus irgendeinem Grund vor allem dann, wenn es sich um kleine Vögel handelt. Aus *Cisticola hunteri* wird Hunter's Cisticola, der Bergzistensänger. Der *Apalis ruddi,* der Flechtenfeinsänger, ist allen ernsthaften Vogelbeobachtern als Rudd's Apalis bekannt; unser kleiner gefiederter Freund *Eremomela turneri* wird inzwischen in den populären Vogelführern, die sich mit der

Avifauna Ostafrikas beschäftigen, als Turner's Eremomela bezeichnet. Und der einzige Ort, an dem er zu finden ist – vielleicht erinnern Sie sich noch daran, was George Harry Khan neulich im Hilton erzählt hat –, ist der Kakamega-Urwald im Westen Kenias.

«Habt ihr beim Start auch wieder diesen Strauß gesehen?»

Harry löffelte das letzte bisschen leuchtend orangefarbenes Fruchtfleisch aus einem Stück Papaya. Ach, womit sollte er weitermachen? Lieber mit Rührei oder mit einem gekochten Ei?

«Strauß? Nein. Außerdem haben wir die Strauße doch schon – stimmt's, Davo? Gibt es Speck?»

«Unter den Würstchen.» Die drei saßen an einem Tisch auf der Veranda. «Aus was kenianische Würstchen wohl gemacht sind, was meint ihr?»

«Ich bin mal durch eine Wurstfabrik in Toronto geführt worden», sagte Harry. «Was Schlimmeres kann in denen hier auch nicht drin sein. Wie lautet der Plan?»

«Der Plan lautet … warte mal!» David legte die Gabel hin und schnappte sein Fernglas. «Heiliger Bimbam! George, Harry, schaut mal da rüber!»

«Wo denn?» Harry richtete sein Fernglas hinauf in das dichte Laubdach der Bäume. Etwas sehr Großes rumorte zwischen den Blättern. «Ja! Jetzt sehe ich es auch.» Er senkte das Fernglas. «Ich sehe es zwar, aber so was habe ich noch nie gesehen. Was zum Teufel ist das?»

«Das», sagte David, seinen Vogelführer konsultierend, ist der *Corythaeola cristata,* live, in Farbe und lebensgroß: der einzigartige Riesenturako.»

Ach ja, der blaue Riesenturako. Würde jemand einen Preis für den Vogel mit dem ungewöhnlichsten Aussehen ausloben, der blaue Riesenturako wäre ganz vorne mit dabei. Man nehme ein Hühnchen. Daran befestige man einen großen gelben Schnabel mit roter Spitze. Und jetzt noch einen hübschen langen Schwanz. Welche Farbe soll es haben? Auf der Unterseite vielleicht ein bisschen Rot und für die Brust ein hübsches Apfelgrün. Den Rest machen wir leuchtend blau – blauer Kopf, blauer Hals, blaue Flügel, blauer Rücken –, obwohl: wie wäre es mit noch ein bisschen Gelb? Unter dem Schwanz vielleicht und ganz hinten quer über die Schwanzfedern noch ein schwarzer Streifen. Schon mal gar nicht schlecht, aber irgendwie fehlt da noch was. Ah, ich weiß. Der schwarze Streifen ruft nach optischem Ausgleich, also muss eine große, schwarze, aufrechte Haube her, mitten auf dem Kopf. Und? Was halten Sie davon? Ist das ein ungewöhnlicher Vogel oder nicht?

«Der ist wunderschön!», sagte Harry.

«Der ist phantastisch», sagte George.

«Der ist unglaublich», sagte David und nahm sich noch eine Portion Speck.

Dem Turako, der sich inzwischen in ganzer Pracht auf einem toten Ast niedergelassen hatte, um sich das spektakuläre Gefieder zu putzen, gesellte sich ein zweiter hinzu.

«Tok», sagte der erste Vogel.

«Tok. Tok. Tok», sagte der zweite.

«Tok. Tok. Tok. Tok. Tok. Tok», wiederholte der erste, offensichtlich ein Insiderwitz unter Turakos, weil beide Vögel laut und pfeifend zu kichern anfingen.

«Der», sagte Harry, «gehört definitiv auf die Liste.»

«Mhm», machte David. «He – wo sind denn die ganzen Würstchen hin?»

Graupapagei

33

Im Club übertrug Mr. Patel die Namen der Vögel, die Harry Khan an diesem Tag gesehen hatte, in die Hauptliste. Obwohl der Braunstirn-Eremomela lediglich durch Abwesenheit glänzte (er ist ein sehr kleiner Vogel, und er ist ziemlich unscheinbar), las sich die Kakamega-Liste beeindruckend. Dem Riesenturako folgten nicht weniger als sechsundzwanzig andere neue Arten, die das Trio identifizierte, während die Vögel sich an dem Vogelbad aufhielten, das die umsichtigen und aviphilen Besitzer des Gästehauses im Garten aufgestellt hatten.

«Siebenundzwanzig an einem Tag», sagte

Patel mit einem Lächeln. «Läuft ja ziemlich gut, Khan. Macht insgesamt hundertneunundneunzig.»

Ein mahnender Blick von Mr. Gopez jedoch ließ die Patel'schen Mundwinkel nach unten sacken und die Augenbrauen besorgt nach oben wandern. Harry Khan lag inzwischen über sechzig Arten vorne. Welche Chance hatte Malik noch? Und wo war Malik überhaupt?

Auch dem Tiger war aufgefallen, dass die Zeiger der Clubuhr nur noch wenige Minuten von der vollen Stunde entfernt waren. Eine kleine Schar Mitglieder stand vor der Eingangstür versammelt und musterte gebannt die Auffahrt.

Mr. Malik hatte Benjamins Dorf wirklich früh genug verlassen, um bis acht Uhr abends wieder in Nairobi zu sein. Auf dem Hinweg hatten sie zweieinhalb Stunden gebraucht. Wenn er also um vier Uhr nachmittags aufbrach, so hatte er kalkuliert – nein, lieber schon um drei, falls es zu unvorhergesehenen Zwischenfällen kam –, würde er es weit vor der Abendzählung in den Club schaffen. Aber manche Zwischenfälle sind unvorhergesehener als andere – vor allem solche, die ein oder mehrere Maschinengewehre des Typs Kalaschnikow AK47 beinhalten.

Von den etwa siebzig Millionen Exemplaren dieser robusten und verlässlichen Waffe, die seit 1947 in mehreren Produktionsstätten hergestellt worden sind, hat eine nicht unbeträchtliche Anzahl den Weg nach Kenia gefunden. Wie viele genau, weiß niemand, denn diese Waffen befinden sich nur selten in offizieller Hand, dafür umso öfter in den Händen von Kriminellen, Banditen, Gangstern, Viehdieben und anderen ruchlosen Gesellen mit schändlichen Absichten. Welches eine ziemlich zutreffende Berufsbezeichnung für die beiden Männer ist, die, als Mr. Malik und Benjamin das Dorf verlassen hatten und schon fast wieder auf der Hauptstraße waren, auf einmal hinter einer Werbetafel hervortraten (Sie erinnern sich an Omo wäscht weißer?), jeder eine AK47 lässig im Arm.

In Kenia existieren zwei Lehrmeinungen darüber, was in einem Fall wie diesem zu tun ist. Die eine besagt, man soll schlicht aufs Gas treten und das Beste hoffen. Die andere

Meinung besagt, man soll auf keinen Fall sein Leben durch derart törichtes Handeln aufs Spiel setzen. Demnach besteht die richtige Reaktion darin, anzuhalten, mit erhobenen Händen aus dem Auto zu steigen und erst dann das Beste zu hoffen. Mr. Malik gehört, wie wir aus dem Zwischenfall im Stadtpark wissen, zu den Anhängern letzterer Überzeugung. In so gut wie allen vorstellbaren Situationen ist das Leben wichtiger als der Besitz. Materielle Dinge sind verzicht- oder ersetzbar. Ein Leben, wenn es erst mal geraubt ist, nicht. Dies war Mr. Maliks erster Gedanke beim Anblick der beiden Männer. Doch noch während er dies dachte, kam ihm ein zweiter Gedanke. Wenn diese beiden Männer ihm das Auto nahmen, würde er es niemals rechtzeitig zurück in den Club schaffen. Kam er nicht rechtzeitig zurück, verlor er die Wette und damit die Chance, Rose Mbikwa – deren liebliche Stimme erst an diesem Morgen am Telefon seinen Namen ausgesprochen hatte und ihm immer noch in den Ohren klang – auf den Ball zu geleiten. Ein dritter Gedanke tauchte auf. Fuhr er davon, setzte er nicht nur sein eigenes Leben aufs Spiel. Er hatte einen Passagier, und dieser Passagier war nicht nur ein unschuldiger Junge, nein, der Passagier war ein unschuldiger Junge, der ihm gerade erst geholfen hatte, derartig viele Vogelarten Kenias zu sehen, dass er tatsächlich immer noch eine Chance hatte, die Frau seiner Träume auf den Huntclub-Ball zu führen. Diese Gedanken tauchten nicht nacheinander, sondern gleichzeitig auf, genau wie die Entscheidung, die er traf. Er musste anhalten. In diesem Augenblick ergriff der Passagier das Wort.

«Los! Mr. Malik! Los!»

Und Mr. Maliks rechter Fuß, der eben schon vom Gaspedal zur Bremse wechseln wollte, trat mit aller Kraft aufs Gas. Der Wagen fuhr im zweiten Gang. Statt das Auto nach vorne zu katapultieren, verloren die Hinterräder auf der trockenen, staubigen Straße ihre Haftung und drehten durch. Mr. Malik konnte kaum einen flüchtigen Blick auf die fassungslosen Gesichter der Männer mit den Gewehren werfen, ehe sie in einer dichten Staubwolke verschwanden.

«Los! Mr. Malik! Los!»

Mr. Malik versuchte immer noch davonzukommen. Er nahm den Fuß ein wenig vom

Gas und spürte, wie eines der Räder auf einmal einen herausragenden Stein zu fassen bekam. Der Wagen hörte auf zu schlingern und schoss nach vorne. Bemüht, etwas vorsichtiger zu beschleunigen, lenkte Mr. Malik in die Richtung, in der er die Straße vermutete. Als er aus der braunen Wolke herauskam, sah er, dass er richtig geschätzt hatte. Schneller und schneller fuhr er, schaltete in den dritten Gang, dann in den vierten, weg von der Werbetafel, dem Staub und dessen finsteren Insassen. Aber nicht schnell genug. Er hörte zwar nicht, wie die erste 7.62-mm-Patrone abgefeuert wurde, aber er hörte, wie die Heckscheibe durchstoßen wurde und etwas das Armaturenbrett traf, genau zwischen ihm und Benjamin. Er hörte auch nicht, wie eine Salve abgefeuert wurde, aber er hörte den Knall eines platzenden Reifens und spürte, wie das Heck absackte. Wie schnell kann man mit einem alten grünen Mercedes 450 SEL fahren, dem ein Reifen geplatzt ist? Jetzt hatte er Gelegenheit, es herauszufinden.

Ich habe bereits erwähnt, dass die Feuerwaffe mit der Bezeichnung AK47 sich, seit Michail

Kalaschnikow sie 1947 entworfen hat, wegen ihrer Robustheit und Verlässlichkeit großer Beliebtheit erfreut. Diese Qualitäten haben jedoch ihren Preis. Ein Grund dafür, dass der Mechanismus der AK47 nicht so leicht durch Schlamm, Wasser oder blassbraunen Staub lahmzulegen ist, liegt darin, dass der Abstand zwischen den beweglichen Einzelteilen relativ großzügig bemessen ist. Diese Abstände bringen es allerdings auch mit sich, dass die Treffgenauigkeit nicht so groß ist, wie sie sein könnte. Ab etwa einhundert Meter Entfernung hängt ein Treffer ins Schwarze gleichermaßen von Glück wie von Geschick ab. Die beiden Banditen wussten das. Die Durchlöcherung des Hinterreifens war ein Glückstreffer. Dank dieses Glückstreffers würden Wagen und Insassen nicht weit kommen, und es gab keinen Grund, noch mehr Munition zu verschwenden.

An diesem Punkt sollte ich vielleicht erwähnen, was Benjamin vermutete, was Mr. Malik jedoch noch nicht mal annähernd in den Sinn gekommen war. Diese Männer hatten es weder auf Mr. Malik abgesehen noch auf seine Brieftasche oder seinen Wagen. Sie waren nicht aus der Gegend und sie waren auch keine Samburu oder Turkana, aus dem wilden Norden. Benjamin hatte auf den ersten Blick erkannt, dass die Wegelagerer Somalis waren. Es besteht zwar eine lange Tradition somalischer Stammesleute, die auf ihren Beutezügen bis weit nach Kenia eindringen, aber diese modernen Plünderer hatten andere Beute als Rinder und Ziegen im Sinn – menschliche Beute. Wie auch im benachbarten Tschad und in Teilen Eritreas ließen sich in Somalia für einen kräftigen jungen Mann hervorragende Preise erzielen, wenn man ihn als Soldaten verkaufte. Benjamin wollte kein Soldat sein.

«Los! Mr. Malik! Los!»

Der alte Mercedes rumpelte und holperte etwa zweihundert Meter weit, ehe der zerschossene Reifen sich von der Felge löste. Mr. Malik sah die zerfetzten Bestandteile im Außenspiegel davonfliegen, aber er fuhr trotzdem weiter. Ihm kam eine Idee: Wenn Benjamin sich in die dem kaputten Rad gegenüberliegende Ecke begab, konnte er das Auto vielleicht auf drei Rädern halten, dachte er sich. Das Problem war nur, dass die Banditen den linken Hinterreifen zerschossen hatten und die gegenüberliegende Ecke bereits besetzt war, und zwar von ihm selbst.

«Benjamin!», schrie er durch den Lärm. «Kannst du auf meinen Schoß klettern?»

Klaglos schlängelte Benjamin sich zu ihm hinüber. Der Wagen stellte sich zwar nicht auf drei Räder, wie Mr. Malik insgeheim gehofft hatte, aber das Manöver sollte trotzdem wenigstens ein bisschen Gewicht von dem kaputten Rad nehmen. Jetzt musste er entscheiden, wie weit er auf der nackten Felge fahren konnte, ohne Rad oder Achse permanenten Schaden zuzufügen. Wenn er weit genug von den Banditen wegkam, um anzuhalten und den Reifen zu wechseln, hatten sie eine Chance. Wenn man davon absah, dass er in seinem ganzen Leben noch nie einen Reifen gewechselt hatte.

«Hast du schon mal einen Reifen gewechselt, Benjamin?»

«Nur an meinem Fahrrad, Sir. Aber ich habe mal bei einem Bus zugeschaut, wie's gemacht wird.»

Das Hinterrad klang immer schlimmer.

«Wir müssen es versuchen. Wenn ich es bis zur nächsten Kurve schaffe, können sie uns nicht mehr sehen. Mit ein bisschen Glück merken sie nicht, dass wir angehalten haben.»

Sobald die Banditen nicht mehr im Rückspiegel zu sehen waren, ging Mr. Malik vom Gas, schaltete herunter und bremste den Wagen vorsichtig ab.

«Komm», sagte er und machte die Tür auf. «Wir müssen das Ersatzrad suchen und dieses Ding da – das Ding, mit dem man den Wagen hochhebt.»

«Den *Jack,* so heißt das doch auf Englisch, oder?»

Mr. Malik zuckte zusammen.

«Ja, genau. Irgendwo im Kofferraum wahrscheinlich.»

Benjamin krabbelte am Auto entlang nach hinten. Der Kofferraum stand bereits offen.

«Findest du was? Das Ding und den Reifen?»

Unter einer Abdeckklappe im Kofferraum entdeckte Benjamin zwar den Ersatzreifen, aber einen Wagenheber gab es nicht.

«Das hat keinen Sinn, Mr. Malik. Die sind gleich hier. Kommen Sie, Sir. Sie müssen mit mir kommen.»

Benjamin hatte recht. Es hatte keinen Sinn zu warten, bis die Somalis auftauchten. Auch wenn Mr. Malik nirgends ein Auto gesehen hatte und annahm, dass die Männer zu Fuß unterwegs waren, konnten sie höchstens fünf Minuten hinter ihnen sein. Benjamin erklomm bereits den Hügel.

«Hier lang, Sir. Da gibt es ein Loch. Sie verstecken sich, und ich hole Hilfe.»

«Hilfe? Wo denn?»

«In meiner Schule, Sir. Die ist gleich hinter dem Hügel da drüben. Es ist eine sehr gute Schule.»

Mr. Malik blieb nichts anderes übrig, als ihm auf den Hügel zu einer kleinen Höhle zu folgen, gerade groß genug, um hineinzukriechen.

«Warten Sie hier, Sir. Kommen Sie erst wieder raus, wenn ich zurück bin.»

Und weg war er.

Flughuhn

34

Die Zeiger der Uhr im Asadi Club rückten unaufhaltsam auf die Acht zu. Wo war Mr. Malik? Und wo die Liste der Vögel, die er heute gesehen hatte? Zu der Schar auf der Treppe gesellten sich jetzt auch Mr. Patel, Mr. Gopez und Tiger Singh. Malik würde sie doch nie im Stich lassen! Würde er jemals die Ehre des Clubs beflecken? Auf einmal war ein seltsames Geräusch zu hören. Zuerst klang es wie das ferne Brüllen eines Löwen, dann wie der Donner Tausender Hufe auf hartem, ausgedörrtem Steppenboden. Als es näher kam, entpuppte sich das Geräusch als schmerzvolles Knirschen und Röcheln eines Wagens, der nicht nur den Großteil seiner Auspuffanlage verloren hatte, sondern dessen Hinterachse auch irreparabel beschädigt war. In dem Augenblick, als die Clubuhr anfing, acht zu schlagen, holperte Mr. Maliks grüner Mercedes auf den Parkplatz des Clubs. Es gab im ganzen Club keinen einzigen Mann, der – egal auf wen er sein Geld gesetzt hatte – Mr. Maliks Ankunft nicht bejubelte. Nicht zuletzt Mr. Patel. Er raste die Stufen hinunter und riss die Autotür auf.

«Malik, gerade noch rechtzeitig! Was ist denn mit deinem Wagen passiert? Sieht aus, als wär ein Felsbrocken draufgefallen. Na, egal. Komm rein. Hast du deine Liste?»

Mr. Malik griff nach hinten zur Rückbank, packte das Notizbuch und drückte es Mr. Patel in die Hand.

«Hier. Zähl nach. Und würde jemand bitte meinem Freund hier – meinem Gast – etwas zu trinken besorgen? Coca-Cola, oder? Eine große.»

Auf dem Beifahrersitz saß Benjamin und grinste.

«Sag mal, alter Freund», rief der Tiger, um

sich bei dem allgemeinen Tumult Gehör zu verschaffen. «Du hast doch ein Einschussloch in deiner Heckscheibe!»

«Verzweifelst wohl langsam, was, Malik?», sagte Mr. Gopez. «Holst du die kleinen Scheißer jetzt schon mit Schrot von den Bäumen? Das ist aber gegen die Regeln, das weißt du?»

«Das erzähle ich euch später. Jetzt muss ich mich erst mal waschen.»

Frisch geduscht und in Sachen, die gründlich ausgebürstet zwar nicht makellos, aber doch wesentlich respektabler aussahen, erschien Mr. Malik wieder in der Bar, und der Jubel brach von neuem los. Sogar Harry Khan applaudierte.

«Auf diese Weise hätte ich nicht so gern gewonnen.»

Während Patel die Zählung überprüfte und die neuen Zwischenstände ermittelte, berichtete Mr. Malik von seinem Abenteuer. Zuerst erzählte er ihnen von den Vögeln. Benjamin hatte recht damit behalten, dass es in seinem Dorf mehr Vögel zu sehen gab als in Nairobi. Das Fleckchen Erde war inmitten der ausgedörrten Landschaft nicht nur eine Oase für Mensch und Vieh, sondern auch eine Oase für Vögel. In einer kleinen Pfütze nahe der Stelle, wo die Alten lebten, hatten Benjamin und Mr. Malik sämtliche Wüstenvögel gesehen, die es gab, so war es ihnen zumindest vorgekommen. Die meisten davon waren sehr kleine Vögel, Vögel, die sich mühsam von den Samen und Insekten ernähren, die das karge Land hergibt, aber Art ist Art, wie winzig ihre Vertreter auch sein mögen. Diverse Finken, Astrilde, Pieper und Bachstelzen waren am häufigsten vertreten, doch es gab auch Stare und Webervögel. Auch Tauben gehörten zu den regelmäßigen Besuchern der Pfütze – winzige Kaptäubchen, größere Palmtauben und kleine Scharen Gurrtauben – und auch wenn sich nicht ein einziger Riesenturako hatte blicken lassen, so waren doch irgendwann sogar ein paar seiner nahen Verwandten, eine Horde Graulärmvögel, blökend an dem Wasserloch aufgetaucht. Am frühen Nachmittag kam ein Flughuhn vorbei, was laut Benjamin sehr ungewöhnlich war, weil diese Vögel normalerweise nur frühmorgens zu sehen waren. Anhand des schwarzen Rings um den Schnabel und der weißen Augenbraue war Mr. Malik in der Lage, es als Schmuckflughuhn zu identifizieren. Ganz verzaubert hatten sie beobachtet, wie der Vogel in das Wasserloch watete, die Federn schüttelte und sich so tief er konnte ins Wasser kauerte.

«Das habe ich schon oft gesehen, aber eigentlich nur bei den Vätern», sagte Benjamin, und Mr. Malik erinnerte sich, obwohl er noch nie zuvor ein Flughuhn gesehen hatte, an etwas, das Rose Mbikwa ihnen eines Dienstags erzählt hatte.

«Das ist für die Küken», sagte er. «Sie tragen das Wasser in ihr Nest zurück, damit die Küken trinken können. Dazu haben sie unten ganz spezielle Federn. Wie ein Schwamm.»

Benjamin war beeindruckt, und zwar gleichermaßen von dem Verhalten des Vogels wie von Mr. Maliks Wissen.

In den Bäumen und Büschen rund um das Wasserloch hockten, mal näher, mal ferner, diverse Würger und Habichte. Ein weiblicher Schikrasperber, die kleinste afrikanische Sperberart, schien auf seinem Dornenbaum wie festgewachsen, während ein größerer Habicht, ein Weißbürzel-Singhabicht, immer wieder auf der Suche nach unvorsichtiger Beute aufstieg. Alles in allem hatte Mr. Malik Mr. Patels Berechnungen zufolge an diesem Tag zweiundsechzig neue Arten gesehen.

«Ja, ja, ist ja gut», sagte Mr. Gopez. «Lassen wir endlich die Vögel. Was ist mit deinem Wagen passiert?»

«Ach, der Wagen.»

Und so erzählte Mr. Malik ihnen die Geschichte von den beiden Somalis und den AK47 und dem fehlenden Dingsda und was dann passiert war.

Aus dem Schutz der Höhle heraus hatte Mr. Malik seinen gestrandeten Wagen unten auf der Straße stehen sehen. Alles war still. Nicht eine einzige Grille zirpte, nicht ein Vogel sang. Nach einer Ewigkeit, die Mr. Malik wie eine Stunde vorkam, in Wirklichkeit aber nur eine Viertelstunde war, wie ein Blick auf die Uhr ihm verriet, kamen die beiden Banditen um die Ecke. Sie lachten und scherzten miteinander, voller Zuversicht, dass ihre Beute nicht weit gekommen sein konnte und sie es mit ihren Gewehren mit einem alten Mann und einem Jungen locker würden aufnehmen können. Nachdem sie das Auto untersucht hatten, lachten sie wieder. Sie hatten offensichtlich ebenfalls festgestellt, dass zwar ein Reserverad neben dem Auto stand, aber kein Wagenheber da war. Einer der beiden sagte etwas Unverständliches, und sie trennten sich. Offensichtlich wollten sie die Umgebung absuchen. Wie lange würde es dauern, bis sie ihn gefunden hatten? Sie waren erst ein paar Meter gegangen, als der eine Mann dem anderen etwas zurief und genau zu Mr. Malik hinauf auf den Hügel zeigte. Sie hatten ihn entdeckt. Jetzt war alles vorbei.

Aber dann hörte Mr. Malik einen Schuss und ein donnerndes Geräusch. Von oben kam ein großer Felsbrocken über den Hügel gerollt, gefolgt von einem zweiten und dann von noch mehr Steinen. Die Brocken polterten und sprangen an dem Zugang zu seinem Versteck vorbei und krachten unten auf die Straße. Einer der Banditen legte das Gewehr an, aber es wurde ihm von einem fliegenden Felsbrocken aus der Hand geschlagen. Dann ertönte von oben ein zweiter Schuss, gefolgt von schaurigem Gejohle und Geschrei. Zu Mr. Maliks großem Erstaunen nahmen die beiden Banditen nach einem letzten Blick hinauf Reißaus.

«Sir? Mr. Malik, Sir? Sind Sie noch da?»

Mr. Malik war noch nie so froh gewesen, den Jungen zu sehen. Er kletterte aus der Höhle heraus und sah eine bewaffnete Meute, die Benjamin offensichtlich aus dem Nichts rekrutiert hatte. Es war eine Schar von etwa fünfzig Kindern, die Benjamin umringte. Hinter ihnen stand, mit breitem Grinsen im Gesicht, ein älterer Mann, der mit etwas winkte, das aussah wie eine Startschusspistole.

«Mr. Malik, Sir, das ist mein Lehrer, Mr. Haputale, und das sind meine Cousins und Cousinen und Neffen und Nichten und Freunde aus der Schule. Sie sind gekommen, um uns zu helfen.»

Die Kinder kicherten, und der Lehrer schüttelte Mr. Malik ernsthaft die Hand. Benjamin dirigierte ein gutes Dutzend der größeren Kinder hinunter zum Auto.

«Und jetzt, Freunde: Wenn ich ‹hoch› sage, dann hoch mit dem Auto!»

In Windeseile war der Reifen gewechselt und sie konnten weiterfahren.

«Du hast recht, Benjamin», sagte Mr. Malik, als sie unter dem Winken der Kinder und des Lehrers wieder auf die Straße in Richtung Nairobi einbogen, «es ist eine sehr gute Schule.»

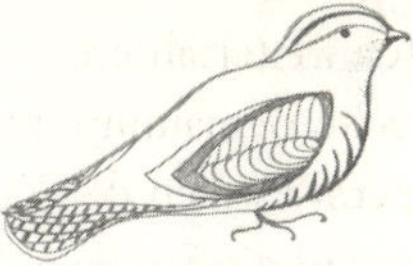

Nachtschwalbe

35

«Mein lieber Freund», sagte Mr. Gopez und trank die letzten Tropfen aus seinem Glas, «du erwartest ja wohl nicht allen Ernstes von uns, dass wir dir glauben, dass du heute nicht nur – wie viele, sagtest du, Patel, zweiundsechzig? – neue Vögel gesehen hast, sondern auch noch die Zeit hattest, eine Bande Wegelagerer in die Flucht zu schlagen!»

«Genau», sagte Harry Khan. «Bist du sicher, dass du auf der Uhuru Road nicht einfach nur einen Platten hattest?»

«Gopez!», sagte der Tiger. «Stellst du etwa das Wort eines Clubmitglieds in Frage?»

«Keineswegs, Tiger, keineswegs. Ich denke nur laut, das ist alles.»

«Gut.»

Und da fiel es Mr. Malik plötzlich wieder ein.

«Da gibt es leider noch eine Angelegenheit, die ich dem Ausschuss zur Kenntnis bringen muss. Bitte entschuldigt, dass ich es nicht schon früher getan habe.»

Er räusperte sich.

«Ich habe euch noch nicht erzählt, wie ich meinen Wagen zurückbekommen habe. Ich habe heute Morgen mit Mrs. Mbikwa telefoniert. Sie hat angerufen und mir erzählt, wo mein Auto ist.»

Es herrschte kurzzeitig Schweigen.

«He!», sagte Harry Khan. «Kein Kontakt, oder? Für mich klingt das nach Kontakt. Sieht so aus, als wärst du ganz schön in Schwierigkeiten, Jack.»

Tiger Singh sah von einem zum anderen, entnahm seiner Brieftasche einen Ausdruck der Wettstreitregeln und fing an zu lesen. «‹Beide Parteien erklären sich überdies damit einverstanden, ab sofort bis zum Ende der Wette keinen wie auch immer gearteten Kontakt – weder persönlich, telefonisch oder schriftlich noch durch Dritte oder irgendwelche anderen Mittel – zu oben erwähnter Dame aufzunehmen.› Spielst du darauf an, Malik?»

«Ja», sagte Mr. Malik. «Es lag zwar keineswegs in meiner Absicht, aber ich hatte heute Morgen zweifelsfrei telefonischen Kontakt zu Mrs. Mbikwa.»

«Aber mein lieber Freund, du hast uns doch bereits gesagt, dass *sie* dich angerufen hat. Demzufolge hast du den Kontakt nicht initiiert, demzufolge gibt es – wie mir meine gelehrsamen Freunde hier gewiss zustimmen werden – nichts zu diskutieren.»

Seine Freunde bekundeten nickend ihre Zustimmung. Harry Khan runzelte die Stirn. Mr. Malik stieß einen Seufzer der Erleichterung aus.

«Allerdings», sagte der Tiger, «gibt es womöglich einen schwerer wiegenden Punkt zu diskutieren. Mr. Khan, ich habe nachgedacht. Habe ich vorhin richtig gehört und Sie erwähnten ein Vogelbad?»

«Ja, an dem Gästehaus. Gleich neben der Veranda ist ein Vogelbad aufgestellt.»

«Ein Vogelbad – und da sind Sie ganz sicher?»

«Ja. Sie wissen schon, mit Wasser. Die Vögel kommen dorthin zur Tränke.»

«Dann, meine Herren, fürchte ich, muss ich uns allen Regel Nummer fünf ins Gedächtnis rufen.»

«Regel Nummer fünf?», fragte Harry Khan.

«Regel Nummer fünf?», fragte Mr. Malik.

«Regel Nummer fünf, meine Herren. Welche eindeutig besagt, dass die Verwendung von Ködern jedweder Art, gezähmten Vögeln oder aufgezeichneten Vogelrufen strikt untersagt ist. Also wenn ein Vogelbad randvoll mit Wasser kein Köder ist, weiß ich nicht, was dann.»

Ein Raunen ging durch den Raum.

«Ich fürchte, da ist was dran, Tiger», sagte Mr. Patel.

Mr. Malik sagte nichts. Ja, der Tiger hatte recht, aber wenn das für Harry Khan galt, dann galt es vielleicht auch für ihn.

«Wenn der Ausschuss erlaubt, würde ich gern Einspruch erheben», sagte er. «Wenn die Vögel, die Mr. Khan heute gesehen hat, für ungültig erklärt werden, gilt das, fürchte ich, auch für die meinen.»

«Was?», sagte Mr. Gopez. «Wieso? Warum?»

Und so erzählte Mr. Malik noch einmal, wie er mit Benjamin in eine Gegend gefahren war, die so trocken war, wie sie nur sein konnte. Und dass das Dorf, in das sie kamen, wie eine Oase inmitten dieser Wüstnis lag.

«Und wieso? Wegen einer Quelle. Aus der Quelle wird das Wasser in einen großen Tank gepumpt, und von dort aus gelangt es in Leitungen auf die Felder und zu den Häusern.»

«Aber was um alles in der Welt hat das mit Vogelbädern zu tun?»

«Weil, mein lieber A. B., eine der Leitungen ein wenig leckt, und zwar an der Stelle, wo die Alten wohnen. Aber niemand unternimmt etwas gegen das Leck, weil die Vögel zu der Pfütze, die sich dort gebildet hat, kommen, um zu trinken. Die Leute sind froh, dass die Vögel in der Trockenzeit eine Stelle haben, wo sie Wasser finden.»

«Willst du damit sagen …?»

«Das ist genau das Gleiche wie das Vogelbad

an dem Gästehaus. Es ist für die Vögel da, aber nicht um sie anzulocken, versteht ihr, was ich sagen will? Wie das Vogelbad. Es ist das Gleiche.»

Der Tiger tauschte fragende Blicke mit den Kollegen des Ausschusses.

«Meine Herren, sollen wir das noch weiter diskutieren?»

«Ich sehe keinen Grund dazu», sagte Mr. Gopez.

«Wenn ihr beide einverstanden seid, und Mr. Khan und Mr. Malik auch», sagte Mr. Patel, «bin ich auch einverstanden.»

«In diesem Fall», sagte der Tiger, «erkläre ich sämtliche Einsprüche für abgelehnt. Patel, wenn du so freundlich wärst, die Zwischenstände noch einmal zu überprüfen.»

«Khan: einhundertneunundneunzig, Malik: einhundertachtundneunzig.»

«Wow!», sagte Harry. «Haarscharf.»

«Und ich muss Sie wohl kaum daran erinnern, meine Herren, dass morgen der letzte Tag ist. Ich erwarte Sie beide Punkt zwölf Uhr mittags hier im Club zur finalen Zählung. Wenn Sie mich jetzt entschuldigen wollen, ich habe meiner Frau versprochen, sie heute Abend zum Essen auszuführen.»

«Ich sollte auch langsam los, Jungs», sagte Harry. «So wie es aussieht, muss ich morgen früher raus als gedacht.»

«Wenn ihr mich bitte auch entschuldigen wollt», sagte Mr. Malik. «Ich hatte einen ziemlich anstrengenden Tag.»

«Gute Nacht, Tiger. Nacht, Khan», sagte Mr. Gopez. Er drehte sich zu Malik um und senkte die Stimme. «So. Und jetzt, wo sie weg sind, Malik, alter Junge, erzählst du uns, was wirklich mit deinem Wagen passiert ist.»

Kräuselhauben-Perlhuhn

36

«Man sollte meinen», sagte Harry Khan und verscheuchte eine Mücke, «Leute wie wir hätten Freitagabend was Besseres zu tun!»

«Samstagmorgen, streng genommen, Harry», sagte David und schlug halbherzig nach einer anderen.

«Verflucht nochmal, Dave», sagte George und setzte sich neben die beiden auf die harte Holzbank. «Freitag, Samstag, wo liegt denn da der Unterschied?»

Draußen war von einem nahe gelegenen Fieberbaum der Ruf eines Hagedaschs zu hören. Ein Perlhuhn ließ sein seltsames, lautes Glucksen ertönen. Durch die dicken Eisenstäbe ihrer Gefängniszelle sahen sie rosarot den neuen Tag anbrechen.

In Kenia gibt es, wie jedem eifrigen Studenten der afrikanischen Ornithologie wohl bekannt ist, vier Arten von Perlhühnern. Obwohl sie sich im Klang kaum unterscheiden, so gibt es doch leichte Abweichungen in den Wesensmerkmalen wie Größe und Federkleid. Das bekannteste ist das Helmperlhuhn, dessen markante, dunkelgraue, weißgesprenkelte Gestalt in den trockenen Gebieten des Landes oft in kleinen Gruppen anzutreffen ist. Nicht ganz so weit verbreitet sind Geierperlhuhn und Kräuselhauben-Perlhuhn, und das rarste der vier ist das Kenianische Kräuselhauben-Perlhuhn – es lebt inzwischen nur noch im Sokoke-Wald nördlich von Mombasa (sollten Sie je das Glück haben, eins zu sehen, sie sind leicht zu erkennen: die Flecken haben eine leichte Blautönung, und um die Augen ist ein bisschen mehr Rot). Weil er nun mal von der Küste bei Takaungu stammte, war die letzte Art dem Soldaten William Hakara am ehesten vertraut, und er mochte sie auch am liebsten. Gegrillt, gebraten oder gekocht, für William Hakara ging nichts über ein frisches, gutes Perlhuhn, und er hatte bereits in frühester Kindheit beträchtliches Geschick in der Beschaffung dieser Leckerbissen entwickelt.

Kenianische Kräuselhauben-Perlhühner gelten als äußerst scheu und wachsam. Sie bleiben immer am selben Fleck im Wald, und dort kennen sie jeden Zweig und jedes Blatt. Es ist so gut wie unmöglich, einem solchen Vogel nahe genug zu kommen, um auf ihn zu schießen oder ihn zu packen. Andererseits sind diese Vögel sehr neugierig, und nichts erregt ihre Neugierde so sehr wie die Farbe Blau. Ich habe es zwar noch nicht mit eigenen Augen gesehen, aber mein Freund Kennedy schwört Stein und Bein, er habe einmal ein Kenianisches Kräuselhauben-Perlhuhn beobachtet, das minutenlang eine leere Schachtel Clear-Sky-Zigaretten angestarrt hat. Wollen Sie einen dieser Vögel fangen, ist es deshalb am besten, ihn nicht etwa mit Körnern, Obst oder sonstigem Futter anzulocken, sondern schlicht und einfach mit etwas Blauem. Als Kind hat William Hakara immer kleine blaue Stofffetzen benutzt. Er band den Fetzen an einen Stock, wobei dieser Stock als Auslöser für eine einfache Falle diente – Vogel pickt Stoff, Stock löst Ast, Ast zieht Schlaufe, Schlaufe fängt Vogel. Oft legte er auf dem Schulweg einfach eine Falle aus und nahm nachmittags auf dem Rückweg den Fang mit nach Hause.

Nachdem er die Schule verlassen hatte, trat William Hakara mit Freuden in die Armee ein, auch wenn er enttäuscht war, als er nach der Grundausbildung nicht zurück an die Küste versetzt wurde (wie er es sich erhofft hatte), sondern nach Nairobi in das Hauptquartier des I. und II. Bataillons der kenianischen Rifle Brigade. Stellen Sie sich also seine Freude vor, als er gleich in der ersten Woche auf der Abendpatrouille aus ein paar Büschen direkt jenseits des Kasernenzauns ein vertrautes, leises Glucksen vernahm. Am nächsten Abend nahm er auf die Patrouille nicht nur sein Gewehr, sondern auch eine Zange, ein Stück Angelschnur und einen Fetzen blauen Stoff mit. Niemand würde das kleine Loch ganz unten im Zaun entdecken, gerade groß genug für einen neugierigen Vogel. Mit etwas Glück würde auch niemand das an einen Stock gebundene Stückchen blauen Stoff bemerken oder den zurückgebogenen Zweig mit der provisorischen Schlinge aus Angelschnur. Und mit noch etwas mehr Glück würde er noch am selben Abend nach Ende seines Streifengangs die Knochen eines wunderbaren, frischen, gebratenen Perlhuhns abnagen.

Sein erster Gedanke, als er die Scheinwerferlichter neben dem Zaun sah, war, dass jemand versuchte, sein Abendessen zu stehlen. Aber wenn, dann machte dieser Jemand ziemlich viel Krach dabei. Sein zweiter Gedanke war, dass einige seiner Kameraden wohl zu spät und betrunken aus dem Blue Beat Hotel & Bar auf der Magadi Road zurückkamen und versuchten, über den Zaun zu klettern und sich in die Baracken zu schleichen, ohne an den Wachen vorbeizumüssen, und dass er ihnen vielleicht helfen sollte. Aber wenn, dann veranstalteten sie einen Höllenradau. Erst als er näher an den Zaun herangeschlichen war und drei Männer mit Handscheinwerfern und Ferngläsern entdeckte, kam ihm der dritte Gedanke. Diese Männer waren weder Fallenplünderer noch Kameraden. Es waren Eindringlinge.

«Halt!», rief er. «Wer da?»

Auf der anderen Seite des Zauns meinte Harry Khan etwas gesehen zu haben – einen Vogel vielleicht?

«Pscht!», machte er. «Sei still, David – du verscheuchst noch die Eulen!»

«Das war ich nicht. Ich bin direkt hinter dir.»

«Dann hör du auf mit den Albernheiten, George!»

«Ich war es auch nicht.»

«Halt!», sagte die Stimme zum zweiten Mal. «Stehen bleiben, oder ich schieße!»

Schießen? Harry sah sich um. Da war David mit seinem Handstrahler, und dort George mit dem seinen. Und da, gleich drüben am Zaun, war noch ein Licht. Er dachte eilig nach. Das MEATI hatte schon lange zu, sein roter Mercedes war auf dem Parkplatz der einzige Wagen gewesen. Und sie hatten auch keinen anderen kommen sehen. Es war stockdunkel. Sie waren allein, unbewaffnet und fernab von jeder Hilfe.

«George, David – ist stehen bleiben okay für euch?»

Als sie stehen geblieben waren, erklang die Stimme aufs Neue.

«Gut. Und jetzt Scheinwerfer aus und auf den Boden damit, bitte. Und die Hände hoch.»

Drei 600 000-CP-Handscheinwerfer wurden sanft auf dem Boden abgesetzt. Drei Paar Hände hoben sich in die Luft. Sie hörten etwas knistern und knacksen, das klang wie ein Funkgerät, und eine Minute später umrundete ein Fahrzeug den Zaun und tauchte hinter ihnen auf.

Grelle Lichter erhellten die Nacht, und im gleißenden Scheinwerferlicht tauchte ein Gewehrlauf auf.

«Scheiße!», flüsterte Harry, und dann fragte er: «Wer sind Sie? Was wollen Sie von uns?»

«Ich denke, wir sind diejenigen, die hier die Fragen stellen, meine Herren», sagte eine neue Stimme. «Umdrehen. Los! Marsch, marsch!»

Und so drehten sie sich um und marschierten los – an dem Jeep vorbei, an dem geparkten Mercedes vorbei, am Eingang des MEATI vorbei, die Straße lang und auf ein Tor zu, dessen großes Schild es als Zugang zum Hauptquartier des I. und II. Bataillons der kenianischen Rifle Brigade auswies.

Kauz

37

Es gibt wenig, was einen Anwalt wirklich erschüttern kann. Die Dinge, die die Menschen tun, und die Gründe, weshalb sie sie tun, wie weit sie gehen, um ihre Taten zu verschleiern, um ihre tiefsten Ängste und Wünsche und Emotionen zu verstecken – sogar vor sich selbst –, all dies bleibt dem forensischen Blick eines Anwalts nur selten verborgen. Trotzdem musste H. H. Singh, LL. B, MA (Oxon.) seiner Frau gestehen, dass er angesichts des Telefonanrufs, der ihn am Samstagvormittag erreichte, als er sich gerade auf den Weg in den Club machen wollte, ein wenig überrascht war. Er stammte von Oberst Jomo Bukoto. Einer seiner Männer hatte am Zaun zur Kaserne drei Eindringlinge festgenommen, und einer dieser Eindringlinge hatte sich auf ihn berufen. Harry Khan – kannte er diesen Mann?

Der Tiger tätigte ein paar Telefonate, zog sich um und erreichte fünfunddreißig Minuten nach dem Telefonat mit dem Oberst die Kaserne. Als er der Wache am Tor seinen Namen genannt hatte, wurde er in die Offiziersmesse geleitet, wo er auf Oberst Bukoto traf, im Golfhabit. Der Oberst war gerade dabei, ein gekochtes Ei zu köpfen. Neben dem Ei stand ein Teller mit gebuttertem Toastbrot, in kleine Häppchen geschnitten. Neben dem Tisch stand ein größerer Soldat in der Uniform eines Leutnants.

«Wie gut, dass Sie mich gerufen haben, Oberst.»

Oberst Bukoto drehte sich um und musterte den Tiger von oben bis unten – und spätestens jetzt werden Sie erkennen, was für ein wunderbarer Anwalt Tiger Singh ist. Denn die helle Hose, das kurzärmelige Hemd, der Pullunder und die Schuhe, die der Tiger trug, identifizierten ihn zweifelsfrei als Golfkameraden.

«Mr. Singh, nehme ich an.» Der Oberst lächelte. «Setzen Sie sich, mein Freund. Tee?»

Auch wenn die Fristeinhaltung der Wette wesentlich war und die Zeit drängte, jetzt durfte nichts überstürzt werden.

«Vielen Dank, Oberst.» Der Tiger machte Anstalten, sich zu setzen, zögerte, griff in die Gesäßtasche seiner Hose, zog ein gelbes Plastik-Golf-Tee heraus und ließ sich auf dem Stuhl nieder. «Tee wäre wunderbar.»

«Also», sagte der Oberst und winkte einem Bediensteten, «dieser Mann, Khan.»

«Ach ja, Oberst Bukoto. Harry Khan. Könnten Sie mir vielleicht mit ein paar Einzelheiten weiterhelfen?»

«Wurde gestern Nacht von einer Wache draußen beim hinteren Zaun aufgegriffen, offensichtlich bei dem Versuch einzubrechen.»

«Allein?»

«Nein. Zusammen mit zwei *Wazungu* – Australiern. Behaupten, sie sind Vogelbeobachter.»

«Aha.» Der Tiger unterbrach sich, um den Tee entgegenzunehmen. «Glauben Sie ihnen?»

«Ich weiß es nicht.»

«Vogelbeobachter, sagen Sie?»

Der Tonfall war beiläufig, aber die Art und Weise, wie der Tiger, während er sprach, kaum merklich die Augenbraue hob, erinnerte den Oberst, der einst ein großer Fan des Werks von Ian Fleming war, an etwas, das dieser irgendwann mal in einem der Bücher über Vogelbeobachter geschrieben hatte. Im *Mann mit dem goldenen Colt* vielleicht?

«Sie meinen …?»

«Sagen Sie, Oberst, hat einer der Burschen zufällig um einen Kontakt zur australischen Botschaft gebeten?»

«Ja, alle beide.»

«Hmmm», machte der Tiger.

«Nur Khan nicht. Der hat nach Ihnen gefragt.»

«Um Khan mache ich mir keine Sorgen, Oberst, den kenne ich. Ein Playboytyp. Jede Menge Kohle, aber kein übles Handicap. Ich bin heute Nachmittag zufällig mit ihm im Finale unserer Clubmeisterschaft aufgestellt – ich weiß nicht, ob er das erwähnt hat. Aber die anderen beiden …»

Der Tiger beugte sich nach vorn. «Sie haben

gebeten, den Botschafter zu informieren, sagen Sie?»

«Ja.»

«Verstehe.»

«Und um etwas Antimückenmittel.»

«Aha. Und? Haben sie welches bekommen?»

«Nein.»

Der Tiger nickte.

«Wenn ich mir die Bemerkung erlauben darf, Oberst, Sie verstehen Ihr Geschäft. Sagen Sie, sind die Männer schon getrennt worden?»

Oberst Bukoto drehte sich zu seinem Unteroffizier um.

«Sind sie schon getrennt worden?»

«Nein, Sir, Sie haben …»

«Trennen. Sofort.»

Der Unteroffizier bellte einem anderen Soldaten in Uniform einen Befehl zu, woraufhin dieser eilig verschwand.

«Haben Sie schon selbst mit den Männern gesprochen, Oberst?»

«Nein, noch nicht. Ich hielt es für besser, noch ein bisschen zu warten.»

«Natürlich.» Der Tiger nahm die Tasse und

trank einen Schluck heißen Tee. «Mir fehlt auf diesem Gebiet die Erfahrung, aber was die rechtliche Seite belangt, so nehme ich an, Sie bewegen sich hier auf sehr sicherem Boden.»

«Ja – das haben wir natürlich überprüft.»

Der Oberst nickte dem Unteroffizier zu.

«Gesetzliche Befugnis zum Arrest im Einhundertmeterradius um jedes militärische Gelände, Sir. Befugnis zu Festnahme und Verhör für einen Zeitraum von vierundzwanzig Stunden, Sir.»

«Und das», sagte der Oberst, nahm die Serviette zur Hand und wischte sich die Toastkrümel aus dem Schnurrbart, «berücksichtigt noch nicht einmal das neue Antiterrorrecht.»

«Das gibt Ihnen genügend Zeit, sie zu befragen. Da bleibt sogar noch Zeit für neun Löcher, bevor Sie anfangen, würde ich sagen.» Der Tiger lächelte, dann runzelte er die Stirn. «Ach, Oberst, wenn Sie nichts dagegen haben, würde ich gerne mit Khan sprechen, aber dürfte ich bitte vorher kurz mit dem Club telefonieren?»

Der Tiger hatte sein Bestes gegeben, den Oberst zu überzeugen.

«Nein, Mr. Singh, ich fürchte, ich muss darauf bestehen.»

«Aber es gibt doch Regeln, Bestimmungen.»

«Mr. Singh, mit Verlaub, hier bestimme ich die Regeln!»

«Aber …»

«Nein, mein Entschluss steht fest. Sie nehmen ihn mit. Ich bekomme die Geschichte aus den anderen beiden schon heraus, machen Sie sich deshalb mal keine Sorgen.»

«Aber Oberst, das ist doch sicherlich in höchstem Maße ordnungswidrig. Ich meine, der Bursche steht rechtmäßig unter Arrest und so weiter.»

«Na, dann kann der Arrest doch auch ebenso rechtmäßig wieder aufgehoben werden, oder nicht? Überlassen Sie das mir.»

«Aber es ist doch nur der Club-Cup. Es wird wieder eine Gelegenheit geben, nächstes Jahr oder …»

Der Oberst hob die Hand.

«Mr. Singh, betrachten Sie es als Befehl.»

Und so sehen wir Tiger Singh, noch immer im Golfhabit, am letzten Tag unseres Vogelwettstreits fünfzehn Minuten vor Ablauf der

Frist den Club erreichen, im Schlepptau einen ungewöhnlich kleinlauten Harry Khan. Harry hat seiner Liste – natürlich – keinen einzigen Vogel hinzugefügt. Seine Pläne für eine nächtliche Exkursion, gefolgt von ein paar fruchtbaren vormittäglichen Stunden im Nairobi National Park, wurden dank des gewissenhaften Soldaten William Hakara zunichtegemacht.

Aber wie steht es um Mr. Malik?

Bülbül

38

Unter seinem Moskitonetz in der Garden Lane Nr. 12 hatte auch Mr. Malik eine schlaflose Nacht verbracht. Die gestrigen Erlebnisse bei der Suche nach Vögeln in Benjamins Dorf ließen die Dinge in einem neuen Licht erscheinen. Noch niemals war er dem Tod so nahe gewesen. Es hatte sein Leben verändert. Heute würde er nicht nach Vögeln Ausschau halten. Sobald er den Morgenkaffee getrunken und die beiden Frühstücksbananen verzehrt hatte, rief er sich ein Taxi. Er dirigierte den Fahrer aus der Garden Lane hinaus zum Kreisverkehr. Sie nahmen die zweite Abzweigung, fuhren am Fernsprechamt und an der Post vorbei, bogen hinter der Moschee rechts ab und hielten um Punkt acht Uhr dreißig vor dem Eastlands Hospital. Hatte er wegen dieser Vogelsache, dieser Harry-Khan-Geschichte, nicht bereits einen Besuch versäumt? Nein, es gab wichtigere Dinge, sogar Dinge, die noch wichtiger waren, als die Möglichkeit zu bekommen, Rose Mbikwa zum Huntclub-Ball zu bitten.

Wie so viele Samstagvormittage in den letzten vier Jahren verbrachte Mr. Malik die nächsten beiden Stunden am Lager der Kranken und der Sterbenden. Mal sprach er mit ihnen und mal nicht, aber er hörte immer zu, und er dachte immer nach. Und danach war er (ohne sein neues Fernglas) zu dem alten Friedhof mit der bröckelnden Mauer und den bröckelnden Erinnerungen gegangen, um noch etwas mehr nachzudenken. Ja, es gab wichtigere Dinge. Ob Vögel, fragte er sich beim Anblick der Hühner, die zwischen den Grabsteinen scharrten, auch um ihre Toten trauerten? Ob Vögel auch bereuten?

Als Mr. Malik um zehn Minuten vor zwölf im Asadi Club eintraf, war es so voll, dass er sich nur mit Mühe einen Weg vom Eingang in die Bar bahnen konnte.

«Malik! Bist du das?», rief Mr. Gopez.

«Ich glaube, du bist der Sieger, alter Junge!», sagte Patel.

Harry Khan hatte dem Ausschuss bereits berichtet, dass er seit dem letzten Abend keine neuen Arten gesichtet hatte, und natürlich hatte er auch von den traurigen Gründen erzählt. Er lag zwar noch immer einen Punkt vorne, aber irgendetwas hatte Malik mit Sicherheit gesehen.

«Macht dem Mann Platz!», sagte der Tiger. «Nun, Malik? Sag uns, was du seit gestern gesehen hast.»

«Oh, nichts Neues», sagte Malik. «Rein gar nichts.»

«Ja, ja, ja», sagte Mr. Gopez. «Wir wollen wissen, wie viele *Vögel* du gesehen hast.»

«Keinen.»

In der Bar wurde es still.

«Meine Herren!», sagte der Tiger mit erhobener Stimme. «Von Khans unglücklichen Erlebnissen der letzten Nacht wissen wir bereits, und auch, dass er deswegen keine neuen Vögel gesehen hat, die sein Ergebnis erhöhen könnten. Malik, willst du uns damit etwa sagen, dass du deiner Liste ebenfalls nichts hinzuzufügen hast?»

Mr. Malik nickte.

Die Bar explodierte förmlich in Hochrufe, Jubel und Gepfeife. Der Ausdruck niedergeschlagener Resignation auf Harry Khans Gesicht verwandelte sich in das breiteste Grinsen, das man sich vorstellen kann. Der Tiger schaffte es nur unter größten Schwierigkeiten, Mr. Malik zu dem Tisch in der Ecke zu lenken, an dem die anderen Ausschussmitglieder bereits Platz genommen hatten.

«Meine Güte, Malik!», sagte Mr. Gopez. «Irgendeinen dämlichen Piepmatz musst du doch gesehen haben. Wo um alles in der Welt hast du dich denn den ganzen Vormittag herumgetrieben?»

Mr. Malik dachte an die Menschen, die er im Krankenhaus besucht hatte, und dann an die Stunde, die er auf dem Friedhof war, und lächelte.

«Ich fürchte, meine lieben Freunde, die einzigen Vögel, die ich heute gesehen habe, waren ein paar alte Hühner.»

Mr. Gopez barg das Gesicht in den Händen. Mr. Patel schüttelte langsam den Kopf. Der Tiger sagte gar nichts, aber dann ergriff er doch das Wort.

«Dann, meine Herren, denke ich, steht es unentschieden», sagte er, so sanft er konnte.

Mr. Gopez hob den Kopf.

«Unentschieden? Was – meinst du die Hühner? Ja, Tiger. Sehr lustig. Wirklich, außerordentlich amüsant!»

«Hühner», murmelte Mr. Patel. «Hmmm!»

«Allerdings, die Hühner», sagte Tiger Singh. «Soweit ich weiß, sagen die Regeln nichts davon, dass Hühner nicht gelten.»

«Aber ein Huhn ist ein Haustier», sagte Mr. Gopez. «Es stammt ursprünglich noch nicht mal aus Afrika, verdammt.»

«Wie schon gesagt, nichts in den Regeln schließt Haustierarten aus, und nichts schließt Arten aus, die irgendwann in Afrika heimisch wurden.»

«Aber ein Huhn …?», sagte Mr. Malik.

Die Uhr schlug zwölf.

Es bedurfte einer geschlagenen Stunde der Diskussion und der höchst gewissenhaften Zurateziehung sämtlicher Regeln, ehe der Ausschuss zu einem endgültigen Urteil gelangte. Das Huhn, obwohl domestiziert, war weder eingesperrt noch in seiner Bewegungsfreiheit eingeschränkt gewesen und wurde als den Regeln konform gewertet. Mr. Malik hatte die Sichtung vor Ende der Frist gemeldet. Es musste zu seiner Liste hinzugefügt werden. Demzufolge war das Ergebnis ein Gleichstand.

«So!», sagte Mr. Gopez. «Und was tun wir jetzt?»

«Ich sage euch, was wir tun», ertönte eine Stimme von der Bar. «Wir werfen eine Münze!»

Die Stimme (es wird Sie nicht überraschen, wenn ich Ihnen sage, dass sie Sanjay Bashu gehörte) ging im allgemeinen Tumult unter. Der ein oder andere hätte nur zu gern eine Münze zur Verfügung gestellt. Im allgemeinen Münzenregen erhob Harry Khan die Stimme.

«Wenn Jack einverstanden ist, bin ich es auch.»

Mr. Malik überlegte gerade, dass Jack wahrscheinlich nicht einverstanden wäre, als ein anderer im Raum sich zu Wort meldete.

«Moment mal! Ich habe doch nicht meine Kohle verwettet, damit am Ende eine Münze entscheidet. Wenn die Wette unentschieden endet, gehen die Einsätze zurück.»

Inzwischen war die Menge der Anwesenden ziemlich gleichmäßig gespalten in jene, die nach der Münze verlangten, und die, welche auf Annullierung der ganzen Wette bestanden. Wieder einmal war es am Tiger, ein Machtwort zu sprechen.

«Meine Herren, meine Herren, ich bitte Sie! Darf ich Sie vielleicht an die Begleitumstände dieser Wette, dieses Wettstreits erinnern? Der wahre Gewinn ist, wie Sie sich erinnern werden, kein finanzieller, sondern die Hand, wenn auch nur zeitweise, einer Dame. Und ich bin mir sicher, Sie werden mir alle zustimmen, wenn ich sage, dass es unpassend ist – und zwar in höchstem Maße unpassend –, dergleichen mit dem Wurf einer Münze zu entscheiden. Nein, meine Herren, Gleichstand ist Gleichstand. In diesem Fall werden wir uns darauf einigen müssen, dass alle Einsätze zurückgezogen werden.»

Diese Entscheidung nahm Mr. Malik mit Erleichterung auf, denn seine Gedanken waren in ähnlichen Bahnen verlaufen.

«Danke, Tiger», sagte er.

«Na ja, alles schön und gut», sagte Mr. Gopez. «Aber das löst noch immer nicht unser Problem.»

«Welches Problem, A. B.?», fragte Mr. Patel.

«Was ist mit der Einladung? Ich meine, was jetzt? Die Wette ist annulliert, fragen sie sie jetzt beide?»

«Ich verstehe, A. B. Genau das Problem, das wir versucht haben zu vermeiden. Die Dame in eine unmögliche Situation zu bringen.»

«Daran habe ich auch schon gedacht», sagte Mr. Malik.

Die drei Ausschussmitglieder wandten ihm fragend ihre Gesichter zu.

«Ich habe darüber nachgedacht, und ich bin zu dem Schluss gekommen, dass es unter diesen Umständen nur recht und billig ist …» Mr. Malik sah Harry Khan in der Menge auf sich zukommen. Er erhob die Stimme. «Dass es mir als langjährigem Mitglied des Asadi Club und unter den gegebenen Umständen nur recht und billig erscheint, meine Teilnahme an diesem Wettstreit zurückzunehmen. Ich werde Rose Mbikwa nicht zum Ball bitten.»

Einen Augenblick herrschte Stille, dann ging ein einhelliges Stöhnen durch die Bar.

«Bist du dir da sicher, altes Haus?», fragte Mr. Patel.

«Wir sollten vielleicht noch einmal darüber reden», sagte Mr. Gopez. «Bei solchen Dingen sollte man nichts überstürzen, nicht nach all dem, was du durchgemacht hast.»

«Ganz genau», sagte der Tiger. «Es wäre nur fair, wenn beide auf eine Einladung verzichteten.»

«Mein Entschluss», sagte Mr. Malik, «steht fest.»

Ja, dachte er, es gab wirklich Wichtigeres im Leben.

Harry Khan lächelte. Der Tiger erhob sich und drehte sich zu ihm um.

«In diesem Falle, Mr. Khan, sieht es so aus, als hätten Sie gewonnen. Einer Einladung von Ihrer Seite, Mrs. Rose Mbikwa zum Huntclub-Ball zu bitten, steht nichts im Wege. Es bestehen keinerlei Einwände.»

«Danke, Tiger. Und danke, Jungs – dir auch, Jack. Das Ganze war ein Riesenspaß, wirklich!»

Sein weißes Strahlelächeln wurde noch breiter.

«Und jetzt: Wo bitte steht das Telefon? Sieht so aus, als hätte eine kleine, feine Lady heute ihren Glückstag!»

Regenbrachvogel

39

«Na!», sagte Mr. Patel, als die drei Mitglieder des inzwischen aufgelösten Ausschusses sich an dem üblichen Tisch im Club niederließen, «wer hätte das gedacht?»

Mr. Gopez schüttelte den Kopf.

«Was um alles in der Welt hat ihn nur dazu gebracht?», fragte er. «Ich weiß, dass er nicht gewonnen hat. Aber verloren hat er auch nicht.»

«Ich muss zugeben, ich war selbst recht überrascht von Maliks Reaktion – seinem Rücktritt, wenn mir der Ausdruck gestattet ist», sagte der Tiger. «Und meine Frau war es ebenso, als ich ihr davon berichtet habe.»

«Ich frage mich die ganze Zeit, ob diese Banditen etwas damit zu tun haben.»

«Meinst du, sie haben ihm den Wind aus seinem Dhoti genommen?», sagte Mr. Gopez. «Vielleicht hat ihm der gute alte Khan ja auch einfach nur leidgetan.»

«Wegen des Vorfalls in der Kaserne, glaubst du?», erwiderte Mr. Patel. «Genau, Tiger. Du hast uns noch nicht erzählt, was passiert ist.»

«*Sub judice*, tut mir leid.»

«Ach, komm schon, Tiger», sagte Mr. Gopez. «Uns kannst du es doch erzählen!»

Der Tiger dachte einen Augenblick nach.

«Vermutlich schadet es niemandem, wenn ich die Fakten des Falls wiedergebe. Offensichtlich ist Harry Khan letzte Nacht von einem Wachmann der Armee aufgegriffen worden, als er sich bei der Kaserne rumgetrieben hat, auf dem Gelände draußen an der Limuru Road.»

«Meinst du die Kaserne beim MEATI?»

«Genau die.»

«Was um alles in der Welt hatte er da zu suchen?»

«Nach dem, was er mir erzählt hat, hat er

gemeinsam mit zwei Gefährten – australische Touristen, mit denen er sich zusammengetan hat – versucht, mit Hilfe von Handstrahlern ein paar neue Arten aufzustöbern. Was sicher nicht gegen die Regeln verstößt, oder?»

Mr. Gopez brummte.

«Ziemlich blöder Ort, um mit Taschenlampen rumzuwedeln.»

«Stimmt, A. B., obwohl ich mir sicher bin, dass keiner der drei Beteiligten sich dessen zu betreffendem Zeitpunkt bewusst war. Wie dem auch sei, die Armee – und insbesondere Oberst Jomo Bukoto vom I. und II. Bataillon der kenianischen Rifle Brigade – nimmt es mit dererlei Aktivitäten mehr als genau.»

«Wie um alles in der Welt ist es dir gelungen, sie da rauszuhauen?»

«Bedaure, A. B., nicht sie – nur ihn. Und diese Einzelheiten gehören zu den Angelegenheiten, die vertraulich bleiben müssen.»

Mr. Gopez grunzte unwillig.

«Willst du damit sagen, die anderen beiden sitzen immer noch im Kittchen?»

Der Tiger konsultierte seine Armbanduhr.

«Ich könnte mir denken, dass der Oberst

seine Runde Golf inzwischen beendet hat und sie in diesem Augenblick verhört. Verzwickte Angelegenheit, aber ich bezweifle, dass sie es bis vor Gericht schafft – wahrscheinlich bleibt es bei einer stillen, kleinen Abschiebung.»

«Abschiebung? Aber sie sind doch unschuldig, oder?»

«Unschuldig, was die Absicht betrifft, vielleicht, A. B., aber nicht in der Tat. Es gibt Gesetze, die verbieten, nachts um militärische Einrichtungen herumzuschleichen, auch wenn man nur nach Vögeln Ausschau hält.»

«Aber die Australier werden jetzt doch sicher jede Menge Wirbel veranstalten.»

«Mag sein, dass ihr Botschafter etwas dazu zu sagen hat, aber die Situation an sich ist ziemlich heikel. Einerseits setzt unsere Regierung alles daran, den Touristen ein gemachtes Nest zu bereiten, andererseits ist sie im Augenblick mindestens genauso versessen darauf zu demonstrieren, dass wir in Sachen innerer Sicherheit auf Zack sind. Ich vermute, die Sicherheitsfrage wird den Sieg davontragen.»

«Was meinst du? Wie lange bleibt den beiden Burschen noch, bis sie rausgeschmissen werden?»

«Das wiederum hängt davon ab, wie viel öffentliche Aufmerksamkeit die Regierung will.»

A. B. Gopez atmete hörbar und sehr langsam aus.

«Und sie werden die Geschichte ausquetschen bis zum Gehtnichtmehr, denkt an meine Worte. Schlagzeilen über Monate – würde mich nicht wundern.»

Mr. Patel wandte sich mit unschuldigem Lächeln an seinen Freund: «Ach», sagte er und zückte die Brieftasche. «Ich weiß nicht.»

Wie jede andere der 1 431 116 Frauen, die nach der jüngsten Erhebung offiziell in Nairobi leben (und wahrscheinlich doppelt so vielen, die inoffiziell dort leben), hatte Rose Mbikwa von all diesen Ereignissen keine Ahnung. Seit der Rückkehr aus der Schweiz galt ihre ganze Sorge dem Genesungsprozess ihres Auges. Der Arzt, der sie operiert hatte, hatte ihr geraten, nichts zu überstürzen, auch wenn sie hervorragende Chancen hatte, wieder ganz gesund zu werden.

Ihr Sehvermögen war dank der neuen, künstlichen Linse bereits erheblich besser geworden, aber das Auge selbst würde noch einige Zeit brauchen, um sich zu erholen. Sie sollte sich schonen und im Freien noch mindestens einen Monat lang die Augenklappe tragen.

Als sie eine Woche nach ihrer Rückkehr die Stufen vom Schlafzimmer ins Erdgeschoss hinunterging, befand sich Rose in nachdenklicher Stimmung. Ihr wurde bewusst, dass sie enttäuscht gewesen war, weil sie Mr. Malik nicht gesehen hatte, als er seinen Wagen holen gekommen war. Wieso sie so fühlte, war ihr selbst nicht ganz klar. Mit der lustigen Frisur und der schüchternen Art war er zwar ein wenig seltsam, aber sie wusste, dass er ein guter Mensch war, und nur das zählt im Leben. Er kam bereits seit sehr langer Zeit zu den Vogelwanderungen, und er kümmerte sich immer darum, dass auf der Rückbank in seinem alten Mercedes irgendwelche Studenten Platz fanden, ehe sie irgendwohin fuhren. Und er war auch immer darauf bedacht, alle teilhaben zu lassen, wenn er etwas entdeckte, von dem er annahm, dass alle es sehen wollten – aber unaufdringlich, nicht so wie manch anderer. Vielleicht hatte es auch etwas mit dem Aids-Aufkleber zu tun. Auf ihrem Auto klebte genau der gleiche. Vielleicht lag es auch an allem zusammen. Und sie wusste, dass er – genau wie sie – das Land Kenia und die kenianischen Vögel liebte.

Außerdem war Rose ein wenig enttäuscht – wenn auch auf andere Weise –, dass Harry Khan nicht in der Stadt war. Harrys Gesellschaft war sehr amüsant, und Rose hatte, als sie weg war, den Entschluss gefasst, sich im Leben künftig ein wenig mehr zu amüsieren. Ein bisschen weniger Vergangenheit, ein bisschen weniger Zukunft, ein bisschen mehr Gegenwart. Harry hatte ihr eine Nachricht hinterlassen, die besagte, dass er eine Woche lang nicht in der Stadt wäre, aus geschäftlichen Gründen – irgendwas mit Franchising. Und dass sie sich vielleicht treffen könnten, wenn er wieder da sei. Ja, vielleicht. Womöglich gab es aber auch noch einen anderen Grund für Roses Enttäuschung, denn wenn man nach längerer Abwesenheit – und seien es auch nur neun Tage – wieder nach Hause kommt, ist es schön zu merken, dass jemand sich freut, weil man wieder da ist, oder zumindest registriert hat, dass man weg gewesen ist. Sie sollte nachher mal im Museum vorbeischauen. Sie hatte zwar vorsorglich einen ganzen Monat freigenommen, aber vielleicht gab es doch ein paar Schecks zu unterschreiben oder dringende Korrespondenz zu erledigen. Das Auge unter der Piratenklappe war zwar noch ein wenig wund, aber sonst ging es ihr ja gut. Sie sollte vielleicht wenigstens einen kleinen Spaziergang unternehmen, gleich jetzt.

Ich habe bereits erwähnt, dass ein besonderes Charakteristikum von Nairobi seine Müllentsorgung ist. Die qualmenden Feuer überall am Straßenrand, die dazu beitragen, die Straßen der Stadt in einigermaßen sauberem Zustand zu halten, indem sie von toten Blättern bis zu toten Hunden (wirklich, ich habe es mit eigenen Augen gesehen) alles duldsam aufnehmen und verbrennen, tun dies auf Kosten der Luft über der Stadt. Zusammen mit dem Qualm aus fünfzigtausend schlecht eingestellten Dieselmotoren sorgen sie für ein einzigartiges städtisches Aroma. Dennoch erschien Rose der Duft, der ihr an diesem Julimorgen um die Nase strich, als sie von der Haustür zum Eingangstor spazierte, fast köstlich in seiner Vertrautheit.

Aber diese Autos! Auf der Straße vor dem Nachbarhaus parkten mehr als je zuvor. Sie würde wirklich mit dem Richter sprechen müssen. Wie Mr. Maliks alter Mercedes hatte dazwischengeraten können, würde wohl für immer ein Rätsel bleiben – vielleicht hatten die Diebe einfach eine Stelle gesucht, wo sie ihn abstellen konnten, ohne dass er sofort auffiel. Sie war froh, dass sie den Wagen erkannt hatte, und noch froher, dass Mr. Malik ihn wiederhatte. Und sie *würde* mit dem Richter sprechen, aber nicht jetzt. Mit einem fröhlichen Nicken begrüßte sie ihren ersten Askari, den alten Mukhisa, rückte sich die Augenklappe zurecht und bog in die Serengeti Avenue ein. Sie ging an den geparkten Autos vorbei, ohne auf das kleine Feuer zu achten, das vor dem Haus des Richters im Rinnstein schwelte, und weiter den Hügel hinunter. Aber dann setzte der Regen ein, heftiger Regen. Rose, die keinen Schirm mitgenommen hatte, beschloss umzukehren. Macht nichts, im Haus gab es genug zu tun.

Zum Beispiel war da diese Einladung, die eben gekommen war. Sie musste sie dringend beantworten. Mit gesenktem Kopf eilte sie zurück nach Hause.

Ist es möglich, wegen einer Sache gleichzeitig besorgt und unbesorgt zu sein? Mr. Malik hatte den Eindruck. Nein, es ging nicht um die vertane Möglichkeit, Rose Mbikwa zu dem Ball einzuladen – das war endgültig vorbei, genau wie seine Chancen, auch wenn die Eintrittskarten inzwischen eingetroffen waren und jetzt auf dem Tischchen in der Diele lagen. Er würde später entscheiden, was damit geschah. Sein Auto war auch wieder da, aus der Werkstatt zurück mit neuer Hinterachse und neuer Heckscheibe, und das Dach war so gut es ging wieder in die ursprüngliche Form zurückgehämmert worden. Doch da war immer noch die Sache mit dem verschwundenen Notizbuch.

Einerseits sprach die Tatsache, dass er noch immer nichts gehört hatte, dafür, dass es unterwegs verlorengegangen oder weggeworfen worden war. Aber Mr. Malik konnte den nagenden Gedanken nicht abschütteln, dass genau diese

Tatsache ebenso gut bedeuten konnte, dass es im Augenblick von Leuten unter die Lupe genommen wurde, in deren Händen er es lieber nicht sähe. Jemand von der Regierung oder von der Justiz. Wie gerne sie die Identität des Stachels in ihrem Fleisch aufdecken würden, der sich Dadukwa nannte. Und was sie tun würden, wenn sie erst mal dahintergekommen waren!

«Daddy?», sagte seine Tochter Petula, als sie ihm eines Morgens auf der Veranda Gesellschaft leistete und merkte, dass er schon wieder nur eine seiner beiden Frühstücksbananen gegessen hatte. «Hast du was?»

Er war schon den ganzen Morgen sehr ruhig gewesen und hatte eine fahle Gesichtsfarbe. Er war die ganze Woche nicht im Club gewesen. Sie hoffte, dass es nicht wieder etwas mit dem Herzen zu tun hatte. Mr. Malik hob den Blick von seiner Kaffeetasse und lächelte verzagt.

«Nein, Liebchen, gar nichts.»

Wenn es nichts mit dem Herzen war, lag es vielleicht an dem Unfall, von dem er ihr erzählt hatte. Nicht zu fassen, dass er versucht hatte, mit plattem Reifen nach Hause zu fahren. Kein Wunder, dass der Wagen sich überschlagen hatte, dass die Scheibe zertrümmert und das Dach eingedellt war. Was hatte er überhaupt mit Benjamin in diesem albernen Dorf zu suchen? Ja, was genau wollte er da eigentlich? Irgendetwas ging hier vor sich.

Sie musste unbedingt mit Benjamin sprechen.

Huhn

40

Die Temperatur in der Küche des Suffolk ist am Siedepunkt, Tendenz steigend. Die Backöfen glühen, die Herdplatten brennen. Currys simmern, Birianis köcheln – scharfe Shrimps, Lammkoteletts und Chicken Wings brutzeln vor sich hin. Durch die Hintertür weht eine frische Brise das Aroma von gebratenem Fleisch herein. Direkt vor der Küche drehen sich drei ganze Lämmer auf riesigen Spießen über dem offenen Holzkohlefeuer. Sie braten seit Mittag. Im Vorbereitungsraum warten dreihundert pikante Curry-Windbeutel und ebenso viele Vorspeisen-Samosas (mit Fleisch und vegetarisch) fein säuberlich aufgereiht auf riesigen Backblechen darauf, ein letztes Mal kurz in den Ofen geschoben zu werden. Sechshundert leere Vol-au-Vents warten auf ihre Füllung. Der Chefkoch persönlich verleiht den Kuchenglasuren den allerletzten Schliff. Noch eine Stunde bis zum Ball.

Im Frühstücksraum, der für den Getränkeservice vorgesehen ist, stehen hinter der Bar acht volle Kisten Johnnie Walker, acht Kisten Hennessy und acht Kisten Gordon's bereit. Im Kühlraum ist genug Tusker, Tonic Water und Sodawasser, um eine kleine Herde Flusspferde darin zu baden. Aus dem mit Blüten und Ranken geschmückten Ballsaal ertönt schrilles Quietschen, als Milton Kapriadis die Mikrophone testet. Musikinstrumente und Schlagzeug sind bereits aufgebaut, und jetzt kämpft er mit Kabeln und Verstärkern. Die Erfahrung hat ihn gelehrt, dass man diese Dinge am besten selbst erledigt. Aus einem alten blauen Koffer befördert er dicke Bündel Noten ans Tageslicht und verteilt sie auf die einzelnen Positionen. Ganz obenauf liegt der «Blue Danube Walzer» – das alte Arrangement von Glenn

Miller. Mit diesem Tanz wurde der Huntclub-Ball schon weit vor seiner Zeit eröffnet. Danach kommt ein Foxtrott, dann ein Twostepp, ein Quickstepp und dann ein schön schnelles Rock-'n'-Roll-Medley. Nach der ersten Pause dann wieder ein Walzer. Später am Abend wird er mit der Band vielleicht auch ein paar Disco-Nummern wagen – man muss schließlich mit der Zeit gehen.

In der Garden Lane Nummer 12 sitzt Mr. Malik im Schlafanzug vor dem Fernsehapparat.

Inzwischen sind die Gäste eingetroffen. Milton Kapriadis hebt den Taktstock. Seine Exzellenz der britische Hochkommissar von Kenia nimmt seine Frau bei der Hand und führt sie zum ersten Tanz aufs Parkett. Harry Khan wendet sich seiner Tischdame zu.

«Na, wie wär's, Baby? Sollen wir tanzen oder sollen wir tanzen?»

Mit freundlichem Lächeln willigt sie ein. Arm in Arm begeben sie sich zur Tanzfläche. Weitere Paare schließen sich an. Die Hände verschränkt, einen Arm um ihre Taille, eins-zwei-drei, eins-zwei-drei, schweben sie im

Walzertakt hinter dem Hochkommissar und seiner Frau über das Parkett. Harry zwinkert. Plötzlich springen die beiden auseinander. Sie sehen sich zwar noch an, machen aber geduckt einen Schritt nach rechts, einen Schritt nach links. Sie wirbeln herum – was ist mit dem Walzer passiert? Er ergreift ihre entgegengesetzte Hand und führt sie unter dem erhobenen Arm hindurch, hält an, schiebt sie zurück. Neue Wirbel, neue Schritte – und war das nicht eben ein Sugar Push? Rock'n' Roll im Dreivierteltakt? Das hat in siebzig Jahren Huntclub-Ball noch niemand erlebt.

Doch nicht alle tanzen. An einem Vierertisch in der Nähe des Buffets sitzen Jonathan Evans und seine Frau und Patsy King samt Ehemann. Jonathan wird Patsy um den nächsten Tanz bitten, und sie wird kühl ablehnen – in der Hoffnung, dass ihre Ehepartner auch weiterhin nichts von ihrer heimlichen Liebe ahnen. Andere alte Hasen von der Dienstagsvogelwanderung sitzen, die Gläser gut gefüllt, an einem der Nachbartische. Hilary Fotherington-Thomas (Gin Tonic) und Joan Baker (Brandy Soda) sitzen Seite an Seite und inspizieren die Tanzfläche. Als langjährige Mitglieder des Karen Club bilden sie zwei Fünftel des Huntclub-Ball-Komitees. Zwei Plätze an ihrem Tisch sind noch frei – Tom Turnbull hatte bestimmt wieder Probleme mit seiner Fliege oder mit seinem Morris Minor oder mit beidem (als Mitglieder des Komitees wissen Hilary und Joan genau, wer wie viele Karten gekauft hat). Von Rose noch immer keine Spur.

Denn die Frau, mit der Harry tanzt, ist nicht Rose Mbikwa. Er hatte sie direkt nach dem Ende des Wettstreits noch vom Asadi Club aus angerufen und ihr eine Nachricht hinterlassen, und sie hatte ihn später im Hotel zurückgerufen. Sie fühle sich, sagte sie, zutiefst geschmeichelt von seiner Einladung, sei jedoch bereits anderweitig vergeben. Also hatte Harry statt ihrer seine Mutter überredet mitzukommen. Sie war noch nie auf dem Huntclub-Ball, und auch wenn sie murrt, die Musik sei zu laut und in den Curry-Windbeuteln zu wenig Curry, amüsiert sie sich prächtig. Ebenfalls mit von der Partie ist Harrys hübsche Nichte Elvira, deren Bruder Sanjay und dessen Freundin. Schließlich noch Elviras Verlobter, frisch aus

Dubai zurückgekehrt und im Augenblick nicht allzu glücklich – vielleicht, weil Elvira die Frau ist, mit der Harry tanzt. Die letzten beiden Nächte haben sie in seinem Hotelzimmer Figuren geübt (nicht alle von ihnen, muss ich leider sagen, in der Vertikalen), und sie scheint sich momentan prächtig zu amüsieren.

Aber Harry Khan und Sanjay Bashu sind nicht die einzigen Mitglieder des Asadi Club, die Karten für den Ball gekauft haben. An einem Tisch auf der anderen Seite des Saals sitzen Mr. und Mrs. Patel zwischen Mr. und Mrs. Gopez und den Singhs. Der Tiger trägt einen Tuxedo, Mrs. Singh ist in umwerfendes Pink gekleidet. Mr. Patel trägt dieses ganz besondere Lächeln im Gesicht, das nur bedeuten kann, dass er eben erst eine kleine Wette gegen Mr. Gopez gewonnen hat. Auch die beiden letzten Plätze an diesem Tisch sind noch unbesetzt.

«Ob er kommt?», fragte Mr. Gopez.

«Ich weiß es nicht, A. B.», sagte Mr. Patel. «Ich weiß es beim besten Willen nicht.»

«Und, Daddy? Wie sehe ich aus?»

Mr. Malik, immer noch im Schlafanzug, löste

den Blick von den BBC-Nachrichten. Und was sahen seine müden Augen? Seine Tochter Petula, und zwar nicht in Jeans. Er lächelte, dann runzelte er die Stirn. Dieser mit schmalen Goldstreifen durchwirkte, tiefkarminrote Sari – hatte den nicht ihre Mutter getragen? Und dieser kleine glitzernde Bindi auf der Stirn, hätte ihre Mutter nicht genau so einen auch angelegt? Gut, die Haare seiner Tochter waren nicht die lange, seidig schwarze Mähne, die seine Frau auf dem Hinterkopf hochgesteckt hätte, um auf so einmalig herrliche Art ihren Nacken zu zeigen, aber Petulas kurze Haare glänzten wie Ebenholz, und die Ohrringe aus in Gold gefassten Rubinen, die von ihren süßen, zierlichen Ohrläppchen baumelten, waren ganz eindeutig die seiner Frau.

«Meine Tochter!», sagte er mit Tränen in den Augen. «Du bist wunderschön! Wo gehst du hin?»

«Zum Ball natürlich.»

«Zum Ball?»

«Auf den Huntclub-Ball. Jetzt beeil dich, Daddy, wir kommen zu spät.»

«Zu spät – wir?»

«Daddy, ich habe doch die Karten gesehen. Ich habe den Wink verstanden. Jetzt komm schon.»

«Ich …»

«Komm schon, Daddy. Ein Mädchen kann unmöglich allein auf einen Ball gehen, das weißt du doch.»

Sie lächelte ihn an, und weil ihm noch mehr Tränen in die Augen stiegen, musste er sich abwenden.

Mr. Malik ging in sein Schlafzimmer und öffnete die Tür des Ankleideschranks. Er nahm den Smoking heraus, die Hose und das weiße Hemd. Er rasierte sich und duschte. Die Hose und der Smoking waren ein wenig eng, aber die Hose besaß einen verstellbaren Bund, und den Smoking konnte er ebenso gut offen tragen. Wenigstens passten die schwarzen Schuhe noch. Er trat an den Ankleidetisch und band sich die Fliege, dann nahm er den Kamm zur Hand, beugte sich näher zum Spiegel und drapierte sorgfältig seine Haare.

«Nun, Tochter», sagte er, als er zurück ins Wohnzimmer kam, «wie sehe ich aus?»

«Daddy», sagte sie. «Du bist wunderschön.»

Benjamin war zwar überrascht gewesen, als Petula ihn gefragt hatte, was an jenem Tag draußen in seinem Dorf passiert war, aber dann hatte er ihr mit Freuden von den Vögeln und den Verbrechern erzählt. Und dann auch noch den Rest der Geschichte, wie er sie von dem Mann hinter der Bar im Asadi Club gehört hatte, während er dort seine Coca-Cola getrunken hatte (als Nichtmitglied fühlte er sich nicht verpflichtet, diese geheimen Informationen für sich zu behalten). Und so hatte Petula alles über den Wettstreit zwischen ihrem Vater und Harry Khan erfahren und über die Karten zum Ball. Den Rest hatte sie sich selbst zusammengereimt. Und sie wusste, was sie zu tun hatte.

Sie bestand darauf, mit ihrem kleinen Suzuki statt mit dem Wagen ihres Vaters zum Suffolk zu fahren.

«Mit dem finden wir viel leichter einen Parkplatz.»

Und sie behielt recht, denn es gelang ihr, ihn gerade so in eine kleine Lücke direkt gegenüber dem Hotel zu quetschen, die für den alten grünen Mercedes um Längen zu kurz gewesen wäre. Mr. Malik reichte seiner wunderschönen Tochter den Arm, führte sie über die Straße, die Stufen hinauf und hinein in die Empfangshalle des Hotels. Aus dem Ballsaal zur Linken erschallte gerade ein Tusch. Die Kapelle machte die erste Pause. Ein Ober kam aus der Küche geeilt, zwei Tabletts mit Pilz-Vol-au-Vents auf gespreizten Fingern hoch über dem Kopf balancierend. Sie folgten ihm durch die weitgeöffneten Flügeltüren hinein in den Ballsaal.

Mr. Patel entdeckte sie als Erster. Er erhob sich.

«Hier drüben, Malik!»

Die Tänzer kehrten gerade auf die Plätze zurück, und es dauerte ein wenig, bis Mr. Malik und Petula den Tisch erreichten und seine Freunde begrüßen konnten.

«Bin froh, dass du es geschafft hast, alter Junge», sagte Mr. Gopez. «Dachte schon, du kommst nicht.»

«Nie und nimmer!», sagte Mr. Malik mit einem Seitenblick auf seine Tochter und spürte schon wieder, wie ihm die Tränen kamen. Wie sehr sie heute Abend ihrer Mutter glich!

«Sie scheinen alle da zu sein», sagte Mr. Gopez. «Harry Khan hast du vermutlich schon entdeckt. Er hat getanzt – mit dieser Nichte, du weißt schon.»

Mr. Malik sah sich um. Ja, da war Harry Khan. Er saß inzwischen wieder an seinem Tisch, zusammen mit dem Mädchen und Sanjay Bashu und zwei anderen, seiner Mutter vermutlich und noch einem Familienmitglied. An einem anderen Tisch entdeckte er einige Freunde und Bekannte von der Vogelwanderung. Rose Mbikwa entdeckte er zwar nirgends, dafür aber Joan Baker, die sich in diesem Augenblick erhob, auf die Bühne ging und ans Mikrophon trat. Im Saal wurde es ein wenig stiller.

«Exzellenz, meine Damen und Herren. Das Buffet ist eröffnet.»

In dem kurzen Augenblick der Stille, der auf diese Ankündigung folgte, konnten jene, die am Fenster saßen, das Knallen einer Autotür hören, gefolgt von einem Fluchen, einem Klacken und erneutem Türenknallen. Eine Minute später betrat Tom Turnbull den Saal. Sein Smoking war mindestens so alt wie sein Auto. An seinem Arm ging, in ein dunkelblaues Seidenkleid und den passenden, blassblauen Schal gehüllt, Rose Mbikwa.

Weder Mr. Malik noch Harry Khan war je in den Sinn gekommen, dass Rose noch einen weiteren Verehrer haben könnte. Oder dass sie seit zehn Jahren Jahr für Jahr aufs Neue dieselbe Einladung erhielt. Sie wurde niemals persönlich auf der Vogelwanderung ausgesprochen, sondern erreichte sie stets per Post – Mr. Tom Turnbull erbittet die Ehre und das Vergnügen, Rose Mbikwa zum Huntclub-Ball geleiten zu dürfen. Jahr für Jahr hatte sie eine freundliche Absage formuliert. An das Thema wurde nicht mehr gerührt, bis die nächste Einladung ins Haus kam. Dieses Jahr hatte Rose aus irgendeinem Grund zugesagt. Auch Rose selbst wusste nicht recht, weswegen. Vielleicht hatte es etwas mit der Operation zu tun und dass sie die Dinge jetzt klarer sah, anders. Vielleicht hatte es etwas mit Harry Khan zu tun und damit, sich künftig ein wenig amüsieren zu wollen. Vielleicht hatte es sogar etwas mit Mr. Malik zu tun.

Rose hatte, dachte Mr. Malik, noch niemals so hübsch ausgesehen. Sie löste sich von Tom Turnbulls Arm und begrüßte Joan und Hilary mit sanften Umarmungen. Mr. Malik sah, wie sie Harry Khan entdeckte, ihm zulächelte und winkte. Die Menschen von den anderen Tischen strömten langsam zum Buffet. Rose sah sich um, offensichtlich auf der Suche nach jemandem. Als sie in seine Richtung sah und lächelte, konnte Mr. Malik nicht anders, er musste sich umdrehen, um zu sehen, wer hinter ihm stand. Rose beugte sich zu den beiden Damen hinunter, die inzwischen wieder Platz genommen hatten, und murmelte ihnen etwas zu. Dann bahnte sie sich immer noch lächelnd einen Weg durch die Menge, direkt auf ihn zu.

«Mr. Malik!», sagte sie. «Ich hatte gehofft, Sie hier zu treffen.»

«Mrs. Mbikwa! Ich denke, ich habe dasselbe gehofft.»

«Bitte verzeihen Sie», sagte Rose. «Ich verspreche, Sie nicht lange von Ihren Freunden – oder Ihrem Abendessen – fernzuhalten, aber hätten Sie wohl einen Augenblick Zeit für mich?»

Sie führte ihn am Buffet vorbei, durch die Flügeltüren hinaus in die Halle und hinüber an die Rezeption.

«Würden Sie mir freundlicherweise das

Päckchen geben, das ich eben hier deponiert habe?»

Der Concierge reichte ihr eine Plastiktüte. Sie griff hinein und zog etwas heraus, blau, angesengt und feucht.

«Hilary hat mir erzählt, dass Sie Eintrittskarten gekauft haben, also dachte ich, die Gelegenheit sei günstig, Ihnen das hier persönlich zu geben. Es gehört doch Ihnen, oder nicht, Mr. Malik?»

Mr. Malik sah auf die kümmerlichen Überreste des verschwundenen Notizbuchs hinab.

«Es gehört allerdings mir, Mrs. Mbikwa, aber wie haben Sie ...»

«Ich habe es direkt vor meinem Haus gefunden, in der Serengeti Avenue. Es lag auf einem Laubfeuer, gleich in der Nähe der Stelle, wo ihr Auto neulich stand. Ich habe den Vogel auf der Vorderseite gesehen und hatte das Gefühl, die Zeichnung zu kennen. Vermutlich ist es aus dem Auto gefallen oder hinausgeworfen worden. Es tut mir leid, es ist leider etwas angekokelt, und nass geworden ist es auch. Es hat geregnet.» Sie drückte ihm das Notizbuch in die Hand. «Es steht zwar nicht Ihr Name darin, aber ich war mir sicher, dass ich die Zeichnung wiedererkannt habe – von unseren Vogelwanderungen. Ich dachte, Sie hätten es vielleicht gern zurück. Wegen all dieser Notizen.»

«Ja, ich …»

«Gut. Nun, wieso lassen wir es nicht hier in sicherem Gewahrsam an der Rezeption, und Sie holen es nachher ab, wenn Sie nach Hause gehen?»

«Ja, das werde ich tun. Vielen Dank! Darf ich sagen, dass ich in der Tat äußerst erleichtert bin, es wiederzuhaben, Mrs. Mbikwa? Mehr als Sie erahnen können.»

Rose lächelte und sah ihm in die Augen.

«Ja. Das dachte ich mir.»

In diesem Augenblick erhob Milton Kapriadis den Taktstock, um zum nächsten Tanz aufzuspielen.

«Oh, Wiener Walzer», sagte Rose, als die ersten Takte erklangen. «Das war einer der Lieblingstänze meines Mannes.» Sie beugte sich zu ihm und legte ihm sanft die Hand auf den Arm. «Mr. Malik – oder sollte ich Mr. Dadukwa sagen? Würden Sie wohl mit mir tanzen?»

Und so müssen wir jetzt zu den Klängen von Milton Kapriadis und seinen Safari Swingers den Nairobi-Huntclub-Ball verlassen. Auf dem Parkett des Suffolk hält Mr. Malik die Frau seiner Träume in den Armen, und sie lächelt ihn sehr zärtlich an. Wenn er in diesem Augenblick nicht der glücklichste kleine, runde, glatzköpfige braune Mann auf Erden ist, dann weiß ich nicht, was Glück bedeutet. Wir sehen seinen Blick hinüber zu seiner Tochter Petula wandern, die sich ebenfalls auf der Tanzfläche befindet. In dem golddurchwirkten karminroten Sari sieht sie genauso hübsch aus wie einst ihre Mutter – und ist das nicht der Verlobte von Harry Khans Nichte, mit dem sie da tanzt? Er sieht ihr in die Augen, und sie ihm, und auch diese beiden scheinen sehr glücklich zu sein. Harry Khan hat seine Nichte Elvira an den Tisch der anderen Mitglieder des Asadi Club geführt, und er hat wohl gerade einen Witz zum Besten gegeben, denn alle lachen. Vielleicht ist es ja eine Geschichte über Bill Clinton, oder eine über die Gattinnen der amerikanischen Franchisenehmer. Ich hoffe nur, er erzählt nicht, wie Mr. Malik damals in der Schule zu seinem Spitznamen gekommen ist, denn eines steht fest: Ich werde es niemals verraten.

MIX
Papier aus verantwortungsvollen Quellen
FSC® C083411

Das für dieses Buch verwendete FSC®-zertifizierte Papier
Lux Cream liefert Stora Enso, Finnland.